译文纪实

世上为什么要有图书馆

杨素秋

杨素秋 著

世上
为什么要有
图书馆

上海译文出版社

作者说明

本书素材源自我从 2020 年 9 月至 2021 年 9 月到政府挂职的经历，重点记录一座区级图书馆从无到有的建设过程。

我所叙写的全部内容均为真实发生的事件，部分人物和单位采用化名。

目　录

序

 许多年前，一位叫"杨素秋"的学生报考我的博士生，我和我的同行都惊讶于这位二十二岁的女生即将硕士毕业。她笔试成绩优秀，面试表现也突出，她的从容和聪颖给导师组留下深刻印象。随后三年，她开始了攻读博士学位的生涯。在讨论博士学位选题时，她倾向于研究我提出的文学史阶段之间的过渡状态问题，我开始有些犹豫，过渡状态的问题难度极大，但还是支持她做自己想做的题目。初稿完成后，我可能批评了她。记得她沉默了一会儿，流着眼泪说：我肯定会修改好。现在回忆起这个细节，我想这就是杨素秋的性格，倾听意见，不辩解，用心做。

 杨素秋博士毕业后回到西安，在一所大学任教。像大多数导师一样，我也希望她在学术上能够做出些成就。或许因为我对学术体制有所反思，很少向学生灌输学术就是论文项目奖项这类观念。在这一点上，我们师生俩有大致相同的看法。我偶尔去西安见到她，她特别多地谈到自己的教学，谈到想写写散文，几乎很少谈到写论文什么的。我隐隐约约感觉她并不想走传统的学术研究道路，似乎想在书斋之外延伸另一种学术的形式。她也给我看过几篇论文，我觉得很好，说了肯定的话，并希望她做些专题研究。不久，我收到她发来的视频，内容是教学比赛。我认真看了，觉得她真的是一位用心爱学生爱课堂的好老师。大概是 2018 年的 9 月 10 日教师节那天，她向我问候节日，告诉我她隔天就要去美国访学。在美国期间，她对翻译有了兴趣，开始翻译一本关于喜剧电影导演刘别谦的书。

杨素秋的兴趣之广，已经超出了我对她的认识，她似乎在摸索一条适合自己的路。

又过了差不多两年，2020 年的 8 月，她告诉我，下个月可能去西安碑林区文化旅游局挂职，她解释说："不是想做官，是想了解社会。我这个人太书呆子了。"她这样想，我觉得她还是一个理想主义者。她到碑林区上班时，正好又逢教师节。她欣喜地跟我讲，碑林区要建一个图书馆，归她负责。此后的六个月，图书馆建成了，她也成了新闻人物。我起初并不知晓此事，一位学生告诉我：老师，杨素秋师姐红了。我开始关心此事时，杨素秋发来了她那篇点击迅速过五万的文章《花了半年时间，我们在西安市中心建了一座不网红的图书馆》，我先看了读者的留言，再回头看了她的文章。一位青年学者，用自己的方式介入社会服务社会，这其中的坚守甚至抗争，体现的正是年轻一代知识分子的品质。杨素秋用温婉的笔调叙述了她理想的图书馆是如何建成的，其中的故事冲突大概是"馆配"还是"自选"图书。我明白了，她挂职几个月，非但没有熟悉"社会"，倒是触犯了某些禁忌。读到她的一句"姐姐我——是不会被腐蚀的，咳，咳"。我不由自主地笑了。这位文弱秀美的女生，在所有的细节叙述中都洋溢着人文主义者的光泽和趣味。这篇柔美的文章无疑遭到了个别坚硬的一瞥，但杨素秋坦坦荡荡。在文章发表不久，《央视新闻周刊》在 4 月 24 日做了杨素秋的专访，标题是《杨素秋：公共选书人》。杨素秋在采访中说：图书馆的灵魂是书目，我们要把钱用在刀刃上，在皮囊和灵魂之间我们选择灵魂。

我说的这些关于杨素秋的往事，正是我们阅读她的新书《世上为什么要有图书馆》的背景，那篇《花了半年时间，我们在西安市中心建了一座不网红的图书馆》文章正是这部书的小引。这部书并非宏大叙事，但它深深吸引了我，我读到的是一种文化生态，读到的是在其中生长和挣扎的精神建构。它是一本关于"杨素秋们"的书，一幅人文主义的肖像。

在某种意义上说，每个人都是在自己的"图书馆"长大的。但在阅读杨素秋的书稿之前，我并未深思过"世上为什么要有图书馆"这个问题。我们这代人的阅读经验是从贫瘠中生出的一点丰盈，零散却又自由，《老山界》《野火春风斗古城》同高尔基的名字一起流淌在我青年时代的记忆河流里。"馆"这样的规模与建制显得整齐而又庄严，与我的青年阅读经验稍显区别。可是一座区级图书馆从无到有的建设过程被记录下来之后，新生与建构的力量使阅读的光从纸面一点一点透出，弥合了不同的阅读经验。

"小宁，这就是咱们的山寨。"馆的故事是从这里开始的。杨素秋的笔法十分细致，细致到纤毫微末，一串串具体的数字为我们呈现出建馆的艰辛，从选址到装修再到选书。她一行一行地审核出版商送来的书单，读者则一行一行地看到她的用心与认真。透过她的文字，我们可以看到在图书馆建成之后，这些书弹跳起来，一本接一本地随着她奔向图书馆。在仓库与图书馆的往返过程中，她的白色卷毛大衣的袖口蹭得发黄，这样的颜色不仅是爱书人的颜色，更是图书馆内里的情感沉淀之色。我想，进馆阅读的读者会比我更能切身体会到这份爱书之心。

区图书馆没有独立楼体，在商场地下。这是一幅令人惊诧的画面，也是一幅大家习以为常的现代都市素描。地下的弊端很多：餐饮行业的油烟、来往的喧哗……每一项都在捶击着爱书人的心，每一项也都在折磨着这位建馆人的心，她要比普通读者付出更多的心力，她像一位母亲照顾自己初生的婴孩那般，无微不至地照拂着自己的图书馆，也期待着自己的图书馆能够在市中心闪现阅读的微光。在图书馆建成的历史背后，隐含着一位爱书人全情投入工作的心路史，个体的生命在有限的区图书馆中被无限放大。

我想，不用我特意提醒，各位读者也能在杨素秋的文字中看到一个活色生香的西安。从回坊的小吃到舞台上的秦腔，从陕北民歌——"羊肚肚手巾哟～～三道道蓝，见个面面儿容易～～哎哟～～拉话话儿难……"到陕西碑林的文雅风光。写下这些文字的人既是一个善于发现城市的人，也是一个善于感受生活的人。西安这座城市是由西安人填满的，杨素秋的文字是由她所记录的西安人的生机所填满的。她曾写到自己观看广场舞的经历，民间烟火气深深打动了这位爱书人。在广场舞的"动"之后，"静"也随之现身。一位清瘦老人表演武术《鸿雁》，沉稳，缓慢，有力。这位老人的腿和躯干在空中叠成惊人的难度，不是瞬时的抛跌，而是充满气息的移动，动作间他神色呼吸如常。在这座历史蕴藉丰富的古城中，动静的灵息瞬间像光斑一样落在了古城中人的心上。也正是基于这样的认识，杨素秋在推进图书馆的运营过程中尤为重视"接地气"。她曾提到约翰·科顿·丹纳在《图书馆入门》中的那个理想"选书人"形象："这个人首先得是个书虫，有丰厚学养，能带领孩子们阅读好书。但他又绝不应该是个书呆子，不宜过于沉湎于书籍，要多出来走走，以免与底层老百姓脱节，无法了解低学历人群的需求。"引完此段，我们不难看出，杨素秋就是这样一位理想的"选书人"。选书不简单，为公共图书馆选书更是难上加难，既要在专业性和普世性之间做出平衡，又要在个人趣味与公共意见之间把握尺度。在两难的境遇中，与其说我们看到一个文学专业毕业的博士生如何处理自己的专业，不如说看到一位既热爱书籍又热心于社会公益的"选书人"如何在书海中穿行。从成果来看，我想，她并没有辜负自己的专业与兴趣，也没有辜负大众对图书馆的期待。

在建设、推广图书馆的责任心之外，我们还能看到她的善心与教育之心。区图书馆不仅欢迎青少年儿童，也欢迎社会残障人士。馆内建有视障阅览室，配备有一键式智能阅读器、助视器和一体机。高昂的费用并未让这位"选书人"却步，借助现代科技的力量，她所选的书浇灌了更多读者的心灵，"就像走进海里，感受海水一点一点地漫过脚面"，这或许才是对书籍最好的交代，以诗意也以善意回报书中的字句。《"做题家"，我们一起读诗吧》一篇饶有趣味，记不清从什么时候开始，启蒙无数青年学子走向文学道路的语文课变得枯索无聊，记不清从什么时候开始我们不再信任语文课能够帮助学子抵达文学，也记不清从什么时候开始"鲁迅"变成了一些有标准答案的习题。"做题家"是当下社会的热点，更是人文教育中的痛点，身在大学校园并以文学研究为业的我们面对这样的议题也多是连连叹息。

在这样的大环境下，杨素秋却倡导"一起读诗"，不仅要为其坚定乐观鼓掌，更要为其尚未被工作淹没的诗性鼓掌。这样的乐观与诗性来自她对生活中悲剧的领悟与认识。她写到一个奇才，懂得西夏文，也通文献学与目录学。十七岁已出版两部专著，谈论范仲淹与庆历新政，以及道家思想的政治实践与汉帝国的崛起。这样一位年轻的奇才梦想进入北大以及美国印第安纳大学中央欧亚研究系，但在离高考三个多月时，他因抑郁症自杀。我们无法不叹息，也无法不反思。在以正确率为指标的"做题"制度下，我们的确只能培养出"做题家"。那么，这个时代，书籍究竟何为？杨素秋给我们的回答是：保留、拯救、升华。保留读书的火种，拯救干涸的心灵，升华每一颗向往书籍的美好心灵。

2013 年 Kindle 进入中国市场，其到来让"纸质书"及其身后的出版商瑟瑟发抖，而实际的情况却是诞生于 21 世纪的电子书一步步沦为"泡面搭档"并逐步退出了中国市场。纸质书为何屹立不倒，我难以说清，但是杨素秋的所作所为与所思所想给予我们一种可能的回答。就像翁贝托·埃科说的那样："书跟勺子、锤子、车轮或剪刀同属一个类型：一旦被发明出来，便无需改变。"让我们对此稍加延伸：图书馆一旦被建造出来，便照亮了热爱阅读的心，这样的光芒不会轻易消失。我们担忧无人读书，也担忧无人进图书馆，杨素秋与她即将面世的新书会给予我们一份慰藉。

苏州大学文学院教授　王尧

初到南院门

她是我来到这个陌生环境认识的第一个人。

三十分钟之后，她换了个样子，站在桌前，双腿笔直，脚跟并拢，脚尖分开成精确的四十五度，膝盖合严，和我们初见时全然不同。

半小时前她在自己的办公室里跟我聊天：她做了环大学产业带，汇聚我区人才；她儿子在伦敦念建筑，前途明媚欢快；她熟练地圈点出自己工作与家庭的过人之处，拧成几个成功经验传授给我——如何与民营企业交流合作、如何帮孩子养成良好习惯、怎么陪伴青春期、申请国外学校有哪些窍门……

她的淡妆、齐肩发、西服、胸针、过膝合体裙、尖头高跟鞋都足够正式，但她的身体是松弛的，靠在椅背上，肩膀稍稍倾斜，手随意垂着，笑的时候咯咯咯，连带着腰部晃一下。

随后，按照领导秘书说定的时间，九点整，一分不差，她带我下楼，敲开另一扇门。这个办公室更大，此刻她突然变得拘谨，调整脚尖位置，绷紧身体，微微前倾，声音压低。她说："书记，这是新来的挂职干部。"

"书记"是这个院子里最大的领导。她迅速凝聚体态来面对他，我低头看看我自己，两只脚随意分开着，暂时还不太习惯那么凝聚。作为陕西省第七批博士服务团的一员，我就这样走进了西安市碑林区委区政府的大院。

2020 年春天，陕西省委组织部向各高校下发文件：

陕组通字［2020］41号……为进一步鼓励引导博士人才向基层一线流动，助推地方经济社会发展，现就开展我省第七批博士服务团人选推荐工作通知如下……

我在陕西科技大学教文学和美学课程已近十年，每年收到类似的消息，逐行认真阅读却还是第一次。

我的工作是分析小说、诗歌和绘画，把内心的激荡传递给学生，在词句和理论中度过大部分时光。很难找到比这更加愉悦的职业，但我有时会想：除了教书，我能不能走出校园，为这个社会做点什么？我对于官场的想象来自小说和电视剧的构建，真实的各级政府究竟是怎样运作的？在服务地方的过程中，我要如何和老百姓们交流？这些事情我都有兴趣去体验。

往年，政府坐班制与我幼小的孩子形成矛盾，只能作罢。今年则不同，孩子大了，我可以尝试更繁忙的工作。文件附表中有个单位离我家只有两公里，而且与我专业相近。如此合适，便不必再等待，立即提交申请——拟挂职岗位：西安市碑林区文化和旅游体育局副局长。

经过筛选，省委组织部在初秋公布名单，全省五十余名博士去往政府和国企各个岗位挂职锻炼：农业、交通、医学、航天、能源、投资、环境、金融……以及我所在的"文化和旅游体育"部门。

这个部门是什么样的，我还不清楚。我见过书记之后，组织部长找我单独谈话，他说这个局有两位副局长病休，特别缺人手，因此急需挂职干部帮助。他还说，领导班子要团结，尽量不要议论病休的同志。"组织对你充满信心，欢迎你来到我们这儿，放开手去干！"

我来到的这个大院处在市中心西南侧，离西安市标志建筑"钟楼"不过数百米。政府门口的小街叫"南院门",西安城里类似的地名还有"北院门""书院门""贡院门"等。我查资料才知道,"南院门"指的是"南面的衙门",也就是说这个院子自古就是官府。我没想到,自己偶然选岗,却进入了一座有着响当当历史的衙门。清代初期的川陕总督行署和民国时期的陕西省议会、国民党省党部等都曾占驻此地。建国后,陕西省人民政府、中共西安市委也曾在此处办公。

这个院子的风貌配得上它的历史,藤萝与松柏轻绕,银杏扑闪着绿叶。房屋大多古朴,灰色雕花配上大屋顶,像是苏联建筑与中国古典建筑的合体,听说是1950年代设计的。2011年,西安市委搬迁至北郊的凤城八路,把这块宝地给了碑林区委区政府,碑林区又把文旅局安排在了院子的入口处。

初到局里的第一天,我握了几十双手。走廊里的棕红木门依次打开,工作人员从办公桌旁起身,介绍自己的姓名,伸出手来。年轻人笑容浓一些松一些,年长的人笑容淡一些紧一些。有一个五十岁左右的男人例外,他的笑容非常谦恭、礼貌。我后来知道,他是办公室主任,姓栗。

每个人提到办公室主任都会跟我说两句话。第一句:"他可是陪过五任局长的人。"这句话是褒义,意味着他经验丰富,干这个岗位至少十几年。他一定办事妥帖,审时度势,能取得每一位新任领导的信任,不被换岗。第二句:"可惜他学历是中专,身份是工人,要不然,早提拔了。"这句话里全是惋惜。五任局长陪下来,他已经成了整个政府大院所有办公室主任的标杆,却没有上升空间。接下来的一年,我充分认识到了这两句话的含义。

我坐在自己桌前,身后是窗子,办公室里只有我一个人。右边的文件柜遮挡着一张堆满杂物的单人床，浅黄色格子花纹棉布盖住杂物，鼓鼓囊囊。那是病休副局长留下的东西，我不能动。我正在想象"文化和旅游体育局副局长"的第一份工作任务应该会是什么，栗主任带着充足的笑容进来，手上拎着一张军绿色帆布行军床，抱歉地告诉我午休只能这样凑合。他向我示范打开和折叠床的方法，然后依次交给我饭卡、钥匙、鼠标垫、WiFi 密码。

第二次进来时，他手上拿了几个文件夹，说："素秋局长，这是您今天要批示的。"

批示？这个词听起来架势很大的样子。这简直是始料未及的工作，我完全不知道我这样一个小小芝麻官还需要批示文件。这些带着红头的白纸黑字，叠放整齐，落在我桌上，等待我的笔迹。

"批文件"，这是一个"副局长"到岗的第一件事，此后也将成为我每个早晨的第一件事。每份文件的抬头部分都有栗主任写的几句话，字漂亮，开头一般是"建议某某科室按照某某方式办理"，结尾分为三种：

请素秋局长阅。

请素秋局长阅处。

请素秋局长阅示。

"阅"，这个词，我见过，我批改学生作业的时候会用。但是，"阅处""阅示"，完全陌生。我三十多年的词汇库里没有这两个词。我认识这几个文字的表象，却完全不知道背后的含义。我要根据这几个陌生的词汇，对这些文件做些什么事？

栗主任教我："在您的名字上画圈圈，是最轻的，表明这事儿您知道了。签一个字儿'阅'，加重语气，表明您阅读过了。'阅处'，那是上级领导批给您的，您要拿出具体的方案做答复。'阅示'，那是下级请您指示的，您来告诉科室具体该怎么做。"

在我完全不懂工作的时候，我不可能做出正确的"批示"，前三天的"阅处""阅示"，我都得请教栗主任，我该写些什么内容。我首先得认识科长的脸，再和他们交谈，然后再"批示"。

我几次推门去文化科都走错了。所有办公室都相似：暗红桌椅，黑色沙发，还有墙壁，墙壁都是空白的。我从前的单位不是这样的，我们是设计艺术学院，我们活泼。每层走廊设置主题色，三层是鹅黄，四层是嫩绿。五层是淡紫吗？我记不清了。学院办公室墙上骄傲地展示学生们的漫画涂鸦，桌上有泥塑和石膏人像。

现在我独自拥有一间办公室，可以按自己的意志装修。我买来电影海报贴在墙上——《花样年华》和《步履不停》，色调尽量柔和一些。透过柜子的玻璃门看得见里面的杂物，我想用纸挡起来。白纸太严肃，我把带植物花草的皱纹纸像糊灯笼那样糊上去，其实也算不上好看，甚至有些不和谐，但是我就是害怕那种整齐划一的肃穆影响我坐在这里的心情。房子里添一点颜色进来，这里的气氛就软一点，否则是硬的、冷的。

局长走进我房间，看见海报和花纸，愣了一下，没说什么。那我就能搬更多东西进来。我有一只灰粉的袖珍花瓶，还不如一颗柠檬大，它噘起豌豆大的小嘴，只能插一柄花叶进去。我还有一个粗朴的茶碗，摆上桌子，是个装饰。

现在我的办公室有自己的性格爱好在里面了。这黑白里的一点彩色，不知道会不会太出格。

碑林区文化和旅游体育局有九个科室，我管四个：文化科、文化馆、旅游科、图书馆（规划中）。

文化科、文化馆，这两个部门只有一字之差，二者工作有什么分别？按照文件定义，文化科负责社区文化建设、文化产业、文物，还要作为"文化馆图书馆的上级主管部门"协调工作。这抽象的描述连轮廓都勾不出来，我不知道我可以具体地做些什么。

文化馆馆长冯云额头没有一丝碎发，全部听话地汇拢至脑后，形成圆圆发髻。发髻之大，令我羡慕。她的眼线、眉毛和睫毛都隆重，浑身上下有闪烁：耳饰是镂空蝴蝶，鬓角栖一朵刺绣团花，手腕嵌丝银镯翘起树枝幼果。四个科室负责人里，只有她把上月工作和下月计划逐条列出，一目了然；也只有她带来的资料是彩色的，风筝、古琴、剪纸、布糊画、彩绘陶俑的照片表明了非物质文化遗产（以下简称"非遗"）方面的活动归文化馆"管"。她的衣着里，有对这份工作的亲近。

旅游科主管景区。我们辖区最有名的景点是碑林博物馆和西安博物院（小雁塔），那我是否可以请教有关书法的事儿？或者可以经常看展？我喜欢看展。旅游科科长尴尬地笑了笑："不是您想象的那样，您以后就知道了。"

图书馆馆长已经任命，但是工地还没动工。她暂时负责为"全域旅游"整理文件资料，需要我提修改意见。"全域旅游"这个词我没听懂，可是文件我看到了，有几十箱，从地面摞到我胸口。

总之，除了"非遗"工作十分明确之外，其余工作我都迷茫，打算用两周时间搞清。但是科长们说，两周太短了。

我研究他们带来的文件，想象未来可以做什么，写了几页笔记，去给局长汇报："非遗"不能只是名号，要动起来。老字号餐饮要创新，可以组织餐饮行业优质培训课，请北上广专业团队来讲经验。官方微博语言要活泼，才会有流量，建议请历史方面的大 V 做讲座，比如于赓哲、马伯庸。辖区内的相声团体"青曲社"苗阜、王声在业内很有名气，不妨多联合他们做活动。碑林博物馆周边区域既然在拆迁扩建，那就趁势将街区商业模式做大致规划。原有的文房四宝店铺已经相当成熟，若能在书、画之外加上琴、棋，古代文人书案的美学元素就齐了。再铺设茶、花、香、食的店铺，生活美学与此交织，这个商区也许更有特点。碑林博物馆可以开发少儿旅游特色线路，不仅靠研学公司完成，内部要提炼适合少儿的知识载体和活动设计。用动画片复现碑刻过程，再加入VR（virtual reality，虚拟现实）体验。对残障人群，除价格优惠外，我建议再提供一些特别服务，比如给听障人士专门派手语讲解员，每月一次义务讲解博物馆……

　　局长微笑着听我说完，称赞了我的工作热情，然后告诉我，我所设想的这些，统统不归我们管，我们局没有这样的权限。至于我们局到底管什么，再过几天我就明白了。

　　下午，我和文化科科长一起出门办事，去给文化馆的"社区服务点"揭牌。走出南院门向左拐，不远处有一座石雕牌坊，上书"德福巷"。这条巷子在西安有些特色，汇集茶楼、酒吧与咖啡馆，晚上比较热闹，白天倒没什么人。进入德福巷再拐个弯，路西的一栋小楼就是社区中心，腿有疾患的社区书记忙活着，跑上跑下，一块红绸缎覆在路边的牌子上。

　　社区干部不认识我，抬了抬眼皮，把头偏到一边去。文化科科长说："这是我们新来的杨局。"干部连忙和我握手。仪式开始，工作人员五六名，摄影师一名，群众，无。有人给我准备了讲话稿，可是没有听众。我不太清楚我讲话的意义——在街边对着五六个人念稿子，然后等待他们鼓掌？不，我没有必要这样。我说："我不讲了，直接揭牌吧。"摄影师稍微愣了一下，他请我不要那么着急，让我先把手放在红绸缎附近，方便他对焦："您揭的时候动作一定要慢，这样我可以多照几张，挑选。"我听从他的建议，红绸子缓缓地落了下来。

这里有免费少儿手工课，志愿者常来服务，可惜的是社区每天下午六点准时下班，没多少孩子过来。社区图书室有几个书架，以野史为主，也不乏农业栽培、健康养生。这些书脊的字大得突兀，像是挣破眼眶的眼珠，上面标明的出版社我全都没听说过。我特意看了看儿童书，单独看名字没问题，《唐诗三百首》《安徒生童话》……打开一翻，装帧彩绘简陋，译文删减乱改，一塌糊涂。

我暂时不敢表态，因为我不清楚这个事儿归不归我"管"。事实上，我还没闹清楚我的工作岗位和社区的关系。我出生以来的三十多年一直在校园，生活里没有"社区"这一级组织的概念。街道是什么？社区是什么？哪一级别更高？文旅局能管社区吗？我关于党政基层组织的常识实在太贫乏。

这时我接到栗主任短信，请我回去，在机关楼前喷泉附近乘车，与各局领导前去碑林博物馆改扩建拆迁工地检查工作。我有些困惑，拆迁不应该归我管，那是住建局或者环保局和发改委的事儿，怎么需要我去？

返回大院，上车之后我紧贴着车门坐，车上没人和我打招呼。我四肢缩紧，看着窗外。每到一站，究竟应该给领导把车门拉开，在车下等待领导下车？还是应该端坐着，让领导先下？我不确定哪个是正确答案，只有原地装傻。几站之后，秘书坐到我旁边的位子，他帮领导拉开车门，自己先下，然后在车下面做出"请"的手势。哦，这是标准答案。

工地的景象让我吃惊，离市中心数百米的地方竟然有这样的房子，入眼是拆迁的棚户、蛛网、洼地、破椽烂瓦，小巷里铺碎砖，踩一下，咕叽冒出黑水，我后悔穿了好看的皮鞋。窗玻璃碎了，艳红被褥卷起来挤在木板床上，露出灰棉絮。草丛间晾晒布鞋，证明有人在这儿住。一处民国老房早已空置，灰尘漫过脚面，院内艾蒿齐腰。石砖上的雕花下了些功夫，我凑到跟前去看纹样，突然有人跟我说："这一户的情况，你们局的材料写好了没？"我完全不知道这一户和我们局有什么关联，像是小时候忘带作业被老师抽查。我看着他，他的花白胡茬没那么齐整，连带的表情也不那么正式，好像只是在和我聊天，并不需要我特别地回答，我这才放松了些。

这里的领导们大多穿衬衫或者翻领拉链夹克衫，只有他穿着暗红条纹 T 恤和牛仔裤。他没刮胡子，双手指甲长，衣领乱皱。这样的形象出现在队伍里，显得不合群也不积极，他的年龄又偏大，也许仕途不如意吧。开会讨论时他不讲大词，比较平实："本周情况好转，动迁队能进群众的门了，能有人倒杯水了。"

今天，全车人只有他主动和我聊天，问我从哪里来，有没有什么不适应。我心里有点感谢他，以后开会再遇到，我也要主动和他说话。他似乎是不在意等级的人。在官场不在意等级，就像在家长群坚持不给孩子报补习班，在高校不重视职称名号，都比较难。也许一开始有锐气，久而久之，或被洗脑，或被排挤，或被利益诱惑，免不了从众。若走一条人少的路，在官场为群众尽力发声，在家长群里关心孩子的求知欲和快乐，在高校里专注知识和学生，那得内心笃定，才扛得住颠簸。

我揭红绸缎的照片很快出现在一篇图文报道里。合影中我职务最高，所以站在中间。正文也以我开头：

杨素秋副局长为××揭牌，为我区公共文化建设……

图文之间对我的重视，在我心里撩起一丁点快乐。我的表情够不够好看？拍摄的角度合不合适？我把文字来回读了几遍，感觉自己真的"为我区公共文化建设"做了贡献。

读第五遍或者第八遍时，我意识到不对劲，我在咀嚼自己的位置，嘴里是甜的。我贪恋这份甜，再咀嚼下去，以后会对自己职位、走位、排位、地位高度在意，发展成对权力的欲望，不断膨大，吞掉我。这种咀嚼已经损伤我的味蕾，我是个文学教师，我竟然丧失了分辨语言文字好坏的能力，以为"为我区公共文化建设……"这样复制的话语里包含了我的什么实质性功绩。那天，我不过撩起来一块红绸缎而已。

下午去文化馆，那里正在进行"非遗"艺人培训。我从后门进去，想旁听一会儿，馆长冯云见我来了，连忙把我拉到前台介绍。我推让了几下没推掉，只听见她说："这是我们局新来的领导，大家欢迎。"

掌声响起来。我显然打断了他们的活动，给他们制造了麻烦，却还获得他们的掌声，这让我感到别扭。他们都比我年长，此刻我很明确，我不应该把自己树为中心。我鞠了一躬，就又站到了后面。

几天后，市里举办大型露天活动，要求各位局长参加。我们局长临时有事，我替她。第一排的"领导"只有我是临时替补的副职，坐在最右侧。主持人念名单，领导们依次向身后群众鞠躬示意。紧挨我左边那位莲湖区文旅体局局长已经起身，下一个应该是我，我掌心压着扶手准备站起来。可是主持人念到这里，停了："下面有请第一个节目……"我刚刚要抬起来的下半身又回到了座位上。

主持人为什么单单把我漏了？因为我的级别和别人差半级，不够格。我有点失落，瞬间明白一件事——我们平常看演出做观众，都讨厌冗长的介绍领导的环节，可这个环节总也取消不了，为什么？

我今天才明白了，因为领导喜欢这个环节，希望自己被介绍，因为差了半级没被介绍到的"领导"大概会失落继而憧憬自己有一天能够登上那半级从而获得被介绍的资格。被加上一个官职介绍时，自己的名字听起来比平时悦耳。

在我踏入官场的第一个月里，我去过不同的场合，"被重视"的轻微快乐以及"被忽视"的轻微失落，都发生过。我把它们摘出来放在手心注视，它们从什么样的土壤里长出来，我要把土壤清除，我不允许以后我的心里再长出这种蘑菇。

今年，一起到政府挂职锻炼的博士服务团成员互称"挂友"。几个挂友问我同一个问题："以你的职称，到一个区县级文旅局做副局长是不是挂低了？"他们对职务、职称、高挂、低挂了然于心，并且敏感地观察到别人的错置。我问了问栗主任，得知碑林区的级别特殊，副局长依然是副处级，这才解了旁人的疑惑。在这些事上我一向糊涂，高校的讲师、副教授、教授分为很多级。我自己是七级副教授吗？可能吧。反正我总也记不住。

我的稀里糊涂，不久就闹了笑话。"古道茶城"举办书画展，邀请我局出席并讲话，科员小全把他写好的讲话稿递给我，我大模大样拿着平展展的 A4 纸上台去念，念完之后在台上合影，稿子还在我手中。摄像师冲我频频摇手，不按快门，小全急得在台下做口型"藏！藏！"我完全领会不了他们的意思——原来，"领导"走台应该双手无物，步伐庄重。稿子要对折又对折，成一枚小物，藏在怀里，轻轻取出开讲。合影时更应藏起纸张，手中无墨，以示胸中有墨。而我，走台带稿，拍照带稿，看起来非常"没文化"。

除了这两次"没文化"以外，我短短的出镜还有两处不妥，都是小全跟我说的。第一，别的领导正讲话时，我转脸去看，不妥（我以为那样表示我在认真听，我以前就这么听学术报告）。第二，某领导面前，不能提"文化馆"三个字，他们之间有矛盾。我刚才提了两次，小全赶紧岔开话题，我没意识到。小全咬了几下嘴角，显得有些无奈。在他眼里，我的表现像个异类。他想要纠正我几句，又限于职务等级，不便多干预。

其实不仅是他，几日前，外人也觉得我是异类。那天我局召集民宿企业择优评奖，民宿老板们站在走廊里，穿绣花衣裳或棉麻长衫，步履闲适。可他们一进到政府会议室，就坐得出奇地直。

我看了他们的幻灯片，有猫有狗有咖啡，四周屋檐错落起伏，彩色衣裙在旧瓦和花草间摇曳，像透明油画轻轻动了起来。每人用五分钟介绍自己的项目，他们掏出稿子念，声音绷紧，像在朗诵，时不时打绊儿。我说放松点放松点，像平时聊天那样就行，但他们还是坚持念稿。我告诉他们，今天的会议让我有新奇感："城墙根儿底下有这么多漂亮旅店，我都不知道，其他市民大概也很难知道。你们给我多讲一些细节，我可以帮你们写文章宣传。"散会之后，他们问我："你是哪儿的？你讲话完全不像政府里人的语气。"

我笑了，人们对"政府语气"有刻板印象，但在真实官场中，也不是每一位官员都打官腔。我见过的人中，西安市文旅局局长就不讲陈词滥调。第一次见到她是在市政府会议室，她先亲切地问候一句："很久没有见到大家，又出现了一些新面孔啊。"接着，她注视着我们一二三四地讲了下去。她眉毛修剪整齐，妆容若有若无，不刻意为自己的面孔增添些什么。她全程不看手中的稿件，却将每个区县的特殊诉求记得一清二楚，直指核心，没有废话，最后轻点一下头，匆忙赶去下一个会议。她的风衣剪裁得体，双腿又长又直，背影像她的语言一样利落。

我踏进某一种职业，一开始只是凭本能讲话做事，现在我留心观察部分官员开会时的官腔。我有意抵挡，提醒自己千万不要那个样子说话。在我局的民宿评审会议里，我只希望群众觉得我性格好玩愿意做事，不想让对方注意到我的职务高低。

有时，我也得跟别人学着点。比如特色街区办的唐主任，任何时候发言都记得照顾前一个讲话者。他看了我一眼，说："刚才杨局讲了三点，都非常中肯。下面我补充几句……"他这样熟练地承上启下，而我却总是横空而出，叽叽喳喳，没前没后。我这样可能会让其他人不舒服。

"一夕"民宿的老板不是来汇报的，他是评委之一。棕色马海毛毛衣和琥珀色纯圆框眼镜搭配在一起，像一只聪敏的山猫。他聊起他举办的音乐会、脱口秀、摇摆舞会和古着沙龙，他的语速快，眼神清亮，意识领先于同行。但他对我说话时还是稍微欠了身子，说："就叫我小花吧。"这个男人的网名很容易记住。

小花跟我讲话的这个姿态应该不是他本色，这就像小全一样。小全是我们单位最年轻的干部，二十五岁。走廊里，他步态低平收敛，说话和声静气，谦让所有长辈。而我推开他办公室门看到的可不是这样。他为电脑桌前四十岁的"小姨"捶背，又挽着五十岁的"娘"去食堂排队——小全母亲才四十多岁，办公室里的中年女性全都被小全认作"娘"和"小姨"——但他只要见了我，立即鞠一下上身，礼貌得过分。

小全大概在心里估算过我和他的职位距离，办公室里的"娘"和"小姨"，没有职务，可以嘻嘻哈哈，对我则要敬而远之。我以前在学校里，别人不是这么对我的。学生见了我，扑过来摇我，连老师都不叫，直接叫："素秋素秋！"

教师节快到了，几位已经工作的学生给我寄来花果茶，他们互相并不相识，却恰恰买了同一品牌的同一种味道——白桃乌龙。人过三十还能持续收获新的友谊，我得感谢高校教师这个职业。别的职场里多是冷漠争斗，高校却能遇到热烈的孩子。虽不频繁，但隔两年就有一两个能交心的朋友。我像是拿着布袋走在秋天的树林里，我不知道松果在哪里，但我知道，一定有松果在等我。

政府大院里，有没有松果？

两个人的图书馆

　　碑林区图书馆馆长姓宁，是我的直系下属，我叫她宁馆或者小宁。与她交谈，我得知碑林区从前一直没有图书馆。我追问了好几遍才确认这是真的。这个空无的事实难以和另一个饱满的事实相吻合：碑林区是西安市中心城区，西安是十三朝古都。

　　让我更加错愕的还在后面。宁馆给我拿来规划文件，文件显示：我即将接手的这个"西安市碑林区图书馆建设项目"要建在地下。这显然有违常识，对阅读来说，最好的是自然光线。为什么要把图书馆建在地下？

　　她说，原本不在地下。两年前，区政府开始策划一个大型文化综合体，体育馆、文化馆、档案馆、图书馆各一层，其中图书馆占地一万多平方米。可是这个项目一直无法推进，她看着我说："杨局，你应该知道吧，咱们西安的工地经常会发生这种事儿。"

　　我们这个城市比较特殊，土木建设，一不小心就掘出历史遗迹。公主坟，王爷墓，在外省必是热门景区，但在西安市，这些墓地可能就在寻常巷陌中，常常晾晒着干豆角和被子，没什么稀奇。

　　最近我路过母校陕西师大，发现那里新建了一座遗址公园，我分明记得附近原来只是个土坡。二十多年前我上大学时，校园南侧刚刚考古发现一座天坛，是唐代皇帝祭天旧址。这些描述的语句庄严持重，让我肃然起敬。学长们哈哈大笑，破除我的幻想："千万别去看，就是一个大土包，啥都没有。"我还是独自走到那个长满荒草的土坡面前，它在深秋显得分外寡淡，荒草枯枝，毫无吸引人的亮点。它身在这个城市，同类太多、竞争太激烈，很久都没有出人头地，直到我硕士毕业离校，土坡依旧是土坡。时隔多年，现在它总算有了体面的外观。

如今也不知道我们规划中的图书馆碰到了什么文物，需要各级考古部门进行文勘，停滞在考古发掘阶段，预计还得两三年才能投入建设。但是建图书馆这事儿不能再拖，国家公共文化服务评定条例规定 2020 年年底区县级图书馆必须到位。这是年度考核重要项目，不允许出任何差错，各级领导要担责。无论如何，碑林区必须寻找一个现成场地做临时过渡期图书馆，必须达到条例要求的最低面积三千平方米，必须立刻上马，限期完成。

要在碑林区找到一片合适的"三千平方米"，并不容易。碑林区有"两最"：一是西安市面积最小的区县，仅二十三平方公里；二是西安市单位面积 GDP 最高的区县，商业繁华，旺铺抢手。

图书馆对建筑物承重要求特殊，密集书库的荷载数值是普通建筑的好几倍，土木工程界为此制定专用标准。我来挂职之前，局里选了一些阳光通透的地方，都不符合承重要求，最后只能选在地下。一个没有窗户的临时过渡的区县图书馆就这样获得了存在的合理性和紧迫性，等待我来搭建。

小宁站在我面前，叙述这些来龙去脉。她在四十岁左右走上这个正科岗位，算是缓慢。别人说"她很老实，就像个老黄牛"。这么多天，她和我打招呼时依然笑得保守，不是过分殷勤的人。她经常穿黑色或者棕色宽松毛衣，掩饰自己的曲线，带拉链的马甲也能帮她把身材再藏一藏。总之，她绝对不张扬。

现在她还和别人挤在一间办公室里，等图书馆装修好，她要搬离这儿，拥有自己独立的地盘。如果我是她，我一定很激动，各种新规划在脑子里闪烁。我打趣她要荣升"山大王",她却皱眉,不想当山大王。她说自己生来就不喜欢拿主意,更愿意让别人替她拿主意。她不想当任何一个科室的主管,过去的许多年里,她习惯别人吩咐什么就做什么,那样不用费太多心,也不会有什么风险。现在她马上就要做独立法人,她怕出错。出了错,那可得她一个人担着。

我有点担心她能不能胜任这项工作。她的学历不高,专业也不算对口,平时没有阅读习惯。我认识的其他图书馆馆长也有专业不对口的情况,这在政府里好像很普遍,让人奇怪。弟弟帮我分析:图书馆是清水衙门,上级一般会让比较老实的人去管理,不需要出多大成绩,稳重就行。

我并不了解小宁的性格,既然同事们都评价她像"老黄牛",她应该是个靠得住的人,也许可以把这项工作做好。我们已经向上级申请了五个带编制的岗位,明年春天举行考试,明年年底才能到位。现在,整个图书馆只有她一个人,光杆司令,没有兵。我主管的四个部门只有她这样孤立无援。我得多帮她一点,这是我们两个人的图书馆。

我一直在想象这个图书馆。它还没有存在,它不是一个现成的物体,它是水和土,需要我的手先把它们和成一团陶泥,拉伸,揉搓,捏出形状,雕刻花纹。我渴望这泥泞而兴奋的事,那么多读书人都梦想做一个图书管理员,而我现在要做的事比这多,我可以为整个图书馆挑书!我们有一百万元购书经费,这对于一个图书馆来说太少了,但对于一个读书人来说,真是一笔巨款,得好好谋划。

我还没有去过工地。地下室的黑暗应该会让我扫兴,但好在它是完整的,不与任何店面毗邻。一个完整、清洁、宽大的地下室,方方正正等我们入住。就像一件洗干净的旧衣服,依然可以让人接受。

太阳挺好的一天，小宁叫我去看工地，我们沿着粉巷往东走。"粉巷"这个名字的来历有些意思，有人说这里古代是卖面粉的，又有人说是卖脂粉的，还有人说这儿是皇上的选妃地。我更倾向于相信最后一种说法，"粉"字妩媚，也好记，如今这条街上满是特色饭馆，暖融融的市井气。

小宁现在和我没那么生疏，我主动挽她，她也挽着我。我喜欢她这样，这样我们就不像是上级和下属。秋天刚刚开始，树上的叶子还是绿的，偶有星星点点的黄。临街放了一只巨大的锅，用烟熏制过的褐色肥肠挤得满出来，肉的香气里混合了烟的涩味。这种味儿平时很少能闻到，我忽然想起大半年以前的疫情隔离，所有小区限制出入。我的朋友穿着厚大的羽绒服来，隔着铁栅栏递给我一个塑料袋，里面就是这个东西，打开来，就是这个味儿。

"好久没见了。想你。给，吃这个。别瘦了。"

说完她就走了。那几根肥肠，我切得细，吃得也细，舍不得一顿吃完。

用烟熏过的肥肠，叫"梆梆肉"，乌漆麻黑，是外地人不太敢尝试的西安特色"暗黑料理"。我是外地人，但我无所不吃。我谈起吃来眼睛发亮，朋友们都知道。现在工作调动到这条街，小吃太多了。丁字路口有一家手工饺子开了二十年，冬至的那天我得去尝尝。斜对面的牛肉饼馅料扎实，每天都有人排队。还有小巷里的水盆牛羊肉，也在我的计划中。

穿过南大街地下通道，就到了森源实业大厦的门口。临街店面有一家正在装修，颜色是喜庆的红。另一半门面还空着，已经签了护肤品超市和咖啡店。我们找物业经理拿钥匙，一起走下楼梯。整个地下一层是空的，只开一盏灯也能看见远处。非常糟糕，一件打满补丁的、带着破洞和污渍的衣服。连地板都不平，附近是瓷砖地，远处又是烂糟糟的水泥地，几道巨大的沟槽昂首戳出来奇怪的插头。天花板缺了几块，电线散落下来。墙皮颜色不一致，表明这里曾被分割成不同的领地。他们分区而治，又匆忙撤离。角落里没撕干净的海报、乱画的字迹和油污，隐约暗示出衣服店和餐饮店的轮廓，像是焰火表演结束后一地零乱的爆竹皮。

"小宁，这就是咱们的山寨。"

她瘪着嘴，用鼻子叹了声气。

这三千平方米就是这个样子，现在真的交给我了。我手头的钱并不多，因为是过渡馆，随时就要搬走，装修得太豪华是浪费，财政局只为我们下拨一百八十万装修费用，平均每平方米六百元。普通居民装修，一平方米通常过千元。而我们是公共区域，还要做复杂的消防分区。减去消防费用，一平方米只有五百元左右，这个价格简直捉襟见肘，把装修挤压到极限。我不能奢求美观的设计，只把墙、天花板、地面弄干净，铺平整，估计钱就花完了。

如果我们有很多钱，我希望能建成一个漂亮的图书馆。外形优雅，巨大的玻璃窗，窗外要有树，还得是老树，绿叶轻摇，窗边座位抢手。现在呢，也没窗子也没钱，我把这些事儿暂时撂开，重点考虑怎么买书。

最近我的办公室比较热闹，各式商人向我递上名片。商人消息灵通，建设图书馆的公告刚在政府网站发布，他们就来了。这一家坐在沙发上和我谈事，那一家又在敲门。他们在走廊里等着，一个接一个。

除开一百八十万装修经费，我还有一百万买书经费。第一个商人建议我用一百万元买八万册书，"八万册"正好够我们明年评估的数量底线。我有些诧异，他怎么把数字细节搞得这么清楚？他笑了一下，说他的小舅子认识某个领导，他的老同学又是什么什么秘书，他自己昨天刚刚和谁吃了饭。

我学了一个新词——码洋——即书籍封底上的定价乘以册数。第二个商人告诉我，他可以给我二五折供货，一百万经费保证能买到四百万码洋书籍。他悄悄说："领导来检查，书多，你比较有面子。"他说他和官场打太多交道了，而我初来，不懂官场规矩，要应付上级检查，要把面子做得好看，领导才开心。"领导谁还会一本本翻看书的质量啊？主要是数量。"

他们看起来都比我有经验，懂"规矩"，引导我这个新手按照他们的方案来。但我感觉这一切都不对劲。第三个商人进门时，我已经做好了对话准备，我要拒绝八万册，拒绝四百万码洋，那种价格不可能是好书。第三个商人特别擅长堆笑，他说："您要什么书，我有什么书，都是现成书目，几分钟内配齐数据，不用您费心。"

教辅书的进价只有一折两折，鸡汤言情书两折三折，而精品书籍要五折以上。我和小宁商量，考虑到书商的适度利润，我们按六折或六点五折计算码洋，才可能买到好书。数量少一点，保证质量。为迎接评估，八万册是及格线，但是明年下半年才评估，不着急。明年开春我们再向财政局申请新年度的购书经费，今年的加上明年的，应该能凑齐八万册。

小宁说自己是门外汉，不懂，买书的事情全听我的。我们确定方案，一百万元经费，码洋在一百五十万到一百六十万之间，一共买三万册。如果复本（重复的书）数量是三，那么就是一万种书。

这个方案进入了我的一封封邮件，我让所有书商按照我的需求，分别发来一万种书目。我来择优筛选，这个事情我喜欢干。

我陆续收到书单：

大量情感鸡汤书籍和长篇小说，书名软糯可人，共同特征：书评网站查无此书。

偶有经典作家，恰恰剔除成名作。

偶有经典作品，恰恰绕开优质出版社：《世说新语》——某某日报出版社，《老人与海》——某某旅游出版社。

儿童书籍，完全杜绝国际大奖和畅销绘本，可谓煞费苦心。还有一些单蹦儿书目，第2辑，第5卷，前不着村，后不着店。

商人大概没想到我会一行一行地查看，我也没想到，我会看见这样的"报告""岗位"与"视角"：

《某某县政府廉洁反腐败的公众感知评估报告》
《高速铁路接触网作业车司机岗位》
《价值网企业创业绩效损失机理研究——一种基于非物资资源配置的视角》

我看见了一些"文萃"，一些"风采"：

《某某酒业文萃》
《某某师范学院校报文化副刊选集》
《吟诵的女儿——记中华优秀传统文化吟诵推广志愿者某某某老师》
《某某政协委员履职风采》

也看见了一些"学术"。作为高校教师，我熟悉这样的名字，知道它们是怎么生产出来的：

《某派评论视野中的打工文学》

《基于核心素养的大学语文教育》

《主体间性视野中的中国传统音乐文化教育》

《当代大学生德育中主题教育模式的理论与实务探析》

《创新驱动下的高校服务育人模式研究——某某学院学生事务管理改革的理论与实践》

我现在明白这些书单是什么名堂，书店里卖不动的书、仓库里的滞销书以及那些明知没有读者的自费出版书籍，全都塞给了我。我恍然大悟，为什么某些图书馆书架被三流书籍占满。因为图书馆是公益场所，不赚钱，塞些"坏"书进来不影响图书馆"业绩"，反而会增加书商利润，于是，图书馆成为某些书商的库存倾销处。街头书店则不同，它们要营利，自然会认真筛选商品，为销量操心。书店固然也有滞销书，但绝不会铺天盖地。

我无法想象我一手弄起来的书架摆的全是三流书，走在里面多丧气。图书馆不能只做成政绩工程，为了读者喜爱，我得把好第一关。

我再次写邮件：

您好！

您发来的书目我已全部读过，建议按以下要求修改……近三年出版的新书籍可参考各种网站销售榜单……古典书籍涉及注解、校对和版本，一不小心就谬以千里。古典文学建议多多考虑中华书局或上海古籍出版社。外国文学，尤其是作者去世五十年以上的公版书，不用支付版权费用，译者水平差异太大。外国文学建议大量采购上海译文出版社、译林出版社、人民文学出版社……

这一次，我的邮箱没有收到回信，但我的办公室不断响起敲门声，收件人直接来到我面前。他们说，以前给政府配货不会遇到这样的麻烦，大家都知道"馆配"就是这样做的，书商提供什么书目图书馆就买什么书，这样比较快。我要的书进价太高，让他们没有利润。而且他们没有精力按照我的要求去修改书目，太费时间。我问他们："平时读书吗？""不读，我们是业务员，主要跑业务，哪有时间读书啊？"

他们带着笑脸，但我知道他们内心并不喜欢我，怎么就倒霉碰到我这个"不懂规矩"的"临时挂职"干部，为了书目纠缠不休？我也心烦，为什么没有一个爱读书的书商出现在我的办公室？一个书商，但凡读一点书，就能理解我的诉求并且做出修改。

我处在被动局面，如果他们继续这样和我周旋，我如何才能挑到我要的书？也许我应该主动出击，寻找合适的供货商。我想起经常买书的网站：中图网，价格合理，书籍质量也还不错。我拨通"批发业务"电话，接线的是一个中年女人，语速沉稳，温和有礼，不像别的书商那么迫切，也不急于做出允诺。我提要求，她说："好的，理解，明白。"她耐心地记下来，并且复述。这个舒服的声音让我多了一份希望。

开会了

每天九点打开办公室门，当天要做的事我只能知道一半，剩下一半，我得等栗主任的敲门声。我已经能分辨出他的敲门声，力度适中，节奏比别人更均匀。他递进来各种会议通知，告诉我今天的脚步该迈向哪儿。最多的时候我一天开了四个会，直到天黑。这样的生活是"不可控的"。以前在高校每周课程固定，偶有临时会议也会提前一两天通知，每日要做的事可以提前规划好。但在这儿，我得适应这种随机性。

高校开会也摆桌牌，只摆几个重要位置。政府不是，政府的桌牌铺天盖地。一开始我不明白为什么要这么麻烦，不久我知道了桌牌的用处。

有天早晨我去市委开会，找不到会议室。这才发现我走错了，这里不是市委，是市政府。市政府在"行政中心"地铁站西侧五百米，市委在该站东侧五百米。我这个糊涂蛋，寻了一辆共享单车往东赶，路上连续接到三个催促电话，分别来自我局办公室、碑林区委办公室和西安市委会议组，严厉程度依次递增。我走进会议室，只有一个座位是空的，像窟窿一样显眼。桌牌上"碑林区文化和旅游体育局"清清楚楚，墙上时钟显示我迟到两分钟。这里开会准时，一分不差。主席台领导让我站着别坐，严肃教育我。

又一天，开"创文明城市促进会"，台上领导狠狠批评几个街道的垃圾死角和道路施工问题，督促其他单位跟进整改。我听了听，没我们局什么事儿，我们主管的景区和酒店一贯卫生达标，我就开始玩手机。

玩手机的不止我一人，他们都用手挡着手机，护在笔记本下面偷偷玩。我懒得挡，一个秘书从过道走过来碰我手肘，说："区长让你别玩手机了。"我抬头碰上主席台冷峭的眼神，区长在瞪我。散会时，那位秘书到我身旁叮嘱我先别离开。区长走过来，他身着白色衬衫，头发造型服帖，用食指点着我的桌牌说："你们局长没来？你是谁？今天发生的事情，下不为例！"

由此可知，桌牌的第一个功能：靶子。

摆桌牌很费时间，最重要的领导摆在中间，然后呢，第二名应该坐在左边还是右边？第三名呢？如果两个人是平级，谁的部门更重要？谁左谁右？同一部门的两个副职怎么排位？人大、政协和政府这三类部门的先后顺序如何？轮到我们局主持会议时，这样麻烦的事情只能请教栗主任。一筐子的人名，他总能细细分辨这些人位次的差异，拿出来排好顺序，给我们讲解。但是下一次我们还是会忘，还得叫他来。

开会有严格规定，如果只是一两人出行，不能乘坐公务车辆。我局公车被划归应急保障类，有重要事件才可以出车，出车之前要填写公车审批单，标明详细路线、途经街道和停留位置。每辆车均是 GPS 全程定位，调度中心可以随时监控，如果行驶路线和填报数据有偏差，需要做出书面说明。

我出去开会，一般都自觉往角落里走。某天我去早了，许多桌面还空着，秘书正在筐里拨拉桌牌，我拿出我们局的："不用费心排序，我自己随便坐角落就好，左右都没差别。"我俩都笑了，因为我们文旅局从不曾坐到中心位置去，都是在角落。

渐渐地，我对于文旅局的冷清处境习以为常。我曾和一些局长、处长同乘一辆大巴车去西安理工大学调研，轮流发言，寻找合作可能。会后，高校来到政府各个部门桌前互加微信，唯有我桌前没有任何人来，我就自个儿坐在那里。

多开几次会就知道，招商局、经贸局、投合局、发改委这样直接与 GDP 挂钩的单位通常坐在前面。桌牌是一种秩序，通过位置分布，直观地让每个人清楚自己负责的工作在整个政府里的地位。

同一个会议，参会干部级别大多接近。会开得多了，院子里的局长副局长们我就都认识了。他们互相打招呼，我也和他们打招呼，总有一些人看不见我的招呼。起初我以为是偶然，后来这种事频频发生，他们的视线故意从我耳侧擦过去。我懂了，我是"临时"的副局长，一年后就要离开。

中午的食堂门口，排队的人不少。不管队伍有多长，里面绝对不会出现副处级以上的干部，我是唯一的。食堂开门时间严丝合缝，十二点整，服务员手拿小钟表卡着时间开锁，我们拥进去。过上十几分钟，副处和正处们才陆续进来。

中午的米饭配两荤两素，一汤一薯，一酸奶一面食。在北方，尤其是在西安，面食不可或缺。本城又名"馍都""碳水之都"，绝不是浪得虚名，《陕西美食》的歌词便是证明：

从来不吃什么意大利的通心粉
好好尝一下　俺们的岐山擀面皮
KFC 的汉堡别看你价钱卖得美
一个腊汁肉夹馍就把你 PK 得找不见北

面对异域文化，这首歌首先捍卫本地美食的地位。紧接着，碳水方阵向您走来，有粗有细，有煎有煮，有酸汤有酱汁，想要尝试这么多花样，至少也得三五天：

锅贴　凉粉　酸菜炒米　春卷　醪糟　三原熏鸡　酸汤饺子
灌汤包子

······

油泼面夹一口　香得发抖

菠菜面营养多　绝对很牛

裤带面粗得很　挑战喉咙

biǎng biǎng 面拌上肉　真是筋道

浆水面连汤带水　记得擦嘴

岐山面臊子多　历史悠久

蒜蘸面有点辣　小心舌头

炸酱面燃一点　吃不了咱兜着走

　　最后的压轴一定是泡馍。外地人第一次吃恐怕有些疑惑，服务员递给自己一只硕大的空碗和两个完整的馍（其实是饼），这是要做什么？环顾四周，大爷大妈们不慌不忙，一边聊天一边把馍掰成蚕豆大放进碗中。细致的人，掰下来的每一粒都同时带有微黄的馍壳和白色的瓤儿，煮出来既有嚼头又能浸润油汤。一只馍掰十几分钟是常事，掰两只馍就累得指甲盖疼。附近熟客则更讲究，带完整的馍回家，第二天清早赶来，将掰好的一袋精致馍粒直接递进操作窗口，收获外地人惊诧眼神和跑堂伙计赞叹，迅速吃上第一锅羊汤。外地人往往等不及，操作也不熟练，只将馍撕扯成大块递给堂倌。这样敷衍的"馍品"往往换来厨师的怠慢——你不尊重馍，我就给你胡乱做。

　　总之，吃泡馍要有仪式感，手掰馍的颗粒大小和均匀程度是区分泡馍行家与新手的重要标志，机器掰馍更是被"手掰馍原教旨主义者"嗤之以鼻：

牛羊肉泡馍　是咱西安的经典传统

要想吃得好　那可讲究得緤耷①

馍要自己瓣　还得配上辣子酱跟糖蒜

料重味浓肉烂汤浓还有暖胃功能

伙计　汤给咱弄得宽一点

　　"泡馍"这种受欢迎的小吃，政府食堂里很少见到。因为人多，不能一碗一碗分别去煮。偶尔，厨师烩一大锅端出来，大家争着舀："哇，今天有泡馍!"大锅一会儿就见底。

　　在我们的食堂里，面食花样还是丰富的，天天换：扯面、饺子、麻食、凉皮，还有饸饹——一种荞麦面条，汁水里带有芥末。食堂厨师应该是本地人，粉蒸肉非常软糯，醋熘白菜够酸爽，做鱼则差些功夫。因为附近有同事，我忍住了打第二勺粉蒸肉的冲动。

　　我转身看见老谢，他是碑林区融媒体中心的老编辑，精瘦，快退休的样子。前几日，栗主任介绍他和我认识，请我给他写些稿件。自那之后，老谢一见我就打趣："杨局，你还亲自接开水？让栗主任帮你接嘛。栗主任！你有没有眼色?"栗主任瞅他一眼："你走!"老谢抱着保温杯，眼睛弯弯的。他这个年龄，和谁开玩笑都无所顾忌。

　　今儿他又在食堂遇见我，故意大声："嗬! 杨局，你亲自来吃饭!"

　　我大笑："没有没有，找个秘书替我吃!"

　　我们身边有许多空位，正处级干部们举着盘子略过我们，四处张望，寻找同级别的人坐在一起吃。副处呢，进可攻退可守，坐哪儿的都有。我喜欢和下属坐在一起，一边喝汤，一边听小全和他的

---

　　① 西安的方言，意为"非常厉害"。——编注

"小姨"诉说失恋的情绪。

早晨醒来，我摸到枕头边的手机，一串短信：
"送走夏的斑斓，迎来秋的淡雅，在这寒风微起的日子，只想轻轻说一声：天冷了，您多加衣。"
这是群发的。
"杨局，前几天看到您有些疲惫哟，您可以多喝喝银耳汤呢。"
这是单发的。
"杨局，您只要买我的书，我可以表面上给您报价五折，实际给您三折，中间的差价，微信里不方便，我们电话里说。"
这是密发的。

所有书商中，只有中图网不发这样的文字，那个温和的女声根据我的需求改了两版，没有嫌麻烦，少儿书籍部分尤其令我满意。她显然有阅读习惯，和我讨论凯迪克大奖、安徒生大奖；她正在外省做绘本阅读的活动，主动增补中华书局、商务印书馆、三联书店等社的新书，又建议我加入企鹅经典双语读物。一来一往的业务交流中，我意识到我过去的采购想法太粗疏，需要细化。我得自己动手编一个更适合本区读者的书目出来，这可能需要一两周。

我托朋友找到北京海淀区图书馆以及西安市其他区县图书馆的编目原则做参考。我们的馆小，书少，这恰恰困难。稍微买偏了，就会大量被闲置。

首先要分析地理位置。碑林区图书馆在地铁 2 号线上，这条线上有好几个图书馆，都不远。往南走三站，省内最大的图书馆——陕西省图书馆；往北去五站，西安市图书馆，规模也不小。方圆五公里内高校——西安交通大学、西北工业大学、长安大学、西北大学——都有各自的图书馆。因此，如果某些小众领域的研究者想要借阅冷门的专业书籍，可以在以上图书馆满足需求。

我们规模有限，不在艰深领域和其他馆比拼，要换个思路，以普通民众阅读需求为主，注重书目的普适性，经典书籍和畅销书籍都得有，暂时不考虑过于小众的书籍。

这里是市中心商业繁华区，周末常有家长带小孩子来附近逛街，我们应该加大文学书和少儿书的占比。

附近有全国最大的石碑博物馆——碑林，它和其他博物馆不同，展出的不是绘画或者器皿珠宝，而是"字"。无数笔画线条用面积和体积填满数十个展室，即便游客不能理解文本奥义，也能强烈感受到汉字的形态之美。

疫情之前，常有日韩游客在碑林研习书法，日本修美社和碑林也曾多次联合举办"国际临书纪念展"。今年遗憾，域外书法家的临帖作品无法正常邮寄，只能在线上展出。

瑞典人林西莉曾在《汉字王国》中这样回忆碑林："在那里散步，如同置身于森林之中。文字上的光仿佛是刹那间从沉重的灰色石头中散发出来的。那里有诗人和皇帝各种不同的手迹……它们离我们那么近，伸手就能摸到它们——这使得这个地方成为中国的知识圣地之一。"

碑林中，颜真卿《颜氏家庙碑》和柳公权《玄秘塔碑》名声最盛。《开成石经》阵势宏大，一百多块碑石如将士一般排列，镌刻儒家的十余部经典。我经过时，听见导游说："这就是唐朝的公务员考试教材。"游客大笑，俯下身去辨认自己熟悉的句子，《诗》《书》《礼》《易》《春秋》……总会找到几句。

唐宋石碑已被玻璃罩保护起来，不允许拓印和抚摸。近代石碑周围搭起小木梯，工人用布做的圆形拓包蘸取墨汁，捶打碑上的纸张。人们围观拍照，看那美丽的字如何从纸里浮起来。

碑林门口紧挨着一条街——书院门街。叫这个名字，是因为街道中段有古老的"关中书院"——明清两代陕西的最高学府。如今，这条街的生意紧紧和碑林相连，卖笔墨纸砚、书房清供、字画玉器、篆刻画框。街头有个灰白胡子的"扇子哥"，在扇面上画国画，每天只画六把，看热闹的人不少。走进这个路口，满眼都是毛笔字。碑帖、拓片、书法卷轴铺展开来，占据了街面的大半。商店牌匾全是手书，路边小筐哪怕售卖低廉花哨之物，也要用毛笔写出价格和名称。印刷体似乎不太敢出现在这条街，怕跌份儿，怕上不了台面。刻印章的小店里，工匠在安静地手作。一个朋友曾给我讲，他小时候想学毛笔字，没有老师，就趁放学时间去书院门，站在店主身后看他们写字篆刻。都是陌生人，他不好意思请教，只是胆小地站着，在露天小摊一直站到太阳下山，天黑了饿着肚子回家，回忆老师傅的运笔方式，于纸上琢磨，这么看了半年就学会了。

这个地方离我们图书馆步行只有几分钟，我应该设立一个碑帖专区，大量地买，做成特色。爱好书法的社区群众会喜欢，来碑林没看够的外地游客也能在这儿继续旅程，坐下来一页页慢慢翻看稀有碑帖。

我还想设立一个单独的外文童书区。2018年秋天我在西雅图访学，家附近的社区图书馆不大，也就两三百平方米，进门右拐，有一块"中文童书"的汉字标识，我家孩子见了一下子就冲了过去。后来我去过西雅图的其他图书馆，全都有中文童书，书品不错，没有"外行"或者凑数的感觉，都是近几年的童书佳作。不知是谁在负责选品，能在国外的城市里做到这样，一定花了大功夫，感谢这个隐身的选书人。

孩子在那儿挑了一本王安忆编的《给孩子的故事》，其中，余华的《阑尾》让他哈哈大笑，读完汪曾祺的《黄油烙饼》，他用力绷着上嘴唇，突然喷出哭声："汪曾祺写得好感人啊！我好难过，我不敢看第二遍！"

在英文环境里偶尔读到中文，孩子心里的情绪可能更为浓郁。在碑林区工作的外国人不少，如果他们的孩子在这里看见母语故事，一定和我的孩子一样激动吧。而且，国内的小朋友也有阅读外文故事的需求。"牛津树"系列，"培生"系列，"外研社"系列，这几个常见系列都应该纳入进来。日语，法语，西班牙语，阿拉伯语这些小语种，也要有。

还应该有一个漫画专区。漫画的魔力和其他故事书不太一样，我小时候就发现了。我的弟弟和表哥在家里练着"天马流星拳""钻石星辰拳"，向我大喊"我代表月亮消灭你"。他们买不起全套，就互相交换，头碰头挤在一起看。现在我儿子也是这样，生日时收到舅舅送的整箱《七龙珠》《火影忍者》《丁丁历险记》，坐在书堆里完全不能停。我进入不了漫画迷的世界，但我想满足他们的喜好。除了日韩欧美漫画以外，还可以再打开一些，比如描写北非小城阿尔及尔犹太社区的《拉比的猫》，以及拉美的《玛法达》，风格都独特，孩子会说："还有这样的漫画！"中国的经典漫画，丰子恺的《护生画集》，张乐平的《三毛流浪记》，也要放进来。

西雅图的图书馆同样有着"漫画专区"，人头攒动。我们把这个区域做好了，这几个书架也可能会成为漫粉聚集地，也许周末会被读者挤满吧。

突然，我编书目的事被紧急任务打断。

上级要求我们停下手头一切工作，上街督导迎接"创文明城市"检查。

我手持一沓表格，先去景区，再去酒店：景区入口处是否张贴"文明城市"宣传海报？电子屏幕是否已加入最新版本的文明城市宣传语？这是打分栏的前几项。为了填写后几项，我还得打开计时器，掐表计算文明城市宣传语是否超过"所有播放文字总时长的40%"。文明城市，52秒。总时长，120秒。120×40%＝48秒，52秒>48秒，此项应该打钩……

我因公务来过多次碑林博物馆，但没时间欣赏碑石。每次来我只去看两类东西：一是灭火器，二是厕所。我需要清点景区的灭火器数量，打开箱盖查看灭火器使用时限是否超期。进入洗手间，每个隔断查看垃圾筐和角落的清洁程度，确认洗手台面上是否有"请节约用水"的标识，是否在显眼位置。

碑林门口的海报有意思："中国古代科举与旅行特展"，我赶紧跑进去看，全是古代书生赶考的物事：岫玉笔架、手写信札、鱼跃龙门的糕点模具，还有一个"竹夫人"，竹篾编的中空圆柱，雅号"青奴"，据说夏天可以抱着它纳凉。我想多看一会儿，又怕别的科员等我太久，一两分钟后就匆匆出来了。

人们问起我们局是否"管"碑林，我打趣说："碑林不归我们管，但碑林的厕所归我们管。"行政归属和辖区归属是两个概念。碑林博物馆在行政上归属省文物局，向后者汇报业务，而不是向我们。但它的地理位置属于我们的辖区，按照"属地管安全"的原则，它的消防、卫生、文明宣传等杂事由我们监督。说是监督，我们也不具备强势话语权，因为碑林博物馆和我局是平级单位：正处级。我们和他们协调事务，有时不一定顺畅，得商量着来。

同理，小雁塔西安博物院在行政上归市文物局管，城墙景区以及碑林周围地段的改扩建，归曲江管委会管。身为碑林区文化和旅游体育局，其实稍显尴尬，区内几个著名景点，全都不"属于"我们，也不太"听"我们的。

我初来局里时，写下几页未来工作构想笔记，为何在局长看来完全是白费力气，就是这个原因。那时我完全不了解行政归属和辖区归属的分别，我打算为听障人士专门进行博物馆手语讲解服务，畅想碑林周围的业态规划，这些都超出了我局权力范围。而我以为自己能有机会行走在碑石之间慢慢研究，那美梦完全在我的日常工作之外。

这一天，为了检查，我坐上了公务执法电瓶车，比机动车利索，可以在背街小巷随时停靠。这车我还是第一次坐，简易小箱子的样子，窗户大，摇下来风也够大，正好吹吹今天的汗。坐在里面好玩，启动时轻溜溜的，像是玩具车。

某酒店昨天没有按要求设置"学雷锋服务岗"，今天已经改正，增添一桌一人，但是"雷锋同志"未佩戴红袖章。我说："赶紧戴上吧，不戴要扣分。"某张餐桌上"光盘行动"的纸质广告，尺寸符合标准，可是公筷私筷的比例没有达到 1：2，且两种筷子样式区分不够明显，应该换一种。某电梯里的公用消毒液空瓶见底没有及时续上，是个疏忽……

酒店员工尽量保持礼貌表情，我看得出他在按捺烦躁。我想说：其实我本人不是这样的。我平时大大咧咧，上课很少点名，做起家务毛手毛脚，受不了繁文缛节。但在这里，我和科员手拿一支笔、一沓子表格，面对表格中的百余道问题，打分扣分，呈报上级。在过去的一个月里，我们反复去过许多检查点，罗列条款让他们"对照整改"，这些文档不仅让我，也让景区和酒店快要昏过去了。

回到大院，人们走路飞快甚至小跑，打好最后一战，胜利曙光在前。

院子中央的银杏树摇动着小黄裙，漂亮是漂亮的，但那里离领导办公室太近，并没有人敢去和树拍照合影。它们兀自地绿，又兀自地黄，过段时间，又要兀自地落叶吧。没有人敢去捡拾那些小扇子，没有人把它们撒向空中，没有人轻轻地踩踏在叶子上，听那扑簌簌的声音。它们被扫进垃圾箱的时候，寂不寂寞？

　　我不要再这样多愁善感了。往左转，左手第一栋楼，一层南侧就是我们局。走进楼道，我看见小宁和几个陌生人等在我办公室门口。昨天来的不是这拨人，天天换。等和这拨人聊完，又不能按时下班了。

今日斩获写作素材

　　小宁站在我门口，表情有些无奈。她必须在三个月内完成以下任务：组织招标、装修场地、消防验收、安放桌椅、调试电器、书籍编目上架、人员培训上岗。我想想自己曾为家里的一百平方米花去多少心思，就能预计这三千平方米将会给小宁制造多少琐事。

　　她没有助手，自己一个人不敢定夺，怕出差错。同时她又怕打扰我这个"领导"，就总是叹气。最近找她的人多，她那边坐不下，我建议以后都到我办公室来。如果四个科室是四个小孩，其他三个都能蹦蹦跳跳，只有图书馆还是未分娩的胎儿，需要额外照顾，也是人之常情。我稍稍偏个心，希望其他科室能理解。门口这几个商人，一个卖家具，一个卖电器，一个卖软件，还有一个搞装修。我从他们手里接过产品画册，对比挑选。

　　从此我和小宁绑在了一起，在办公室拿着巨大的图纸，给络绎不绝的商人讲解、修改、砍价。科员敲门进来找我签字，总是要绕开一堆人，才能到达我的桌前。我的门不敢敞开，怕嘈杂的人声传遍楼道。

　　家庭装修远没有建设政府公共场馆这样复杂。家庭预算可以浮动，而政府预算固定，不敢超额。家里买错了可以重来，买少了可以补充。政府项目所有需求必须在招标文件中公示，必须心思缜密，事无巨细地考虑，不要遗漏。招标结束后若想增补，财务审计手续十分复杂。

　　在招标中，我们甲方一共要对六个标段提出需求，分别是：图书、家具、电器、系统、装修、运营。我只对图书有些了解，其余五个标段我完全是外行，小宁也是外行。业内其他图书馆标书固然可以参考，但经费、面积、地形、房屋结构的差异又得推翻预设。我俩先从商人手里拿到最新产品报价，然后去购物网站查找同款报价，再去知乎网和哔哩哔哩网站搜索测评文章和视频，比较不同品牌特性。我们不能完全相信商人，得自己心里有底。产品利润太高，会让商人牟得暴利，读者利益受损；利润太低，又会出现无人竞标的流标局面。产品质量差，影响读者使用感；产品质量优，指定具体品牌，可能会触犯招标规则。

我负责查找网络资料，小宁包揽更繁琐的工作：撰写详细参数，计算价格，填表。比较麻烦的是：其中有三个标段合在一起成为一个总标，总价必须固定。因此，倘若我们为 A 标段增添产品和预算，B 和 C 标段预算就得减少，产品也得变化。而 ABC 又是不同类企业，小宁手持天平，增增减减，估算三个标段利润率，确保接近，不能厚此薄彼。她趴在我对面的桌子上加减乘除，按下葫芦浮起瓢，眼镜垮到鼻梁，没时间扶起来。

我们装修自己的房子，进到家里的每一样儿都是自己心尖上的，不愿敷衍。那我们应该以多大的热情来建设公共场馆？这件事我没有和小宁讨论过。如果要省事，她完全可以把参数交给商人撰写，最终交付的场馆能凑合就行。但我看到，她把图书馆当作自己的家在装修。刚认识她时，我对她能力的担忧，此时已然淡去。人们频频说她老实，确实是中肯的评价。

我俩挽在一起走路已经成了习惯，加班时，她给我巧克力，我给她芒果干。我语速很快，容易兴奋，为买到的一只多汁的橙子笑个不停。她慢言细语，没那么欢快，但显然比我沉稳。

我过去和学生讲话的书生气在新的工作面前可能太单调了。现在我需要扮演精明、擅长砍价、拍板定局的"大 Boss"，也许声线要提高，体态要正式一些，是不是得穿一双细高跟鞋？小宁需要扮演木讷、手头拮据、拿不定主意的"小管家"——事实上，她不需要扮演，这就是她。"双簧"是必须的，我用轻笑戳破商人花招，她用愁容表明持家之难。我俩一唱一和，商家渐渐让步。

从前我读的书——小说啊，诗歌啊——都"不实用"，最近我学的新知识可太"实用"了：二次消防的面积分割；颗粒板、多层板和实木板的价格差距；JBL 和 NOBLE 音箱的各项参数；公共图书馆的照明标准；中长焦和短焦幕布的投影效果差异；网站备案和网络托管业务的办理次序；固态硬盘和普通硬盘哪个更适合电子阅览区读者；一个无线 AP 能够覆盖多少平方米面积；大数据服务的预算属于运营还是装修；电话传真一体机如果要增加复印功能，报价应该做何改变；竞争性磋商和竞争性谈判的招标流程有什么差异。

晚上睡了，我忽然想到：装修需求里忘了写中央空调风道，WiFi 的具体带宽明天还得咨询专业人士，幼儿区是不是得用玻璃单独隔出来，避免干扰成人区。电器里最好再增补一个儿童饮水机？其他图书馆没有儿童饮水机，我想弄一个。这里是闹市区，家长可能会把孩子放在图书馆，自己出门去逛街。孩子如果无人看管，也许够不着成人饮水机，或者被成人饮水机烫着。我问了幼儿园工作的朋友，他们使用桶装水，需要频繁换水，这不适合我们图书馆，我们人手不够。我翻身起床，在网站上找到专为儿童设计的自动饮水机，低矮，只出温水不出烫水，安全得多。我抄下来参数，关灯睡觉。

手机突然亮了，一个商人给我打来电话。他的声音比白日里柔和："您看您什么时候有时间？我请您吃饭吧。您别看我年轻，规矩我都懂。我肯定会回报于您……"我委婉地说："我现在需要休息，不愿谈论工作，我先挂了好吗?"这时他叫了一声"姐姐"，软绵绵的:"姐姐，我错了，我不该在夜里打扰您，姐姐，我打我嘴，行吗? 姐姐，我打我脸，行吗?"我愣住了，这个电话的甜度严重超标，声音软度也严重超标。言情剧里前男友乞求旧情复燃也没这么酥，大 Boss 女主角已被驹住，急需救援。

我屏住气息，不再与他应答。最好的办法是跳出来，抱着"采风"的旁观心态，才能吞咽这件事儿。我挂断电话，打开手机备忘录输入:"今日斩获一个写作素材……"

装修的事，我和小宁一起商定。书目的事，小宁全交给我。要找到近年出版的一万种较受读者欢迎的书，并没有现成路径。我在微博上发出征求意见的通告，自己也调头扎进了书目的海洋。

先从熟悉领域做起，把文学经典一部部放进来。参考文学史论著，从《诗经》《论语》《伊利亚特》《奥德赛》开始，甄别注释者和译者，敲定版本，这不太难。

然后搜集畅销书:

豆瓣网各类别图书 TOP100 清单。

清华大学图书馆、北京大学图书馆、陕西省图书馆……月度年度榜单。

购书网站实时销售总榜:童书、小说、成功/励志、管理、青春、外语、养生……

在这些畅销书书目中，余华、刘慈欣、村上春树、东野圭吾、乔治·马丁、玛格丽特·阿特伍德是高频词汇，必须纳入。考虑到地域性，本省作家贾平凹、陈忠实、叶广芩、路遥的可以多购买一些。还有最近几年的新人：陈春成、苏方、班宇、余秀华、陈年喜等，应该也会有稳定读者群。自然科学，我先看知乎网博主的私房珍藏，又咨询高校理工科教师。他们共同提起几本书：侯世达的《哥德尔、艾舍尔、巴赫——集异璧之大成》、加文·普雷特-平尼的《云彩收集者手册》、乔治·伽莫夫的《从一到无穷大》、贾雷德·戴蒙德的《第三种黑猩猩》、丹尼尔·利伯曼的《贪婪的多巴胺》、理查德·道金斯的《盲眼钟表匠》和《自私的基因》……看完书籍简介，我也想沿着这几位作者的指引，观察数学、绘画与音乐的应和，辨识天空中变幻的云彩外形……这些陌生领域的名字像是丛林中的秘密，散发着蓊郁的气息。等书到馆，我首先就去借它们。

童书，我托人联系乐乐趣立体书出版公司、蒲蒲兰、接力出版社、信谊出版社等，拿到近年的书单。既有书单比较偏重绘本，适合9—12岁的并不太多。实际上，这个年龄段的儿童正从启蒙阅读走向成熟阅读，他们有大量领域可以涉足。法国"可怕的科学"系列，我自己买过三五十本。作者团队了解儿童的喜好，特别擅长打比方和搞怪，总有本领让孩子笑个不停，读个不停。孩子看了往往会主动去钻研概率和数列、化学元素的分子式、细菌和病毒的变异体，合上书就开始在家里倒腾小棍小瓶做实验，不觉得累。

罗尔德·达尔的《查理和巧克力工厂》和《了不起的狐狸爸爸》都很有名，全套十余本没有平庸之作，《玛蒂尔达》里那个被反复歧视打压最终扬眉吐气的小姑娘成长故事，值得每个女孩阅读。E.B.怀特也让我佩服，他最初是著名记者，后来转向为儿童写作，《夏洛的网》《吹小号的天鹅》《精灵鼠小弟》，这些故事并不低龄。小蜘蛛用吐出的丝编织文字魔咒，真的拯救了朋友。生来喑哑的小天鹅学会了吹小号，向恋人倾诉。作者的笔触总是蓬松，"面对复杂，保持欢喜"。读他，我感到舒适。

碧姬·拉贝《写给孩子的哲学启蒙书》一定要补充进来。我买过多套与儿童谈论哲学的书，都不招孩子喜欢，唯有这套例外。它难度适中又充满妙趣，配的漫画也好玩。它一点都不轻视儿童的智力，循序渐进地与孩子探讨问题。在许多父母那里难以得到答案的问题，在这里被充分展开，比如生与死、爱与性、公平与不公平、金钱与工作、性别与歧视、身体与精神等。而且它们全都埋藏在故事里，在上学途中的辩论中，在学校的嬉闹中，书中的主人公渐渐地发现哲学问题，解决哲学问题。

下班路过粉巷的"西安古旧书店"，进去看看。这是我城历史最为悠久的书店之一，前身为 1908 年成立的公益书局，由几位早期同盟会员创办。从西安城的老照片里可以看到，清末和民国时期，这一片是整个城市的商业中心，钱庄、盐店与丝绸商号汇集于此，辐射西北，盛极一时。当时有一首顺口溜："要穿绸缎老九章，要戴金银老凤祥，世界五洲大药房，南华公司吃洋糖。"顺口溜中提到的几家店铺都在这附近，传闻当年张学良将军常常泡在这个古旧书店里淘书。

书店门头的牌匾与鲁迅有段渊源。当年鲁迅应邀来西安讲学，与陕西名士阎甘园相谈甚欢。1950 年代，阎甘园家的书店合并入古旧书店，后来人们为了纪念这段往事，从鲁迅手稿中集出六字"西安古旧书店"为门头。

四周店铺装修亮眼，街头行人很难注意到这块朴素的黑色牌匾，更不会辨识右侧小小的"鲁迅"二字。他们匆匆而过，几乎不会进来。一楼的一整面墙都是原版线装书，古代碑帖和现代连环画也各占据着一块地盘。地下一层多是老版外国文学和折扣新书。今天人比较少，一位老人戴着呢子质地的鸭舌帽，站在那里挑选。

我编书目比较慢，小宁那边的事渐渐赶到了前面。有一天，临睡前我肚子饿得难受。我晚饭吃的是什么，饿得这样快？过了会儿才想起来，我是忘了吃晚饭。下午加了半小时班，单位食堂已锁门，回家接到无数个电话：楼下邻居说天花板漏水止不住，房客说可能是地漏坏了，物业说应该是地暖坏了要我明天砸地板；A下属让我审文件，B下属让我处理网络舆情；领导让我明天别请假；C商人说招标文件有问题要反映，D商人说有些书目太稀有绝版了；教秘说学生补考成绩我没录入；招标公司说要改参数；研秘说我有个项目要写情况说明；MBA学生让我出试题；编辑提醒我论文快到交稿期限了；母亲打电话讲解纯种乌鸡和杂交乌鸡脚趾头的区别以及口感差异；弟弟说好久没和我聊天，想和我聊哲学……

　　"晨兴理荒秽"，陶渊明刚刚回到乡间时是怎么做到的？我最近的生活，脚下尽是草屑瓦块，得扛着锄头一点一点清理。我想念高校，那里的土地相对平整，没有荒秽，教一门课就像栽一畦花，定时浇水施肥，照料的事很规律。而现在，这杂草乱石中，我也没有把握，什么时候才能种好一片庄稼，看它慢慢长大。

　　就要开标了，第一场招标不是图书，是装修。"招标"这个词听起来很宏大，似乎我必须严阵以待。甲方大Boss，也就是我，没有任何经验。我在忐忑中打电话问我弟媳（一个可能熬过一千个夜、写过一百份标书的路桥公司员工）："我需要准备什么？"

　　"你是甲方爸爸，什么都不用准备。"

　　"我要严肃吗？我要笑吗？我要发言吗？"

　　"你是甲方爸爸，你想怎样就怎样。"

　　"我万一说错话怎么办？"

　　"不可能，甲方爸爸说什么都是对的。"

　　这一夜我醒了好几次，看着窗帘的缝隙慢慢亮起来。我得起早一点，吹头发化妆，穿上高跟鞋，把平日的布包换成皮包，去招标公司扮演"甲方爸爸"。

会议室里的人都很严肃，像是法庭，宣读规则的声音是新鲜的，"滋啦"一下撕开招标文件袋的声音也是新鲜的。而我果然不需要做什么，坐在那里像个道具。

第一轮资格审核结束，专家告诉我，某公司被踢出，他们缺乏银行信用证明和其他有效资质，是个黑公司。而前几天往我办公室跑动最频繁的就是这家公司的人，我记得他的头发油光水亮，顶在脑袋上像凝固的雕塑。他身旁的女设计师瘦极了，不曾笑过，眼睛里积压了委屈无处释放的样子。他提出要求，她淡淡应声。可以想象，过去有很多次，她向他表达的争辩都得不到回应，她已经灰心放弃。他俩坐在沙发上，一个雄心勃勃，一个黯淡忧郁，必定是一段难以长久的工作关系。见第一面时他对我说，"我一定把这工程做成西安市的名片"，我不喜欢他的语气，我向小宁表达过我的疑虑："巧言令色鲜矣仁。"如今他被踢出，我并不意外。他的霸道里有着中空，他的出局正合我意。

第二轮竞争性谈判结束，我们拿到排名前三甲的公司名单。我和同事去吃串串，庆祝第一场招标结束。但是很快得知，第二名把第一名告了，事情还得往后拖。

小宁发愁，装修是第一步，如果装修延宕，家具和图书就无法进场，她今年的任务还能不能完成？我也烦躁，我想躲开这些杂事，关上办公室的门看书写字，在键盘上一个一个输入书目，那样的工作更单纯，谁也别来敲我的门。

第二天，我网购的佛手到了，每年秋天我都会买这个。金黄的果子有一簇簇分瓣，如同花朵。它形状娇俏，气味也清新。长枝插在水瓶里，果实微微垂着，鲜艳的色彩像是给桌上添了几盏小台灯。

分给小宁一个果实，清香会慢慢沁入空气，她心烦了，可以拿起来闻一闻。

现在我做好了几千册书目，但我过于沉浸于个人趣味，这恐怕太封闭。我得去问我大学时期的老师，陈越先生。

可能有很多人，离开母校就如同离开了母体。但我不是，那根脐带始终还在。说起师大我就眉飞色舞，朋友赶紧举起手机："你说得太有意思了，快快快，再说一遍，我给你录下来！"而我对师大的感情，并不是"我喜欢""我爱""我思念"这样的词组可以表达的。陕西师大是我精神生活最深处的部分，从我少年时代起，它构筑了我这个人本身。

我十五岁进入陕西师大中文系，我清楚地记得我刚入学时在基地班阅览室读到王安忆《小城之恋》的震动，那母爱的光辉让我眩目，我几乎认为这是世上最好的小说。后来，新的震动不断更迭，福楼拜、陀思妥耶夫斯基、王阳明、阿尔都塞……这些名字也许有些庞杂，但这正是那个刚刚走出小城、还没见过世面的我，深一脚浅一脚的最初几步。

我后来的阅读方向和写作习惯都是在师大建立的。我搬过十几次家，但还保留着大学时的几本作业，上面有老师的笔迹，舍不得扔。雁塔校区图书馆外墙那密绿的爬山虎，别处都复制不了。我们全班曾静默排队，洗净双手，进入两道关锁密码把守的善本库，观赏老师手中一页页翻起的五色套印线装书，那柔弱而清雅的颜色，我一生中只见过那么一次。

后来我去美国访学，回国前夕问陈老师，要不要帮他带些什么特产。陈老师只需要一本有关康德的英文书。我翻译了一本有关电影导演刘别谦的书，快要完工了。老师一直惦记："什么时候出版？

我平时不读电影类书籍，但你这本我一定会读。"我请教，有一首轻佻的歌名，我总也翻不好，"girls girls girls"译成"女孩女孩女孩"不带劲，是不是"姑娘姑娘姑娘"更好？老师说："妞儿妞儿妞儿。"这次我问他编书目的事，他立即转给我一些读书出版的公众号，嘱我关注：世纪文景年度好书，"保马"每日一书，华东师大"六点图书"，人民文学出版社每月好书榜，上海译文出版社万人票选"译文年选"，新京报书评周刊年度终极书单，等等，我将这些书目一一输入表格。

陈老师常年翻译哲学书籍，他跟我说过，他对写出的每个字都尊重，反复修改。学生跟他简短 email，他说你打电话，别写信。因为他回复短短几句信都得改一个小时，费时间。他的桌上常有便笺纸条，琢磨字句的不同译法。师母不敢去打搅他，那些纸条渐渐揉成纸球儿，再进入纸篓。那一段，他才译定了。他这样完美主义，我为公共图书馆做书目，较真一点也是应该的。

周末，影院里播放有关诗词学者叶嘉莹的纪录片《掬水月在手》，叶嘉莹一生坎坷，家务繁重，丈夫又暴戾，晚年时长女早逝。她最尊敬的老师是顾随先生。顾先生曾有两句断句，叶先生续作一首词，顾先生又依这两句另作一首词。银幕两侧出现这些诗句，男声女声重叠吟咏唱和。叶嘉莹与老师的遥相唱和，与古代诗词的遥相唱和，也许是她对抗生活磨难的根本力量。我快四十了，该努力做些事了，不要将家务繁多作为在学术上怠懒的借口，叶先生，还有陈越先生，都比我辛苦得多。我懒惰时，必须抬起头来仰望他们。

批评一连串

挂职之前，我以为文旅工作比较风雅，书香墨韵美景如画。其实不然，上要编书目，下要打老鼠。

恰逢"灭鼠"工作推进期，周末我接到电话，要我"半小时内陪同碑林区副区长突击检查酒店卫生，特别是鼠药的摆放位置"。当时我正陪孩子在郊区比赛，他在雨地里摔湿全身，我与他互换衣服，童装运动裤穿在我身上短一截，露出我的小腿肚，童鞋上有泥。半小时后，我就这副模样站立在五星级酒店辉煌的大厅中，等待副区长，鼻腔中涌入玫瑰的甜香。副区长来了，疑惑地看着我这身打扮。

几个酒店的鼠药都按规定投放了，我拐到后厨，询问有无进口海鲜。海外生鲜有携带新冠病毒的风险，如有库存，需层层报备。白帽子大厨说："没有没有，我们早都不买进口海鲜了，绝对遵守政府的规定。"他把进货单交到我手里，公司名称那一栏全是国产。我的目光往左，扫到商品名称栏，看见四个字"××红虾"，被划掉的两个字依稀看得出是"美国"。他说那两个字写错了所以划掉。我请他把红虾包装袋拿来给我看看，他瞒不住了。

几天后，群众举报某酒店即将举办大型聚会，疫情期间这属于严重违规行为。我们的执法大队立刻去查，服务员正在撕海报撤桌椅，必是有人通风报信了。然而，聚会的 Logo 和姓名桌贴依然可见。店方辩解说："这是前段时间的聚会，我们还没来得及撤。"他是在撒谎，前段时间管控比现在更严格，不可能聚会。

执法大队的秦队长跟我说："这问题大，得叫来办公室约谈。"

"约谈"是一项陌生工作。局长这几天不在，就得我来。我没谈过，不知道怎么谈。如果恩威并施，恩百分之几，威百分之几？我把握不好。

秦队长挪了把椅子与我并排，酒店经理坐在我们对面，双脚略分，膝盖并拢，手指撑在腿面上不动。酒店试图举办二百人以上的聚会，已然违规。经理来我们局里是来认错的，但手指里的情绪分明不服。疫情反复，酒店的生意也是断断续续，赚不到什么钱。他嘴唇紧闭着，在按捺心中的不满。

秦队长递给我一份文件，"个人防疫三大义务……违者获刑三年"，这几句词儿够坚硬，给我撑了腰。可是念完这几句，我就又不知道该如何厉害了。我肯定了酒店多年以来对文旅工作的配合，体谅他们疫情期间的不易，表达了政府的关怀，提出了未来的期望。完了吧？我感觉够全面了。我说："就这样吧，你回吧。"秦队长抬手在空中顿住，对经理说："别急，杨局说完了，你们表个态。"哦对，还是秦队长老练，我把最重要的一茬忘了。对方没表态，我就散会了，我实在是不会"约谈"。

我感觉到，企业一直不太"怕"我们文旅部门，特别是我这样不够严厉的干部。我曾和工商局联合检查网吧、酒店、游乐场，我发现他们怕工商局。工商局指出问题，不笑，四棱四方，说的条款我听不懂，隐约听见"执照"什么的。店家连声说："我们改我们改。"他那态度，比对文旅局要恭顺。

企业违规，政府究竟要怎么做？温和一点，他们就愈演愈烈。凶猛一点，我又怕自己"仗势欺人"。遇到这种杂事我总想躲开，期望能换个人替我出面去做。

如果反过来，要是政府做得不妥，需要向群众赔不是，这种事我倒是愿意揽。前一阵，代表我区参加全市广场舞比赛的队伍，迟迟没有收到服装费和演出报酬。确实是我们的财务流程出了问题，群众的抱怨声按不住，成天和领队嚷嚷。领队来我办公室，我给他泡茶，请他先讲。他讲完了，我搬椅子跟他坐近一点："您的难处我都理解，是我们做得不对。我向您允诺一个期限。"我做好了继续听他发火的准备，他却立即接受了我的道歉。

在这个岗位上，琐事层出不穷。碑林古代石棺上有人刻下"到此一游"，群众一纸投诉放到我桌上。景区门票网上退款未实时到账，又一纸投诉来了。这些投诉来自市民 12345 热线，我必须一一核实，给出答复。最难答复的一沓文件是一位政协委员的专项意见，科长多次与他书面和电话沟通，他态度始终如一："你们的工作做得不好，你们的解释都是虚的，我不满意。"

政协委员不满意，这事儿就麻烦了。即便他住在遥远的沣东区，我也得带着科长前去他办公室，路上预想着如何应对他的反驳。我携带了一些图片，坐下来给委员讲述文旅融合的新案例和未来规划，也承认我们过去工作的不足，请他对我们的来年工作报以期望。他认真地听，最后点点头："你们这么说，我能理解了。"拿出笔签下四个字："基本满意"。我和科长松了口气。

清早，我去小雁塔景区检查消防演练，行走在乌拉乌拉的报警声和人造的烟雾中，收到宁馆长短信："亲爱的局局，快回来，咱俩忘了报告厅的桌子！"

我俩忙糊涂了，前几天给报告厅家具清单里列了带小桌板的椅子。有了小桌板，就忘了买大条桌。至少前两排得有大条桌，开会的时候方便放东西。桌子的长、宽、高、颜色、木质、款式，她都需要我来确定。我们再次浏览招标文件，发现大问题：参数被谁改动了；我们需求的实木书架被替换为钢材书架，而且层数与高度都有偏差，需要立即电话反馈。

工地里，从前残留的破烂石膏板也还没拆除，建筑垃圾是个难题。由于是地下室，大车进不来，只能靠人力，价格很贵。得多少钱？谁出这个钱？三方各派一人进行协商。装修方选送壮实小伙，物业方来的是魁梧妇女，我方派我出征，体重四十五公斤。装修方比物业方核算的石膏板面积多一倍，物业方提交的清单不含税点，需要重开。他俩各执一词，哇啦哇啦吵架，我站在他们中间，很希望自己的音量、身高和体重都能再增加一些。

　　半夜我梦见自己和他俩砍价，音调尖利，冲出口外，将自己惊醒。梦里的我是我不可能的样子，也是我潜意识里希望变成的样子。如果我身上少一点文人气，多一些江湖气，他们大概会为我多让步一些吧。

　　自那以后，我有很多次，站在吵架的 A 方 B 方 C 方 D 方中。那些言语的烟雾刺鼻呛人，我只求时间快些过去。我确实不擅长工地扯皮，只想和书打交道。面对书商，我有信心与他们周旋。

　　下一步，我们要购买电子书，某公司宣称自己有几百万册，年费只需两万。他递过来手机，向我展示书库。我输入畅销作者"东野圭吾"，无；"村上春树"，仅一本，而且并非名作；再试试经典作家，"莎士比亚"仅一种，汕头某某出版社。我把手机还给他，我和他的矛盾，是人民群众日益增长的美好生活需求与他的书库不平衡不充分的发展之间的矛盾，暂时不可能调和。

　　我最终相中的公司，书目丰富，年费是其他公司的五倍十倍，我派宁馆去砍价。事实上我们只想选这家，但是一定要给这家造成错觉——我们不在乎他，找我们的公司多的是，比他便宜多啦。

　　我跟宁馆说："你砍价，他如果不愿意，你就说算了。他走了也没事儿，过两天还会来找你。"

　　她的眼角皱成一疙瘩："唉呀，这事儿我搞不了呀。"

一会儿，她跑进来："他走了，真走了，他说我们给的价太低了。怎么办？"

三天后，她敲开我的门，只把头探进来笑："他又来找我了，降了价，送了六个水墨本让试用一年，还有一台机器！"

你看，这事儿你搞得了啊！我封你为砍价女神。

秋雨如同一场病。树一夜之间秃了，老得不像个样子，满地的证据。

某办公室，某处长从抽屉拿出一个黑色封皮笔记本，一边写字，一边说："今天是 2020 年某月某日，西安市碑林区文旅体局局长、副局长和图书馆馆长前来汇报图书馆建馆工作。我不同意图书馆建在地下，一是消防安全问题，二是采光不适合。"她抬头扫视了我们一眼，继续低头写，"我现在就在本子上写我的态度，四个字：我不同意。"然后她亮出本子，那四个字清清楚楚。

她个子不高，刚见面时，她长及脚踝的毛线裙上柔和的图案以及她桌上郁郁葱葱的绿植让我误以为她脾气也是柔和的。她扶了扶眼镜，说："你们去看看，世界上哪个图书馆会建在地下？如果找到这样的例子，你们可以来说服我。如果找不到，你们还非建不可，将来出了事与我无关。"

我们三个并排坐着，馆长用肘子捣捣我，我转头看看局长，不知道怎么接话。局长搭着笑："消防部门，我们已经再三确认过，允许建馆。采光问题，也已经召开过专家评审会……"处长打断道："我不听你解释。将来如果出事，就让上级来查我的笔记，这都是对话实录，我免责。"她合上本子，看着我们："我说完了，你们还有什么说的？"

走出院子，我问局长，处长平常就这么厉害吗？局长说："没有啊，不知道她今天怎么突然发这么大火。"局长和处长是平级，回单位的路上，我们三个没再谈论这件事。

随后，在碑林扩建工地考察中，另一处长批评我局文物工作，并指出一条新方向。我和科长同时"嗯?"，因为那个被批评的事其实是对的，新方向才是错的，但我们不好直接打断她。她突然意识到自己记岔政策，喉咙里轻咳一下，没有改口。第二天她下发一份正式的批评文件，让我局"对照条目整改"。我对照了，那都是旧条目，她肯定知道我们早已完成，但她让我们整改。我不会了，这怎么改?好比一场考试，让我把正确答案擦了再做一遍?我跟科长一起去问局长怎么应对。

局长说："不用改，她发这份文件只是想给自己下个台阶。这文件不是给你看的，是给大家亮耳朵，让旁人都看看，她昨天大庭广众批评咱们局没批评错。"

几天后我出差外地，深夜接到宁馆电话。局里邀请专家召开预评审意见会，情况很不乐观。专家批评我编的书目，宁馆不懂，没法反驳。随后，领导随着专家一起质问宁馆，宁馆答不上来，领导很生气。宁馆说："前两天是说消防不好，采光不好。今天书也被说得一无是处，这个图书馆我干不了，累得要死还被这个骂那个骂。"她在抽泣，她的小儿子在她旁边叫："妈妈，妈妈，你怎么了?"

专家对书目的意见是：近三年书籍占比太低;七八年前出版的书籍不应该出现在书目里。

我猜专家只是依照条例来判断我们的书目，没有细看每本书的质量。

评审条例看重购书的"出版年限"，未能考虑新馆与老馆的需求差异。如果是运营多年的图书馆，已有馆藏基础，那么，每年购书的确应以新书为主。然而我们是一个全新的区级图书馆，没有任何库存。倘若我们只是购买近三五年的书，恐怕过于狭窄。我编写的书目中，近三年出版的书超过百分之五十，近四年出版的书达到百分之六十。我认为这个比例并不低。至于专家指出的"七八年前出版的书籍"，我数了数，一共一百三十二种，其中人民文学二十三种，商务印书馆九十一种，三联和中华书局四种，是我特意筛出来的，不忍割舍。

我从上读到下，相关条例关于图书质量的要求只有一个词——"正版"。这个词可以笼罩多少书籍，难免鱼目混珠。图书馆的灵魂是书目，条例理应对书的质量做出更详尽的区分才对。如果我在场，我会说出我选这些书的理由。特别是这次的少儿书单，我们挑选了大量国际图书奖绘本，专家看见了吗？宁馆说："几个专家是老年人，可能不太接触少儿图书，没发表看法。"

评审条例没有对出版社的级别做出规定。那么以后修订条例时能否增补这方面内容？出版社的排名当然不能反映全部书籍质量，但论概率，一流出版社的优质书籍相对多一些。我们的条例可以卡得不那么死，留一些弹性，大量筛选排名靠前的出版社，同时也给小社的优质书籍留下一部分空间。比如，在这一次的招标文书里，我专门提出"一类二类出版社占比必须达到百分之八十以上"，这是我的尝试性做法，专家有何评价？

宁馆："专家说，有没有这条都行。"

专家常年在大型图书馆工作，也发表过许多论文。我并不怀疑他们的业务水平，遗憾的是我没能跟他们当面交流。省市级图书馆购书资金充足，无论如何都会买到好书，但是区级图书馆经费有限，容易充斥烂书。这种情况下，是不是应该在书目上更细化？

我后来在《送法下乡》中读到类似观点：基层实践往往是弱势话语，不被高层听见。法学家苏力走访中国农村法庭，发现司法研究中高层和底层有着断裂。书房里的法学家把法治的实践问题看成是观念问题，守住准则不放。他们有时忽视来自民间的、底层的、原生性的地方性知识。

我的这些想法不太吻合条例，也不够系统不够深刻，但我希望能有一个向上反映的渠道，能改变一丁点现实。在保证图书馆能顺利评估的基础上，我坚持留一些书目。我对弟弟说："想要我全买三年内的书，很容易，五分钟就能让书商配好。我何苦加班熬夜？但是这个书目，我不是为书商做的，也不是为评估达级做的。这个书目，我是给人民做的。"弟弟爆笑，猛摇我的手："姐！姐！你刚才那句话，可以进党课了！"我也爆笑。这是我说的话吗？这么正经儿！

我依照条例适度修改书目，紧接着就开标了。开标前一天，几个书商陆续来我的办公室询问我的意向。我没有意向，公平竞争。

中图网来了一对夫妻，女的穿着暗花棉麻小薄袄，声音熟悉，正是电话里那个柔和的人；男的穿得也素，不像商人，像书生。他和她说话都缓，互相补充着说，不打断，不抢话，像是两根织毛衣的针，一来一回，把话头轻轻给对方递过去。十几年前，他建起这个网站，现在已有许多员工，他还是喜欢亲自去出版社挑书，辨认书的好坏。他也去仓库搬书，不觉得累。他说他从来不给员工发火。她说："他偶尔发火，是给我一个人发。"两人的眼睛笑弯了。离开我这里时，他问她："下雨了，你穿那个会冷吧？"他护着她的脊背，走进微雨中。

我很少见到相处这样舒适的中年夫妇，听得出来他俩确实是读书人。这一次的书目，是我收到各个书商的修改稿之后又与我自编书目合并的。中图网的书目质量最高，修改过程最细致，我希望他们能中标。

第二天开标。有一页纸是书商的承诺和签名，大部分字迹都歪扭松垮，只有右下方冒出一行秀丽的字，特别出挑。我猜是中图网的，果然是。然而他们以微小的分差输了，那一页我拿在手里看了很久。认真读书写字的人没有取得胜利，我心里替他们惋惜。我让中图网修改过多次书目，此刻都成了我的亏欠。我自创的这种编目方法是公允合理的吗？我是否有权利让书商在前期付出那么多的劳动？

这一夜我被歉意压得睡不着。半年之后，我第二次为碑林区图书馆编书目，换了方法，只向书商索取书目，不麻烦他们修改，所有删改增补的事都由我自己来。同一书名如果有不同版本，我对比出版社和译者、注释者，寻找 ISBN 号，一个一个地敲击进表格里。这大概很难成为一种科学高效的编目方法，也不宜推广。我的敲击又慢又笨，但于心安宁。

六个标段招标结束，花落各家，聚成一个微信群，平日静悄悄，某天突然炸裂。此前，消防部门曾向家具方提出意见，必须修改书架布局，空出大面积消防通道。家具方将修改后的图纸上传群里，却被装修方忽视了。一个月后，家具和电器即将进场，吊顶上的电线布局依旧错误：

"你不给我预留电源，我怎么安装电脑？"

"两个阅览区位置对调，图纸改了早都告诉你了！"

"再嚷嚷，我把吊顶上的线给你拆了！"

我低头看看兜里攒的维稳词汇，一个个排队发出去，不知道够不够：

"消消气啊""大局意识""互相包容""工作还要继续推进……"

我的私信响起来：

张三："杨局，你怎么能这样偏向李四？"

李四："杨局，你怎么能这样偏向张三？"

王五："杨局，我才是最委屈最无辜的……"

装修方希望我能让步，他提出一个瞒天过海的方案："消防验收当天，我把家具摆到合法位置去，验收完了再挪到另个位置。这样我就不用拆开吊顶重新布线。"但是，消防是大事，在安全上造假，我坚决不通融。

后来我发现，这个微信群的发言很有规律，只在沉默模式和暴躁模式之间无缝切换，没有中间态。他们互相耽误的人力工时，折合的全都是钱，因此吵闹不休。同样，因为经费紧张，我收到的设计图纸上所有墙面都是空白，没有任何装饰。那简陋的样子像是临时搭建的移动板房。

我拿着图纸叹气，少儿区凹进去的墙面超过十米，那样白兮兮地立着，太单调了。我说，给孩子们做一点彩绘图案吧。

装修方说："这得加钱。"

我说，再沿墙面做出宽宽的木台阶，放几个蒲团。小孩子肯定喜欢席地而坐，一下子能增加好多座位呢。

他继续重复："这得加钱。"

最终他同意做彩绘和台阶，但是没钱请设计师，只能做最简单的样式。他发来几张图片让我挑，林中跳出奥特曼，狮子狗熊乱打架。我说这么躁动只适合游乐场，不适合阅读区。

他说："我不懂什么叫'适合阅读区'。"

在设计师朋友的指导下，我找到专业墙绘网站，安静的素材有不少，鸟栖于树，叶片轻拂。我想要一大片安静的绿色，再要一大块坐得舒服的地方，让孩子们一进到这里就开心，扑过来坐在绿色的"树"下看书。可这些图片是单幅常规尺寸，并不适合十余米的窄长墙体。若要改变比例，就得手动增加新的元素，比如花草和小动物。我请装修方按照实地比例出一张效果图。他说没有手绘板，画不了。

最后拿起画笔的是我。我画的不能叫设计图，只是草图。铺开一张纸，按照比例缩放墙体，再四处摘取小鹿小兔小花小草，用铅笔临摹绘制。我一边画一边笑，实在太丑了，我把兔子画得像是猫。

台阶的"设计"也得我来。我跟宁馆商量，按照直角来搭建，可能太生硬，不如做成波浪形。一级台阶不够坐，两级又太铺张。那就做个小变化，整体做一级大波浪，只在南面增加第二级，像漫出来的一个小波浪。宁馆说：这个好这个好。

可是怎么画啊？不过就是两级带弧度的台阶，这样简单的透视法我也画错了，揉了好几张纸扔进垃圾桶，最后交出定稿，右下角台阶依然歪着。惭愧惭愧，我已经尽力了。细节不重要，请意会，请意会。

墙绘师到工地，我得去盯着点，颜色不敢出差错。她是美院在读生，不知道能不能画好。装修方说："杨局，理解一下，我们实在没钱。"

这个年轻的女孩穿着黄色透明防护雨衣，扎着紧紧的丸子头，她脚边放着颜料桶，一桶荧光绿，一桶白，一桶灰。荧光绿太刺眼，她说："加一勺白色会浅一点，再加一勺灰色会柔一分，可是灰色加多了又沉闷，得慢慢调整比例。"她用棍子在桶里搅，拿起毛茸茸的滚轮在墙上试。唰——第一抹绿色上去了。她问我："深吗？浅吗？"我觉得好玩，也拿了一只滚轮，在大白墙上这儿一笔，那儿一笔，像在雪地上踩脚印。

我站远几步看着那个年轻姑娘的背影。我们要的绿，已经稳住了，从最初的艳丽变得柔和，随着她的手慢慢铺开来，这灰蒙蒙的山寨，总算有了彩色。

元旦假期，陈越老师将他主编的一本书寄给我——雅克·朗西埃《无知的教师》，他说："素秋，我猜你一定会喜欢这本书。"

读完之后，我像是背后被人推了一下。朗西埃说："任何被教的人，只是人的一半。"他鼓励个体在陌生领域自学，坚信自己能读"不能读"的书，能写"不能写"的东西。合上书，我也想往前走。新的一年，我希望自己能编"不能编"的书目，能做"不能做"的工作。

几天以后墙绘交工，笔触不算灵动，但比最初的大白墙要好。师傅运了木条进来打制台阶，我们反复确认高度，让最小的小孩也能坐上去。台阶边缘拼接处包金属边，把细钉子砸进去固定，不让边角翘起来。我摸了摸是平整的，但还是有点糙，夏天可能会磨到小孩的嫩腿。我建议，要不，到夏天再看看情况？宁馆急了："那不行，万一划伤孩子怎么办？安全是大事。"她赶紧买了透明的防撞软胶条，从头到尾一点不漏地贴上。

我和宁馆一起挑蒲团，蒲团在儿童区，主要是小孩坐，偶尔也有大人陪着小孩坐，尺寸太大太小恐怕都不合适。我们跟客服问了又问，甄别出直径、高度、软度、承重度适中的。我加入购物车，没有付款，停下鼠标。宁馆看着我笑，我看着她笑。她说："问别人要钱的事儿我搞不了。你打这个电话，我不打。"

我俩没钱买蒲团，经费必须用于招标项目，没有结余。装修方不愿出蒲团钱，因为这是后来增补的，中标合同上没有。他在合同之外已经加做了墙绘和台阶，嚷嚷着自己吃了大亏，蒲团无论如何必须推给别人付账。

我试着给家具方小伙子打电话，他很爽快地说合同上没有也没关系，买多少蒲团都行，就当他送给图书馆的礼物。我问："可以买五十个吗？"他满口答应。

合同里，儿童区桌椅只是定了实木材质，对小孩来说更健康，还没敲定款式。家具商拿来画册，恰好有一款小椅子上端弯了一下，雕刻成长颈鹿的头颅，翘起小耳朵，底板还恰好镶嵌了果绿色。这太合适了，我们的墙绘也是绿色背景和小鹿图案，和椅子天生一对儿。

小椅子搬来了，我第一个坐。粗粗的腿儿，拎一拎还挺重呢，真是结实又可爱。我坐了这个又坐那个，自顾自地开心，就好像它们有什么不一样似的。喜欢这个小椅子的不只是我，开馆之后，很多家长都向馆员打听这把椅子在哪儿能买，要给自己家买。

春节之前需要打的最后一串电话是有关绿植的。当初撰写招标文书时，我俩没考虑周全，忘了写绿植，这项的明细费用自然也没有出现在合同里。图书馆要装饰一些绿植才有生气，而地下室没有自然光，绿植容易死，最好的方法是从花卉市场租赁，每月更换，保证馆内随时绿茵茵。我问了三个绿植店，砍到最低价，一年一万。

找谁出这个钱？几位中标者中，只有售卖图书馆借阅系统的那个商人最合适。他在西安做这一行几乎是垄断，利润空间应该够大，而且他说过要给图书馆送一份开馆礼物。

宁馆捏着我的手左右摇："好局长，你去商量，我不行。一万块钱太多了，他肯定不答应。"

我也觉得他不会利索地答应，我见过他在价格上反复拉锯的本领，西安方言把这叫做"然"。"然"人不好对付。

朗西埃老师，快给我力量，让我然出"不能然"的价格。

既然商人喜欢"然"，我干脆告诉他绿植需要一万五，让他

"然"个够。第一天，他说："一万五不行啊，我得请示领导。"第二天，他说："领导说我们最多最多只能出一万，另外五千你能不能让别人出？"电话开着免提，宁馆和我捂着嘴笑。绿植就这样有了着落。

下午，纪委例行巡视。纪委是什么样儿，我没见过。是不是像电视剧里那样？我有点兴奋，像是前往反腐倡廉剧的片场，迫不及待想看看主角的样子。

纪委来了两个人，进入我房间，转身关上门。我倒水，他们摇摇手不喝。左侧西装男掏出一支钢笔记录，右侧便衣男发问：

"在招标中，你们有意向方吗？"

"没有。"

"有没有设置苛刻条件让别的公司无法入围？"

"没设置。"

"乙方有没有围标？"

"没听说过。"

"你如何监督图书馆馆长不和商人交换利益？如果她交换了，你如何知道？"

没有一个问题是囫囵吞枣的，可见他们操练多次，熟悉靶箭。

下一个问题更细致："你们领导有没有坚持每季度给你们上一次党课？"

我迟疑了一下，没有，但我不想背后坑人，我说："有。"

"那么，最近一次的党课内容是什么？"

哎？这个问题细致得有点过分了啊。在这样的空气里讲述一个虚构故事，比我平日里备课上课艰难。如果其他人也被问到这个问题，穿帮了怎么办？面对着炯炯的两双眼睛，我开始缓慢地编织一节党课，从我熟悉的《在延安文艺座谈会上的讲话》讲到当代的论述。我有点想笑，倘若我的此刻面前有测谎仪，指针一定在大幅度震颤。

终于，他们合上笔记本，和我握手，离开了。

小米稀饭慢火火熬

春节刚过，天气稍稍转暖。我趁着午休时间出去溜达。出了政府院子右转再右转，几分钟就到了西安著名的小吃聚集地——回坊。走进飞檐翘起的牌楼，那是另一个空间，少有汽车，多是电瓶车、自行车和行人，却比外面大街上还要拥挤。那里听到的声音大多不是普通话，而是方言，每个字词尾音坠落的速度和别的西安方言不同，一听就知道他们是"坊上的"。我以前住过这儿，也写过这儿：

这个地方简直没有你买不到的。专门治咳嗽的酸石榴，新鲜的牛里脊和牛排，多年没遇见的燕麦仁酒，粉红水嫩的泡菜，自制的玫瑰酱桂花酱芝麻酱，还有一种奇异的烤蛋，是把鸭蛋带壳烤熟，混合着椒盐香与熏烤香，一块二毛钱一只，下酒吃。我妈回老家给外爷背上几十只，赢得一圈赞叹。

剥开的咸鸭蛋黄，一粒一粒的纯蛋黄呐，就那样滴着油垒成大金字塔。简直太阔气！我在门口徘徊，看看有没有走错。老板招手叫我："别跑了，肯定是我家。老金家蛋菜夹馍，世界闻名！"

一辆卡车拉了一车厢刀子，拥在一起卖，太阳地里晃眼睛。什么样儿刀都有，军刀菜刀指甲刀，藏刀蒙刀英吉沙刀……全是一块钱一把，随便买。旁边有人窃语："火车站安检处收来的吧？"

糖蒜是羊肉泡馍标配，平日盛在饭馆极小的碟儿里就两三瓣儿。可是在这儿，你能遇见糖蒜方阵。透明塑料口袋，半人高，白花花给你在路边站一排。我见了吓一跳，一闪眼以为是一群小男孩儿剥了衣服排队洗澡！空气里全是甜酸的味儿，我咽着唾沫，不敢问价，要是只能论斤卖，我何年何月能嚼完？

边角料儿也是好东西。街角凹进去的一个楼梯间卖边角布料，十几二十块，细挑挑看还是有好看的花色，满够做床单。对面，铁架子支起来一个木板，只卖碎烂的牛羊肉块子，也是十几二十块钱。还有卖皮草的，边角料缝制的童靴皮毛一体，孩子穿了脚出汗……

我很久没来回坊，夏天里常见的红柳木烤肉消失了，带霜柿饼一个贴着一个的脸儿，齐整整码在盒子里。街面上的几家旺铺，大包大揽啥都卖：柿饼核桃黄米糕，红枣油茶酸梅汤……据说柿饼里假货多，我来回走了几趟，所有柿饼长得一样俊俏，橙红上落着薄薄一层白，无从分辨。我又往巷子深处去，一家窄小的店不卖别的只卖柿饼，红的白的尖的圆的有好几种。正中央摆着一种丑疙瘩我从没见过，外覆厚霜，形状不规则，像盐碱地上的石头。大胡子老板跟我讲，水滴形带尖儿的叫"吊饼"，悬挂而成；扁圆形的叫"合儿饼"，平铺晾晒。挂霜的方式有化学霜（假霜）、面粉霜（假霜）、冷柜急冻解冻交替霜（真霜）、自然晾霜（真霜）。他最推荐的是丑疙瘩，挂霜时间久，软糯蜜甜。我买了几种回来，排列在我的绿色玻璃桌面上还怪好看。挨个儿去尝，果然，那些秀气的远不如丑疙瘩好吃。

食物的芳香，总是吸引着人们汇聚在一起。文化馆馆长冯云也喜欢在这上面动脑筋，做宣传。元宵节，文化馆邀请台胞家庭来过节，空气湿甜，暖乎乎的。大蒸锅冒着热气，竹篮里堆着金黄粉紫已经熟了的"小花""小鱼""小老鼠"馒头。大家揪着馒头交换尝，紫的紫薯味儿，黄的南瓜味儿，绿的菠菜味儿。孩子们围着非遗陶艺传承人，学做袖珍"元宵"。他们两手之间垂下长长的陶泥条，掐成小粒，揉一揉，绿豆大小的"元宵"放进樱桃大小的盅里，再将一粒"元宵"上轻轻戳一个小洞，填黑色，滴入几滴透明指甲油凝固，亮晶晶的，像是刚刚咬开的黑芝麻馅儿，还流着汤汁儿。

另个桌边，关中礼馍传承人穿着围裙袖套揉面，捏成造型放上算子。孩子们拿起小擀杖，把两种颜色合拢，擀圆了，剪出瓣儿，再用梳齿摁上均匀的小点儿，多叠加几层，团出一朵绚丽的花。我也勒上围裙，我一直想学这手艺，没人教我，这下学会了，明年过年在自己家做。

挂职有意思，参加公务活动能顺便提高厨艺，还能尝试好多新鲜事儿。我是科研型吃货，芒果干要买五家比较，牛奶至少测评十种。朋友们都说我适合直播带货，可惜高校里没这机会。我来挂职，遇上了直播。前段时间文化馆和本地头部主播合作售卖非遗产品，我跟冯云馆长说一定别忘了叫我啊。到了馆里，电线绕得满地都是，我得跳着走，反光板和补光灯支棱得跟影棚似的。主播身边有十几个人：灯光、摄像、选品、剧务、助理、场控、客服……第一个产品是手工虎头帽，剧务递过来一张纸上写着"全棉内里，手工绣花，兔毛围边，有红色和黄色两种颜色，有成人尺码和儿童尺码"。我默记了一遍，走到背景板那里。一盏圆环灯正对我的脸盘子，手边的帽子也被照得艳艳的，网友让我试什么颜色我就试什么颜色，挨个儿往我头上戴。第二个是无铅松花蛋，端上来的时候已经切开，溏心在灯光下像蜂蜜一样。我用筷子挑一点靠近镜头尝，好吃，我也想买。冯云问我为什么在镜头前不紧张，我说这就和在教室上课一样啊，一直说话就行。助理对着电脑播报成交量，一直往上涨。我还没玩够，就都售罄了。

另一件没玩够的事情是：扑进书山里挑书。

图书馆预订的书籍基本购齐，但有一些因断货无法采买，需要换一批书，我和宁馆得去仓库现采。

成捆的书被牛皮纸包着堆在前厅，后厅则是一望无际的书架，按出版社排列。我推着带轮儿的板车进去，把板车放在过道，一个人钻进书架里。我问宁馆："今天可以挑几万几千几百块钱来着？"让我记住这个数字，太过瘾了，我这辈子买书没这么阔气过。富豪去迪拜买包可能就这感觉。中华书局？买买买，不要管价钱。外研社？少儿双语书目不错，从初一到高三，整整来一套。另一个房间是专门的绘本区，灯光美丽，侧边架子上打开着立体书，露出参差的城池和原野。我以前给儿子买过这类书，印象最深的是《太空》，捏着圆纸盘一侧的纸柄轻轻地旋转，书页夹层的月亮随着手变化，阴晴圆缺，挺有趣。但一本立体书就要七八十元，当时我没舍得买太多。

立体书属于特殊门类。比如在书店，小孩子们可以翻看普通童书，不买也没有人说什么。但他们没机会碰立体书，立体书被外覆膜包裹得紧紧的，不能拆，拆了就得买。公共图书馆也很少采购立体书，价格昂贵又容易破损，不划算。这样一来，整个市面上，精工细作的立体书几乎不可能被免费阅读，只能流入中产家庭成为他们的专享。所以我想破个例，多采购这类书，不怕被读者翻坏，坏了明年再接着买。图书馆理应成为消除身份差异的空间，贫困家庭的孩子平时接触不到立体书，那我们就来提供一个地方，让他们坐下来尽情拨弄里面的小机关。

我在仓库里抱着书来回往返，白色卷毛大衣的袖口蹭得发黄，忽然想起小时候。那时我大概八九岁，有段时间母亲觉得父亲很奇怪。他出门时衣服干净，回家时袖口、手肘和膝盖却都脏乎乎的。

家里的书越来越多，但是家里的钱并没有减少。父亲不肯讲，母亲决定侦察破案。

母亲骑车悄悄跟在父亲后面，拐进一条巷子。父亲把自行车停在一家废品收购站门前，径直走入后院。一座旧书堆成的山比房檐还高，他往上爬，书哧溜哧溜往下滑。他倚靠在半山腰，用手扒拉了一个小坑，坐在里面，挑了很久，根本没有注意到有人跟踪。那个收购站是父亲表妹新开的，他可以随便挑书，不要钱。

父亲坐在书山上的快乐和我走在这个仓库里的快乐应该是一样的。我结账时，工作人员挨个扫条码，"滴——滴——滴——滴"，这声音听起来并不枯燥，好像是这些书弹跳起来，一个接一个地奔向我的图书馆。我的双手灰扑扑的，我的板车堆满了，又换了一辆，已经推不动了。这工作真是金不换，下次我还想来。

春天来了，飞絮悠然而起。悬铃木的小伞毛茸茸，杨柳的细绒在地上打滚儿，我被这些小东西弄得喷嚏不止，但又觉得它们生动。白绒球遇见白绒球就牵上了，大的裹着小的做前滚翻，很快团成一团飘起来，轻盈得如同肥皂泡。它们聚集到停车场的角落呼朋引伴，被风鼓荡着，从一排栅栏里往外挤，像小孩放学时争着奔出校门，你推我搡叽叽喳喳，一涌出栅栏就嘭地炸开，庆祝一般。我站在旁边看得笑出声。

关中平原渐渐暖和，陕北高原的春天还没什么大的动静。榆林市府谷县图书馆邀请我们去交流学习，车往北行，沿途的绿色淡下去。沙柳和杨树才刚刚抽芽，并不茂盛，却以其在沙丘上尽情蔓延的面积向我们证实陕北植树造林的成就。车过无定河，河流北侧与南侧风貌迥异，南畔是农耕的田地，北边则是畜牧的草场，一座灰白的城池屹立于河岸不远处，这是公元 5 世纪的匈奴大夏国都——

统万城遗址，我国现存最完整的少数民族都城之一。当年，匈奴首领赫连勃勃立志统一天下，君临万邦，故以"统万"为名，还取了一个张扬的年号"龙升"。匈奴人以游牧为生，但他依然大兴土木。建筑城池的材料以沙子、生石灰和黏土加水混合而成，生石灰遇水发热生成水蒸气，人们称其"蒸土筑城"。赫连勃勃渴望自己的伟业屹立不倒，为确保城墙坚固，提出验收标准：锥子刺入深度不得超过一寸。如若超过，工匠人头不保。他将边境不断向南推进，一度逼近长安。然而，短短二十余年后，大夏国为北魏所灭。据说当年的统万城"高隅隐日，崇墉际云，石郭天池，周绵千里"，如今只余下残垣。我们没有进去，只是站在遗址脚下遥望角楼与龙墩，风吹得我的胳臂起了鸡皮疙瘩。

进了府谷县城，依然寒冷，晚上雾气氤氲漫过桥面，人在雾里走。府谷是一个小城，我是第一次来，但我幼年时期不断听说这个城市的名字。在我出生的那一年，府谷县发现了我国已探明的最大煤田——神府（神木、府谷）煤田。上世纪 90 年代，地理课上，老师将代表煤矿的黑色方形标识递给我们，让我们粘贴在陕西地图上的正确地点。从那时起，"陕北这个小县城一定很有钱"成了我们的共识。事实上，府谷县确实屡次进入全国百强县榜单，2020 年该县人均 GDP 超过全国平均数值近两倍。同年，府谷县图书馆，作为陕西省唯一一家县级公共图书馆，获得中宣部和国家文旅部、广播电视总局评选的第八届"全国服务农民、服务基层文化建设"先进集体奖，这就是我们此行专程来拜访的原因。

去那之前，我们听说府谷县图书馆有不少创新做法。他们在农商银行大厅里设立"信用书吧"，银行里的书籍与总馆通借通还，储户坐在等候区沙发上可以随意阅读、自助借还，银行保安顺便照看几眼，书也不会丢失。

他们还打通了"农村阅读的最后一公里"。在府谷的偏远乡镇，借书非常便捷，可在网上下单，邮政快递免费将书送上门。还书的时候也一样，邮车免费来取。这件事听起来似乎难以实现，其实并没有增加太多成本，而是巧妙借力。巧点子源自一对舅甥——舅舅是邮政局局长，外甥是图书馆馆长——俩人偶然聊天，发现有闲置资源可以优化利用。因为中国邮政和其他快递不同，它的业务覆盖到农村的边缘角落，邮车每天必须去各个乡镇转一圈看看有无收发需求。上级要求车辆用 GPS 定位汇报行程，不得偷懒。然而边远乡村常常是空跑一趟，费油费力。既然如此，不如顺便捎几本书，解决农村群众特别是农村教师借书难的问题，一举两得。

这些"顺便"的好主意，让我对府谷县图书馆馆长有了初步印象：他肯动脑筋，一定是个热心人。旁人跟我说，陈馆长不止热心，还多才多艺，画国画，弹古琴，收藏奇石，尤其擅长唱陕北酸曲儿。

我们一下车，陈馆长从路边迎过来。他是陕北人的典型身材，又高又壮，厚墩墩的大手握力十足。他把我和宁馆带进府谷图书馆，图书馆有好几层楼，将近两万平方米，藏书二十余万册。我们问了问，府谷县人口二十六万，差不多是人均一本书。而我们碑林区常住人口七十五万，藏书预计三万册，还没入库，人均……

宁馆"啧啧啧"地感叹，我们跟人家差得多远。

四楼是"黄河文化"特色书库，刚刚喷绘好的蓝色浪花展板靠在一侧，几个工人锯木板搞电焊，好像是在搭台子。这是陈馆长的新策划，他在收集与水利相关的书籍和文物，准备做黄河流域水科普特展，在黄河沿岸的北方干燥小城中宣传"爱水节水治水"。

转个弯儿就到了《四库全书》特藏室，满天满地的精装册子。几个读者坐在里面，我不敢大声惊叹，只有悄悄问陈馆长："你们怎么有这么多经费？"

他告诉我，这昂贵的典籍不是来自经费，而是企业家捐助的。府谷县矿产资源丰富，坊间时常传说陕北"煤老板"在西安买房，一出手就买一栋楼。那我明白了，"煤老板"进了图书馆，一出手就是一套《四库全书》。陈馆说，哪有那么容易？这些书是酒桌上的较量，对方说："一碗酒，捐十万。"陈馆连喝七碗酒，换来全套《四库全书》。

佩服。陈馆真是艺多不压身呐。我只会为读者编书目，他还能为读者喝大酒。碑林区图书馆现在没有大型套装典籍，七碗酒＝一套《四库全书》，这公式如此诱人，而我两杯就醉，无能为力。我回头问宁馆酒量怎么样，她吓得连连摇头。

第二天，陈馆带我们去参观两百公里之外的鄂尔多斯图书馆。鄂尔多斯也是一座以能源著称的城市，那座图书馆也是获得过多次表彰的"一级馆"。

车窗外，黄河突然弯曲，如同巨龙扭转，将晋陕蒙三省分隔开来。三省交界之地有一座鸡鸣山，若有公鸡于山中报晓，三省居民皆可入耳。我们没有见到真公鸡，但见到了当地著名的"扶贫鸡"，是个雕塑，矗立在山头。扫一扫山脚下的二维码，付十元，"扶贫鸡"就会叫。听说扫码金额用来帮助当地农户，我们几个都去扫着玩。它立刻"喔——喔——喔"地叫了三声，声音真大，黄河对岸应该也能听得见。

山路旁坐着几个老人，棉袄旧，皱纹深，拿着一串串浅褐色的东西问我要不要。他们的方言我听不太懂，这应该是手工一针一线慢慢串起来的，好像是果干，皱缩着，落着灰，棉线也有些脏，可能在屋檐下挂了很久。桃干、苹果干和海红果干都失却了红黄的颜色，远没有我平时买的机器烘制果干那样均匀好看，价格也没有优势，一串十块钱，只能付现金，没有二维码。我尝了一下，灰尘有点碜牙，但想到他们花费了那么多的时间，我还是借来现金买了一些。他们脚边的篮子不大，存货不多，就算全卖出去，收入也实在太少了。

在鄂尔多斯图书馆，我们见到了玻璃展柜中精装布面的蒙古语叙事长诗，还见到了"你选书，我买单"的借阅模式——图书馆里有个小书店，特别之处在于，读者挑选自己喜爱的书拿到前台，不用付钱。工作人员帮你买下来，然后给书编目登记。读者立刻就可以借阅回家，定时归还即可。听说群众很喜欢这种活动，我转头向宁馆："咱们图书馆也试试？"

回来的路上，宁馆的电话频频响起，她的丈夫询问她冷暖饮食，她一条条地回答。车里人都说："你们中年夫妻还是这么甜蜜啊。"宁馆有点害羞，说："大家不都是一样。"

陕北是宁馆丈夫的故乡，宁馆顺口和我们讲起她从前来陕北，公公婆婆小姑子招待她的细节，如何劝酒，如何炖肉，如何打牌。正如我想象的那样，她这样的性格，入乡随俗，和婆家人都处得很好。

陈馆唱起了陕北民歌，嗓子里带着轻微的鼻音，悠悠长长：

羊肚肚手巾哟~三道道蓝，
见个面面儿容易~哎哟~拉话话儿难……

陈馆的同事说："我们要听酸的！这个不酸。"陈馆停住问我和宁馆："你俩要是不介意，那我就换一首酸的？"我和宁馆只笑，不说话。陈馆清了清喉咙，手在空中打起了拍子：

小米稀饭慢火火熬

唱酸曲就为那点酸味道
甜盈盈的苹果水灵灵的梨
酸不溜溜才有一点人情味

大路上不来　小路上来
大门不走　我翻墙跳进来
怕人家听见　我手提溜上鞋
慢慢价摸到妹妹的门前来

叫一声妹妹你快开门
西北风吹得人呀冷森森
满天的星星没有月亮
黑天半夜惨祸扑在了狗身上……

我捏捏宁馆的手，宁馆回捏我一下，这都到妹妹门前了，快要
少儿不宜了，还听不听？陈馆没有注意到我们的小动作，他继续唱：

慢慢价开门拉熄灯
咱赶紧上炕还有营生
一把把妹妹搂了在怀
……

我和宁馆忍着笑，去拍陈馆的肩膀："打住打住，陈馆，唱到这
儿行了啊，接下来的留给想象啊，留给想象。"此时陈馆的声音已经
抛向至高处，想刹也刹不住。他闭着眼睛，右手背重重砸在左手心
里，唱出最后一句，车内一片欢笑。

我们回到西安，图书馆工程已进入收尾阶段，坏消息像轧木厂里粉碎的木屑，混着噪声，纷纷扬扬，扑了过来。

电子阅览区忘留网口，设备无法使用；饮水机墙体位置没预留上水下水管，对接失误；儿童区台阶形状偏差，原因：只有我手绘的简陋草稿，缺少专业图纸，工人弄错了；载着书架和桌椅的大型货车行驶在从江西到陕西的高速公路上，然而地板铺得太慢，家具暂时进不了，不知要滞留何地，费用如何解决。

搞装修就像裁剪缝合衣裳，即将制作完成时得尤其耐心，一处接缝和另一处接缝要严格对齐，否则会七扭八歪。我和宁馆召集这些公司来商量，可他们并不想对齐接缝，只是互相推诿。在一片嚷嚷中，装修公司没了退路，转身把责任甩给我。我忍住火气，掏出手机寻找聊天记录以证清白，微信叮咚一声，恰恰收到图书馆 Logo 设计方案。我看了一眼，无力评价，把屏幕转向宁馆，她和我对视：白底黑体字，浓浓殡葬风。

那段时间我的电话频繁作响，听筒里总是宁馆焦急的召唤："你快来！你快来！"我去工地时，正看见宁馆说的"水帘洞"。墙面洇湿了，头顶滴滴答答。楼上消防管道漏水已是第二次，物业却说这只是意外。倘若书籍已经进场，不知道要毁成什么样子。

又一天，宁馆喊我来"闻一闻"她的工作环境。她站在楼梯口，苦着脸，不说话。我一下子闻到了空气中腐烂饭菜的酸臭，让人恶心。她径直拉着我绕到大厅后面，用手指着墙体给我看。那里涌出腥黄的痕迹，比脚踝还高一些。白色瓷砖地面上留下扭折的印子，食物残渣刚刚被清除。一小时前这里布满污物，隔壁的隔油池外溢，不堪入目。

我们的图书馆没有独立楼体，借住在商场地下，弊端实在太多。一楼餐饮行业的隔油池也在地下，和图书馆办公区相邻。之前我担忧泄漏，进去查看过。房间内大型机器和仪表嗡嗡作响，工作人员为我们讲解智能系统如何强大，如何分离固液、分离油水、提升污水。他说这套设备足够先进，电脑和手机端实时监控，到警戒位会自动报警，专人负责清理，绝对干净，万无一失。然而，图书馆基础装修完成之后，挨着隔油室的那一侧墙面不断起皮返潮。接到我们报告之后他们做了防水处理，而这一天，最坏的事爆发了，工作人员的疏忽导致了泄漏，一塌糊涂。饭馆答应为我们重新粉刷墙面赔偿损失，但宁馆的眉头不可能不扭结。这样的事故不是闹着玩的，开馆之后如果再来一次，污物将淹至读书之地。

物业漏水和饭馆漏油隐患必须迅速排除，我们咨询律师，签订附加合同，希望能确保未来安全，接下来要抓紧做图书馆临街门头设计。

春节之前，我们邀请西安市书法协会主席石瑞芳女士为图书馆题字。石瑞芳在我城颇有些名气，她已故的父亲更具盛誉——"长安榜书家"石宪章先生。我听人说起过石瑞芳的故事，据说她五岁时在舅舅带领下游赏《瘗鹤铭》碑，小小年纪对此十分着迷，以指摹画，不愿离开。她的父亲闻之大喜，常常牵着她的手，徜徉在碑林之中。石瑞芳年少有成，而今已近耳顺之年，笔力蓬勃。我们拿不准她肯不肯，她却欣然应允。假期她把"西安市碑林区图书馆"几个字练了多遍，挑了一个安静的下午，关上书房的门，一气呵成。

她亲自送来，语气谦逊："这几个字不好写，我不知道写得行不行。"我们小心地展开宣纸，在场的人连连称赞，九个字之间顾盼流连，雅致明媚。我发到朋友圈里，我的博导王尧先生说"好字"，回坊卖柿饼的大叔也评论："石宪章之女，字就是不一般！"

这样的字不能怠慢了，要用优美的底子衬着才托得住。尴尬的是，我们依旧没钱请设计师。我请"一夕"民宿的设计师小花给我点意见，他建议："白底平底黑字改为实木细木栅底发光字，文字增加英文。"他发来几个视觉设计案例，我递给物业，全部被否决。物业严格要求临街招牌只能用白色做底，并且告诉我们，之前他们允诺赠送的门头位置是高悬在三楼的那窄窄一条。

我和宁馆很惊讶，一楼有一块大大的闲置空白招牌正对着图书馆入口，我们一直顺理成章地认为那必然是物业允诺赠送的牌匾，现在才知道那竟然不是。物业要我们把石瑞芳书法按比例缩小，放到三楼窄条里，行人努力仰起脖子恐怕都看不清。过几天，物业再把一楼二楼的广告位卖出去，花里胡哨地竖起来，我们的"西安市碑林区图书馆"就更没人能发现了。

公益阅读和商业店铺孰轻孰重，物业方有自己的答案。我感到气恼，把公共图书馆的门头安排到高处角落里，这合适吗？这能方便老百姓吗？而且，同一栋楼，那个饭馆的门头明明是彩色底，为什么图书馆只能是白底？

物业回答："那饭馆是去年设计的，不追究。从今年起，所有新开张店铺必须白底，不予通融。"

小花给我出主意："你自己去找找物业，一盒香烟的事嘛。"

我知道一盒香烟搞不定，我和宁馆先找了我们局长，我们局长又请区政府的投资合作局局长做中间人去协商。物业见了投合局局长，分外热情地握手："好说好说，我们一定给碑林区把事办漂亮！"最终协商结果：白色底色不能变，但可以使用肌理材质。一楼门头位置不能免费赠送，但可以看在投合局局长面子上给图书馆打折，一年三万元。

我俩谢过投合局局长，走出图书馆，挽着手去往区政府东侧的正学街。这条小巷不宽，全是做广告标牌的店铺。白色底板有"木棉花白""珠光白""贝母白"，最后我们挑了轻型材质的白色栅栏式纹理，这样托着那一行书法，总算不那么单调。

可是三万块钱怎么解决？我很头疼。宁馆递给我一板白色小圆片，这是她做医生的丈夫推荐给她的药品。她操心图书馆，夜夜失眠，想着我肯定也一样。

晚上十点多我服了半粒，有了困意就钻进被子。半夜睁开眼睛看表，凌晨三点。回忆这一眠，一片死寂，黑色无声，平滑如镜，没有任何进入和出来的痕迹，更不要说梦境了。这不像真实的睡眠，像是那几个小时的时间被 delete 键删除，我被掐掉温度和呼吸，又一键复活。这种感觉如同赛博朋克（cyberpunk），血肉的感觉被机器化。我再也不想要这样的睡眠。

早晨上班，我坐在办公桌旁，想着那三万块钱的事，发愣也发愁。旅游科的周雯敲门进来让我签字，突然问我："当局长是不是很忙呀？"我不知道她是什么意思，她接着说，"你刚来我们局的时候，长发飘飘。现在你头发也油了，脸也不化妆了，变化太大了！"

我走到窗前，几盆绿萝上方挂着一面镜子。镜子里的我脸色发黄，头发耷拉着，我并不知道我是这样的。

十分吻合"十四运"

几天后，新馆员名单放在我的桌上，他们来自云书公司。

我馆事业编制岗位尚未招考，暂时只能服务外包。云书公司此前曾为企业和学校兴建图书馆，又在 2021 年春节前的招标中胜出，为我们带来十名员工。春节后，这十人前往西安市图书馆参加岗前培训，近日陆续到馆。经云书公司介绍，西北大学图书馆系和我馆签订实习基地协议，三五十名本科生过来协助图书编目，宁馆一下子有了好多帮手。

图书馆还没彻底建好，宁馆平时办公地点在局里。上次餐厅漏油事故之后，馆内几处墙壁烂糟糟，角落黄斑依旧让人联想到污物，饮水机管道以及电脑网络也没接好，上班很不方便。不过这并不能改变领导的决定：让她清明节前搬走，以便腾出办公室给节后到任的另一位副局长。

她觉得自己像是被撵走的，快要哭了。我让她暂时搬到我这，她拒绝。她用力归拢桌上的文件，打包缠胶带的声音分外响。我的手在她脊背上停留了一会儿，她眼睛红了，推开我："我没事。"

"你在局里这是最后一天了，我请你吃个饭吧。"

"不吃，吃不下。"

她立在一堆打包的纸箱子中间，逆光中的脸颊垂着，没有一丁点愉快的痕迹，我硬拽了她胳膊出门。

城墙小南门附近汇聚着一些特色小吃，有家水盆羊肉是知名老店，屋里快坐满了。斜对面的粉汤羊血也排着长队，据说那是电视剧《装台》的一处取景地，人们慕名而去。宁馆说她吃不下油腻的东西，只想吃点清淡的。我带她去吃抄手，点了松茸鸡汤味，色泽金黄。她的勺子在汤里打转，把橘色的虫草花拨拉来拨拉去，没心思吃。她说："工作我不怕累，我只希望领导能有一些人情味儿。"她执意为抄手付账，然后和我并排骑车回单位。这十分钟的路程她心情似乎好了一些，骑得比来的时候快。下午她搬走了，住进她未完工的"山寨"。

清明节后新来了一位副局长，从我这里接走旅游科工作。我以后不再管"旅游"，一心搞"文化"。

宁馆走了之后，好几天都没她的消息。大概因为她现在身边员工多，不太需要我。有一天我桌上的电话响起来，是她。她说蒲团来了，得告诉我一声。她还是了解我，知道我喜欢这些用植物根茎密编而成的小物。在我耳朵里，"蒲团来了"是一个清新的词组，我听了就在局里坐不住，立刻想去馆里看看。

馆内报告厅墙角堆着一些圆柱形包裹还没打开，上面的胶带缠得紧，三五个一捆，像轮胎那样叠放。我抱了几捆，斜着剪刀尖划开有韧性的黑塑料袋，看见粗蒲苇的米色纹理。它们跳出来，软硬和大小都正是我想要的样子，像是我的玩具。竖着高高抛起，它们在空中滴溜溜旋转下坠。双掌拍拢接住，又平着抛远。它们带着重量飞向台阶，"扑塌"一下擦着墙面落下来。

少儿区那两层波浪形木质台阶原本只是光滑沉默的空地，蒲团进场如同音符跳上五线谱，有了生动的意趣。反正馆里人少，我可以像抛飞盘那样玩，不会打扰到谁。

宁馆笑着收走我的小剪刀："好了好了，拆几包行了，你跟个小孩儿一样。"

新来的馆员不太认识我，只远远看着。其中一个走上来说："局长，我叫张小梅。我本来不太敢跟您说话的。您怎么这么好玩，不像个局长。"

张小梅梳着近年来少见的发式，一根大粗辫子垂到腰间，耳朵边蓬起自然卷曲的碎发。我问她新到的图书加工得怎么样了，她把我带到地方文献区，指着里面一个瘦高的年轻人说："小吕是负责这个的。"

这里地板干净，堆满了书。我小心地绕着走，那一套奶茶色布面精装《契诃夫文集》多漂亮，我自己家都没舍得买。另一排书有着酒红色的厚厚书脊，远看端庄，近看是网格版外国文学经典套系，浅金色的网格印在浅橄榄绿的底色上，倒也和谐。翻开扉页，毛玻璃般的半透明卡纸隐约透出后面的作家头像，纸张轻盈，拿着趁手。还有我心心念念的"书虫"双语系列也到了，墨绿色光亮封面，薄册子太多，立不起来，斜倚在别的书身上。

我所见到的大部分书籍，它们的盖章贴码工序已由书商完成，线上录入工序也不难，可以在国家图书馆数据库中寻找共享资料复制粘贴。陕西地方文献和我馆特色书籍，没有现成数据，仍然需要小吕自己动手。

搬书是个粗活儿，小吕穿着宽大的工作服挡灰，过膝深蓝色褂子在他身上显得空荡，肩膀和锁骨将衣服顶得凸起，布料在腰间的凹处很高，表明他有一双长腿。他跟我点了一下头，寸发利索，眼镜后的目光有些拘谨。小吕刚刚本科毕业一年，做过文化产业管理，没做过编目。

他的上一份工作比较清闲，有充足的时间关心头盔参数、骑行镜片、"摇车"技巧和西安周边"三河一山"绿道的建设进展，几乎每个周末他都和朋友骑行到郊县再返回。三月份到西安市图书馆进行岗前培训的第一天，他听不太懂课程，心里发慌。宁馆将全馆编目工作委任给他，这几万册书的信息管理，如果他学不会，也没人能帮忙，四月底将怎么开馆？这个二十三岁的小伙子，飞快地敲击键盘做听课笔记，感到了工作的重量，把自行车暂时搁置了起来。

现在小吕已非常熟练。他先用拖车将牛皮纸封着的大捆书籍运送到桌前，拆开包裹，对照书商提供的订货验收单，反复核对。然后取出一方红印"西安市碑林区图书馆藏书章"，在每本书里"卡嗒—卡嗒"盖两个章。一个在扉页，另一个在隐秘位置。这个隐秘位置每年都不一样，只有馆员知道规律，就像是熟悉孩子身上的胎记——"这是咱家的，不会错。"接着，小吕从打印机吐出的长条里揭下一枚邮票大小的条形码，放在扉页藏书章下方，再覆上一片比它稍微大一点的透明长方形薄膜，粘牢，固定住条码，以防磨损。他又把书翻到封底，在内侧贴上一个正方形电子芯片。随后，他要为书籍撰写简介，打开版权页，在电脑中录入题名、作者、出版社、ISBN 号、分类号……等等，有时还要编写一两百字内容摘要，便于读者检索。做完这些，他开始在书脊上粘贴索书号，在电脑系统中关联条码和芯片，核验准确率。我们的书籍通常有三册复本，小吕先找到最小号，然后加个三，一次就可以录入三册图书的信息。

以上就完成了图书的"线上管理"，最后一步是"线下排架"。上架前，小吕要把书籍全部放进一个名叫"馆员工作站"的机器里转化信息，这是防盗工序。拿出来，再一次清点图书数量，进行分类，把一车一车的书推到编号为 A、B、C、D、E、F……的书架前，开始上架。

我并不知道一本书上架前要经历这么多步骤，小吕以前也不知道，他以为图书管理员就是喝茶看报扫码微笑。

我和小吕正聊着，云书公司总经理老郑进来了。他提议 4 月 22

日开馆，因为 4 月 23 日是"世界图书与版权日"，比较利于宣传。他现在需要和我商量一些准备工作，图书馆网站备案、网络托管、座机电话业务等。最后，他问我还有什么难处，我这里最难解决的那三万块钱门头租赁费，郑总也为难，需要回去和副总商量。

两天后，郑总答应出这笔钱。

这是个好消息，我和宁馆环顾四周，好像再也没有什么大的烦恼。这个"山寨"虽然装修简单，但一切都是崭新的：架上图书笔挺，报刊四角锐利，一排台式电脑屏幕反射着干净的光亮。彩绘墙面上的动物尽管称不上栩栩如生，可在灯光的映照下还是有几分活泼可爱，绿植和蒲团点缀其间，让台阶变得亲切，人来了就想坐一坐。

图书全部上架后，我们只需等待工人来做一遍保洁，再定制三个实木挂牌"碑帖专区""外文童书""漫画专区"，把万邦书店的书籍填充进"你选书，我买单"的区域，就可以高高兴兴开馆了。

开馆仪式需要表演节目，郑总说他可以联系一所幼儿园，跟老师商量商量，让小朋友们演个节目，主题最好和爱国相关。我打算请西安外事学院的古琴教师白金来演奏一首《流水》，这主题应该也合适，高山流水遇知音，希望架上静默的图书能和读者恰恰相逢。

与政府活动有关的演出，主题很重要，这半年来我深有体会。去年秋天的"惠民演出季"，上级划拨经费至文化科：要为群众提供十场秦腔演出，主题要正能量，每场不能超过一万元。那天天挺蓝的，我们带着秦腔剧团老板去看场地。西安市平绒厂的旧址现在叫做建国门老菜场，是著名网红打卡地。我早都听说了，还没去过。

紧挨着顺城巷有一溜儿文艺气息的鲜花店咖啡屋，拐个弯儿，气质开始过渡，面条铺烧饼铺，然后是菜场。这确实是个好菜场，厂房阔大，果蔬鲜活。周至的猕猴桃，碧绿里带水红心儿的那种最甜。临潼的石榴，籽儿把皮儿撑出来鼓鼓的几道棱，剥出一半，艳丽多汁，正是秋冬季节的出挑之物。主厂房的北边，过道隔开生鲜的腥味，鸡鸭鱼蟹在扑腾。往南走，是布口袋和瓷罐罐：布口袋里，干簌簌的木耳核桃大豆；白底蓝花的瓷罐罐里，养着咸菜甜酸的湿气。

二楼有块空地正在举办先锋画展，有一处墙体奇怪地少了一截，像是忘了砌，据说经常上演"快闪"和皮影戏。穿过三楼狭窄的铁皮悬空过道，来到一块平整的天台，稍微装修过，能容纳两三百人，是免费的。秦腔老板特满意，她开始谋划怎么搭木板、放音箱。我转了一圈，看见东侧的涂鸦屋顶，大面积颜料像彩旗一般堆叠铺展，在灰色砖瓦中十分打眼，几个年轻人在那儿伸长自拍杆。

科长跟秦腔老板讲，政府文件规定要有与"十四运"主题结合的节目。"十四运"全称"中华人民共和国第十四届运动会"，即将于2021年9月在西安举行，这将是西安历史上级别最高的体育盛会，得提前部署宣传。

秦腔老板的脂粉涂得不匀，腮红过于浓重，点着一支烟，嗓子粗哑，据说年轻的时候唱过旦角。听了科长的要求，她满口答应说自己很有经验，今晚回去就写剧本，编一个和运动有关的时事小品，保证连唱带说还押韵。

此前我刚刚观摩过市里经费充足的秦腔演出，即便是梅花奖名角，即便传统剧目《三滴血》和几场武戏都见功力，也无法掩盖现代改编剧里叙事空洞、人物单薄、台词只是喊口号的事实，显然编剧没有花时间探究当下生活的秘密。

因此，眼前这个女人的自信和保证难以打消我的疑虑：一万元能请到什么水准的团体？一夜间能写出什么样的剧本？人民群众究竟需要什么类型的演出？政府给民众提供的"惠民演出"是否错位？我在高校时没想过，但现在，这些问题屡次浮现在我要签字的发票单据里。

去年，为了配合"丝路电影节"开幕，我们在万达广场搞有奖竞猜。我走上台，在群众漠然的神情中念别人替我写好的"桂花飘香，桑柘成荫"主持词，私下跳过几段，赶紧进入免费发放电影票环节。大爷大妈抢着领，宣传任务顺利完成。演出开始，"非遗鼓乐"，后排乐手显然有几次没跟上节拍。舞蹈"书香"，演员拿着几捆竹简，在五分钟时间里，唯一的表演就是展开，合拢，又展开，又合拢，如此反复。舞蹈"敦煌情"，小伙子金灿灿，姑娘披红挂绿。音乐响起来，他们按节拍抬抬胳膊抬抬腿儿，不像敦煌，像是没睡够的打工人在单位门口打卡。我坐不住了，中途离场。这就是我几天前签字的两万块钱的演出吗？我们的经费就这样花掉了。

河南卫视的舞蹈《唐宫夜宴》我看了多遍。宫女、唐朝……西安不缺这些元素，永宁门外和大雁塔旁常常上演类似的舞蹈，但都比《唐宫夜宴》弱一些。后者胜在叙事，那些宫女有嗔怒有欢闹，人物灵活有趣，观众会识货。

也许我们也可以资助一些优质演出，我听说有一部儿童戏剧改编自庄子故事，虚实相生，大人小孩都很喜欢。主创团队正好在我们区，编导中有一位是克罗地亚人。我想到唐代的一些笔记小说，用现代戏剧理念去阐释，改成儿童剧，应该很好玩。

但这只是我没见到政策之前的幻想。2021 年对演出的要求是，七月以前"围绕建党一百周年主题"，七月以后"围绕'十四运'主题"，才有可能得到资助。儿童剧团老板改了数版，每版几千字，依旧围绕不了。我拿着手机，思忖着怎么回复才不让她太失落。直到最后，我也没向她提起过，我曾经准备过《酉阳杂俎》里的素材，想与她畅谈。

后来，脱口秀、小剧场、实验戏剧陆续到达我的办公室，看过"围绕……"之后，都没再出现。我的老友王声是西安青曲社副班主，曾和搭档苗阜一起登上过央视春晚。如果惠民演出购买他们的节目，群众应该喜欢。但王声也很难符合2021年命题作文的要求。再后来，图书馆开馆之后，我想邀请王声来讲一场评书，馆里的年度讲座经费却直到我离开政府机构也没有到位。

宣传部门提议我给王声打电话，请青曲社为我区演几场相声。不是政府出资，是让他们免费演。"既然群众喜欢，就让他们免费一下嘛，做做公益，奉献一下。"我答应打这个电话，但我并没有打。

王声笑称我是他们剧团的"顶头上司"，请我"多多指导"。哪敢哪敢，言过其实，在这里的这一年，我从未"指导"他什么，也未能和他开展合作。但换个角度，此言又非虚，我们要对他们开展监督——检查黄赌毒、疫情防控、消防安全——这是文旅执法大队的日常，也是我和他们仅有的来往。

市里要我们遴选合唱节目参加七一汇演。我跑了几个单位，所见平平，直到走进一间教室，听见退休教师们齐唱：

我还是从前那个少年，
没有一丝丝改变……
say never never give up,
like a fire ...

老年人唱《少年》特别动人。我转身对科长说："就报这首。"这里是西安交通大学退休教师合唱团，相似的景象我曾在央视看过，清华大学老教师们齐声高唱"我还是从前那个少年"，领唱蹦跳了起来。台上白发苍苍，台下泪水涟涟。

永远年轻，永远执着，这正吻合建党百年的主旋律。这首歌也就他们能唱好，英文发音的难度，别的团队一时半会儿攻克不了，交大教师没问题。我相信这个节目会在全市汇演中出彩。

几天之后，节目被拒，理由是"不在规定的二百首党建曲目中"。我试图沟通，上级不予通融。

这一年，我欣赏的节目，帮不上忙。我有一些设想，却落不了地。市里给我们压力，说："曲江和临潼区都有自己的品牌节目，你们碑林区没有。你们要抓好落实，拿出创意，结合当地文化，打造特色主题。"

曲江有"大唐不夜城""不倒翁小姐姐"。临潼的历史地理优势我们更拼不过。骊山山腰，沉浸式话剧《1212 西安事变》，观众走出剧场，在附近墙上摸得到 1936 年 12 月 12 日真实的弹孔。骊山山脚，歌舞剧《长恨歌》场场爆满。夜幕落下，山峦北麓点亮星辰，华清池畔羽衣拂动，一千多年前的贵妃曾在这里欢歌洗浴。剧中鼙鼓动地，观者恍然如梦。

我们碑林区有什么？这个问题我想了很久，在市局会议上汇报："我们有碑林，我们可以编一部关于书法的戏剧。全国乃至世界的书法爱好者，参观完碑林，还不够，还想来看这出戏，看完了口耳相传，那我们就成功了。书法史上多少动人的故事可以写。卫夫人带王羲之去看'点如高空坠石，横如千里阵云'，王羲之喜欢观察鹅拨动水的样子，用自己的帖子换一群鹅。颜真卿的家族故事是爱国主义范本。《颜氏家庙碑》恰恰就在碑林区，在这里演这个故事特别有分量。他的侄儿在战争中为国捐躯，《祭侄文稿》在舞台上缓缓展开，一定很震撼。我们也可以和舞蹈结合，台湾地区的云门舞集就曾经编排过现代舞《行草》，从'永字八法'的第一笔画'点'开始跳，棒极了，这都可以借鉴……"

我早已脱了稿，像在讲课一样说个不停。长条会议桌旁十几个区县的副局长们，诧异地看着我。对面的处长听完我的发言，没有表态，只是说："下一位发言。"

也许我得先找个剧院，才可能推行这个想法。我的办公室向东行百米，有一座闲置的大礼堂，即原西安市委礼堂，我最近才知道，它是在1952年由著名建筑师洪青先生和董大酉先生共同设计的。洪青是中国第一批留学欧洲的建筑师，曾在1920年代先后于比利时和法国学习，后来因为喜欢唐诗和古代文化而选择了西安。他为西安设计的大量建筑至今依然美丽，北大街上的人民剧院、钟楼十字的西安邮电大楼、新城广场旁的人民大厦都还在使用。我眼前的这座老礼堂，主体采用传统的歇山屋顶，屋檐上蹲踞着神兽"嘲风"，内部是现代的钢筋水泥结构，旧是旧了，木质地板和墨绿砖红的彩绘，依然能看出往昔的精致。我咨询过专业部门，这座建筑是文物，得专门的装修公司翻修，造价一千多万。如果不翻修，仅仅加固，也不一定要演书法戏剧，就依着古旧的环境搞沉浸式戏剧，应该也行吧。"开心麻花"团队来过，某市实验戏剧院来过，都没有谈妥。

我渐渐意识到，别的同事似乎都对此事没有兴趣。我说起这些构想时，空荡荡的。毕竟，有没有新戏，这不是年度评审指标。我一个人的力量很难把这件事做下去，而且我剩下的任职时间不多了，根本不足以促成一部盛大的戏剧。

我只能放一放，去看看其他的群众文艺。我们在临潼区交叉检查，一天之内跑了十几个村儿。村文化站里堆放着许多高跷，村长说："只能用柳木，既轻又有韧性，不易折。这还不算高哩，最高的有两米高哩，在仓库里。"我搞不懂，那么高，坐在哪儿穿？穿上了又怎么能站起来？村长说："坐在墙头上穿啊！"我心里说：村长，村长，我可不可以爬上村委会的墙，穿一次试试？

一个世纪以前，这个村是整个关中地区的社火头牌。农历二月二，三原县、泾阳县的人都赶马车到这里来看社火。最有名的是"马踏青器"，青器，方言，即瓷器。把青器粘成一摞摞如小山，山巅放一只道具马，小孩儿爬上马背踏青器，踏不碎。都在这么传说，但都不知道这道具究竟怎么制作。因为1950年代到1970年代末，社火中断了三十年，再也没人会玩这绝活儿。有位老人今年93岁，他说他小时候见过，但也描绘不清。村长说："社火得搞哩，年年搞。实践证明，把群众凝聚在一起的最好办法是文化活动。"这种全体参与的仪式、合作与狂欢，是对生活的润滑。

就像广场舞一样，以前我不看，觉得俗气。有天我突然意识到，健身房里的舞蹈之所以比广场舞好看一点，只不过因为我们为场地和教练多付了钱。如果我鄙视广场舞，更贵的私教课就应该鄙视我的大班课，富人区健身房就应该鄙视平民区健身房……金钱制造的差别和体面感让我变得过于清高，不去体察他人的真实欢乐。人间烟火，我得了解，别那么傲慢。

现在，看广场舞是我的职场新技能，我不仅要看，还要做评委。他们大多技巧不足，但是情感挺热烈。比赛在露天进行，太阳晒得我脸疼。我蒙上面纱，戴上墨镜和大檐帽，正打着分儿呢，身后一个大妈拽我："你们这比赛什么时候报的名啊？我怎么都不知道？我现在报名来得及吗？"

一个舞蹈，戏曲造型漂亮，节奏也好。又一个舞蹈表现车站的嘈杂，几个大妈扮成村妇，扇着大蒲扇，用舞蹈展示自己的胖、热、汗，推推搡搡，喧嚷不休，很搞笑。比赛结束后，她们累得坐在花坛边沿上。我忍不住过去聊天："你们简直太可爱了。"

花团锦簇的大妈舞蹈之后，一位清瘦老人独自表演武术《鸿雁》，沉稳、缓慢，衔得住力量。他的腿和躯干在空中叠成惊人的难度，不是瞬时的抛跌，而是充满气息的移动，神色呼吸如常。在这静和慢之中，掌声炸了开来。

我激动地给科长发短信：今儿你没来，我们有好的节目可以报到市里了，十分吻合"十四运"！

个人英雄主义

开馆仪式进入倒计时，云书公司建议我写篇文章做宣传。若发表在我局平台，就得写成公文样式；发表在大型自媒体上，则必须更换文风。他们希望是前者，我选择后者。宣传的目的是让更多人知晓，而不是完成任务。我在琢磨，"市中心新建一座图书馆"，这个题材用哪种语言哪种角度去写，才让人愿意阅读并转发传播。

半年来，我看到政府做了很多事，而群众往往不知道。这些消息包裹在四平八稳的政务语言中，难吸引人。毛泽东讲过"反对党八股"，如今，"党八股"依然在政务与群众之间制造着屏障。

我尽量写得欢乐，我和书商斗智斗勇有戏剧性，放在文章前三分之一处。那个甜度超标的电话，放出来让读者笑出声。我对评审条例的改进建议，发表后可能有争论，那就面对。我画错的丑图纸也都拍照插入文章里，不怕别人看到我的缺点，我们就是这样毫无经验地，笨手笨脚地把图书馆建起来。要充满细节而不是口号，真心和群众交流。

除了这篇文章，我还需要准备开馆主持词。起先我只打了腹稿，没有定稿，是想给临场发挥留下余地。这是我从前在高校主持讲座的习惯，不念稿，自然交谈，听众会舒服些。但这里不允许这种行为，上级说："要防止政治错误，必须上交主持词做备案，不能临场发挥。"

我照办，然后草拟"开馆仪式流程"，四处请示。"主席、主任、处长、局长、教授"，谁开幕致辞，谁揭牌，谁按下启动按钮，谁压轴讲话？领导用笔在文件上删改调整，将职务与流程一一匹配，就像试卷中的连线题。

这道题重要，连错了会得罪人。这道题又神奇，没有标准答案。局、区、市、省各级领导给我的意见全然不同，各具特色。在他们轮番指正下，我一共改了六遍，最终以最高级别指示为准，确保不会惹任何一位来宾不高兴。

我汇报了几句书目的事，领导说："这不重要，书目弄好弄坏都一个样，你别给我出事就行。"公共文化服务是非营利性质，简而言之没有经济效益，上级对我们要求不高：别出事就行。

第二天就出了事。"贞观"公众号发表了我的文章——《花了半年时间，我们在西安市中心建了一座不网红的图书馆》，阅读量六万，大大超过平日数据，编辑部和我都感到意外，读者为什么对一个小小图书馆这么感兴趣？

那天中午别人都在午休，我兴奋得睡不着，抱着手机坐在沙发上，隔两分钟刷新一遍读者留言。他们在评论区欢呼，迫不及待要来馆里看书。政务文章，这么个写法，读者看来是接受的。我正开心，领导急匆匆招我谈话。文章惹了麻烦，政府内部意见不统一——碑林区区长说文章挺好，市文旅局局长也觉得不错，但另几个处长说我是"胡搞、出风头"。其中一人怒气冲冲打来电话，指出我文章有五个问题：

第一，其他区县不高兴。碑林区图书馆书目被吹嘘得那么好，反衬之下，其他区县图书馆难道都是烂书目？

第二，专家不高兴。不该在文中指出评审条例的问题。

第三，领导不高兴。文章没有感谢各级领导，过于个人英雄主义。

第四，不该指出馆配潜规则，没有政治站位和大局意识。

第五，万一有负面评论怎么办？这么大的阅读量会造成舆情……

事后我才知道，文章发表后立即被纳入"政府舆情群"。群内成员随时监控评论区是否有负面情绪发酵。所幸一直都没有，所有读者留言都是正面的。但是，因为政府内部有人不悦，全局紧急通知禁止在朋友圈转发此文，转了的要删除，并劝说我去给某些领导道歉。我笑了，说："没问题，我现在就去，文章我是实名发表的，所有责任由我承担，你们别怕。"栗主任惊讶地看了我一眼。

也许栗主任想给我些建议，帮我渡过波折，就像他从前每一次应对危机时那样。我到局里以来，参加多次"党委班子成员会议"，会议偶有争执，栗主任听到任何激进意见都不打断，留等对方说完，然后缓缓开口："您刚才说的我都认真听了。我还有一个小小的建议，也可能不太成熟。您看一下，这样办，妥不妥……"他的提议往往巧妙周全，甚至考虑到三五年后的远景。他始终如一的寸发、深蓝色翻领拉链外套和运动鞋、他安稳地坐在局长旁边的样子和他沉着的语气，成为每场会议重要的压秤。今天，他扭头看向我，什么都没有说。

局长和宁馆陪我去上级单位，队伍浩大以示认错态度诚恳。第一次去，领导正要出门，没有接受我的道歉，直接前往地铁口。局长领着我在后面追赶着赔不是，局长的细高跟鞋追得很费力，领导淡淡地说："我要进地铁了，以后再说。"第二次去，领导标注出三个问题段落，教导我应该怎么写文章改文章，都是我在高校教写作课没有涉猎过的技法。领导很严肃："你，政治幼稚，文章表面上没有批评政府，但是对馆配书目提出了你的意见，会让别有用心的人抓住把柄攻击政府，葬送你的政治生命和学术生命！"

此前，有人跟我说这位领导是个实干家，口碑还不错，但这样的描述和眼前的过激反应不太吻合。我看着领导的眼睛，我想分辨她的愤怒是来自内心冲动，还是来自他者压力，是恐惧一些未知的事，还是真的要纠正我帮助我。一时间，我分辨不清，她像是诚恳的，又像是过于娴熟的，不知道她的真实动机是什么。

我内心平展，我相信这篇不符合公文样式的文章没有大的错误。抵制馆配，为人民买书，这错了吗？文章是正气不是邪气，拿到哪里我都不怕。这几个人对我的批评不能公开，只能私底下进行。没关系，我可以道一百次歉，表情和语言充分顺从，就当自己是在舞台上演一个道歉的角色，多温柔都行。反正，我给群众买的书已全部上架，我预告开馆的文章已经散播开来，我要做的事情都做好了。

"对对对，您批评得都对。我政治幼稚，今后改正，谢谢领导跟我说这么多。"我谦恭地说着这些台词，只望收束此事。我在心里屏蔽他们对我的干扰，走出这个房间，保持情绪稳定，迎接第二天开馆。

万万没想到，晚上一位北京的陌生人打来电话，改变了事情走向。

这天是周三，中央电视台记者张大鹏坐在机舱座位上，有些焦灼，持续翻动手机里的各种 App。每周六晚播出的央视《新闻周刊》有一个固定板块——"本周人物"，临近世界读书日，节目组想寻找一个和阅读有关的人物进行深度采访，这周恰好轮到大鹏负责该板块，但直到此刻他还没有找到合适对象。这就麻烦了，按照日程，最晚不能晚于周五拍摄，周六剪辑，这是不容商量的期限。所剩时间不多，无论如何不能落空。团队成员在各个资讯平台上寻找消息，大鹏突然在新浪微博上看到一篇转发的文章《花了半年时间，我们在西安市中心建了一座不网红的图书馆》，读了几段隐约觉得素材合适，飞机却马上就要起飞，只能让手中的屏幕黑下去。

云中飞行，大鹏一直惦记，不知道文章后半部分讲的是什么，究竟能不能作为本周选题。飞机刚一停稳，他立刻打开手机，后面的段落愈发吻合节目的需求，"选书人"与"馆配潜规则"这类素材很少出现在新闻媒体中，也具有他们很在乎的"公共性"，还可以继续往深挖。读到最后一行字——"西安市碑林区图书馆将于 4 月22 日开馆，欢迎您来。"——此时已是 4 月 21 日下午，他快速行走在北京机场大厅，联系团队成员，再不商议就来不及了。

晚上，大鹏自我介绍说他是央视白岩松团队成员，刚读过我的文章，明天来拍摄我们的开馆仪式。为了避免"葬送我的政治生命"，我建议大鹏先征得政府部门同意再来拍摄。他说他正是通过官方渠道联系政府才获得我的电话号码，让我不必担心。为了避免"个人英雄主义错误"，我和摄影师沟通，请多多采访各级领导，尽量少表现我。摄影师不同意，说这是以人物为核心的专题片，要突出重点。团队已列好提纲，会拍到我、宁馆和群众，不拍各级领导。

这一天忽上忽下，我刚刚低头认错，却又获得认可。白天，面对眼前的责难，我可以在内心凝固一张盾牌，听戈矛敲击折落的声音。夜晚，背后突如其来的支撑，却骤然让我柔弱，如同一滴热水化开冰层。挂了电话，我眼角里有一股酸楚，直冲鼻腔。

各级领导早已获悉央视到来的消息，他们听到"白岩松"这个名字有些紧张，向我反复确认："白岩松？是正面报道还是负面曝光？是'新闻周刊'还是'新闻调查'？'新闻调查'都是负面的，你一定要搞清楚，不要随便接受采访！"

得知白岩松也在做"正面报道"的《新闻周刊》，领导的语气缓下来，通知我上班的第一件事是去宣传部接受部长指示：在央视镜头里，我什么可以说，什么不能说，这是政治站位问题，要按规矩办事，不能错。

4月22日早晨，天气凉爽。忙了半年，要正式开馆了，我心里鼓荡着期待的微风，又对央视的突然到访有些拿不准，不知道这朵飘来的云彩里会不会下雨。

我走进单位比往常早几分钟，局长在等我，陪我去大院北侧见宣传部部长。局长和我站着，部长坐着。部长说："中央电视台来，我们很重视。作为一个挂职干部，你要抒发正能量，不要批判社会，不要揭露潜规则，'馆配'这个词最好不要讲。"最后，部长握了握我的手："我们相信你会顾全大局。"

回到局里，过道平静如常。几个科员敲开我门，声音压低："我们都知道了，是个好事儿，这下替你平反了，今天上镜一定要美美的。"我不太会化妆，周雯带来她的工具，帮我画眼线夹睫毛。见我眉毛杂乱，她又去走廊的尽头叫李敏来给"杨局"修眉。

李敏是体育科的，不是我主管部门，我不熟。这个喜欢穿衬衫的女人，每日衣服平整无褶，出门前仔细熨烫过。她眉毛边缘清晰，腮红晕染自然，睫毛膏涂得根根分明，从不会粘连在一起。李敏拿着小刀和眉笔走到102办公室："杨局，周雯说你找我。"高大的杨局（男，前篮球运动员）很疑惑："我找你干什么？"李敏也很疑惑："给，给你……修眉？"

我们局有两个"杨副局长"，简称杨局。一个杨局在102室，主管体育和文旅执法。另一个杨局就是我，在104室。

很快，"李敏去给102的杨局修眉"的故事从一个办公室传到另一个办公室，大家笑翻了，没有注意到101的局长脸上的神色。我化好妆离开局里，局长再次提醒我"记住部长跟你说的，顾全大局"。

这十分钟路程好像不是去我熟悉的地方，而是去未知的"大局"。南大街上的树木已经茂盛起来，我在马路对面就看见了"西安市碑林区图书馆"的门头。它终于挂在了显眼位置，树叶挡不住，公交乘客和马路行人应该很容易看见。可惜的是，工人把石瑞芳的红色印章落款稍稍安装高了一些，来不及修改。

我穿过地下通道，来到门头下方，两位摄像师等在那里，举着机器开拍。

要到达去地下的扶梯口，其实只有二十米距离，但要拐三个弯。我怕读者找不见，叮嘱宁馆做了三个指示牌，此刻已经立在拐弯处，隶书字体够清楚。我又发现，脚下水磨石地板上每个拐弯处也贴了绿色大箭头，这我没叮嘱过，应该是宁馆用了心。

宁馆涂着淡淡的口红，西装上别了胸针，见了我身后的摄像机就连连摆手："别让他们拍我。"

读者已经来了不少。几篮鲜花放在前台，前几篮落款是图书馆的供货商，后面几个是我的学生，还有我的朋友。他们悄悄来了，没有提前告诉我。这是公事，不是我的私事，他们怎么来送礼物？几张熟悉的脸从书架背后走出来："素秋，恭喜恭喜，大喜事！"他们这样说，我觉得自己仿佛是在乡间张罗宴席的女主人，儿子要结婚或者孙子刚出生似的，从东厢房走到西厢房，把客人的吉祥话都揽在怀里。

省、市、区县，各级图书馆负责人走进会场，我跟他们握手打招呼，其中一位没有理我，板着脸径直走向自己的座位牌。我当时诧异，后来才从别人口中得知，是我那篇文章惹的是非。这位馆长看了文章大怒，因为文章中讲到"馆配书"的折扣是二折左右，优质书折扣是六折左右。而他过去几年买书，向财政局上报的报价单一直是"十折"，也就是原价。他担心财政局的人读了文章会来核实他往年账目。如果他因此遭到审查，这一切的罪魁祸首就是我。

两次接受我赔罪的那位领导，曾从我手里接过邀请函并且点头应允，却没有到场。有人告诉她央视要来拍摄，她突然就不来了，未曾解释。我打电话过去，空响的手机铃声无休无止。

开馆仪式顺利，琴曲《流水》重现清泉淙淙，小朋友诗朗诵引来欢笑，我主持时的即兴打趣没犯"政治错误"，领导们对就座位置和讲话次序表示满意。有位领导指着我，将声音拔细了一些说："人家央视是来拍她的，不拍我们。"

宁馆一直在躲摄像师，拗不过了才坐到镜头前。她用手频频招我过来，一定要我坐在她侧前方："你走了我就不会说话了。你坐这儿我踏实。"她双膝生硬，时不时转头求助我："我这样说对不对？这个问题该怎么回答？你教我。"她几乎要黏住我，摄影师使眼色让我离开。

她伸手拽我衣服，我还是起身走了。我回头看她，她才说了几句就开始抹眼泪，一张又一张纸巾，最后捂脸痛哭起来。我不知道她在哭什么，又知道她在哭什么。我靠在大厅柱子上，不忍心看她耸动的肩膀。这半年她比我压力大得多，她是上下级体系中的那个最小的小卒，又是图书馆唯一的法人代表。我风风火火地做事，危险却有可能落到她头上。

宁馆对我说："你转告编导，把我的那段裁掉吧。人家让我给图书馆打分，我打了六十分。我是不是说错话了？会不会太低了？领导知道了会不会怪罪？"

不约而同，我回答这个问题时也打了六十分。第一，经费紧张，没钱请设计师，图书馆外观不够美。第二，我编的书目不够好，我的知识结构肯定有很大的局限性。编导屡屡问到"馆配"问题，我谈了几句，但是不能深谈，要"顾全大局"。

身在北京的大鹏给这期节目取名"公共选书人"，这么小的图书馆为什么值得拍，重要的是选书这件事和公共有关，和每个人有关。他熬夜写稿，天亮时开始剪辑，感到可惜的是，馆长从头到尾哭了几十分钟，几乎没有完整的句子，能剪进节目的就更少。他问我："宁馆受了多大的委屈，你能说说吗？她为什么哭成这个样子？"我很理解宁馆，遥远的陌生人前来支持我们，她和我的感受应该是一样的。可是她在这里有编制，左右为难，想说的话不敢说，所以哭得更厉害。大鹏说："那我一定要保护你和宁馆。"他删减了敏感话题。

4月24日晚上10点30分，我的亲友们打开了CCTV-13频道，各级领导也都打开了CCTV-13频道。亲友们热情地转发节目，而领导则相反，在节目结束后迅速通知全局，禁止转发央视链接："虽然这个报道是正能量，但要小心，以防万一，万一哪个领导看了不高兴。"

工作群里一片寂静，几个同事私下里跟我说："看到宁馆哭，我也哭了。"我逗宁馆："你哭得脸都花了，观众该不会以为我欺负你了吧？"她说："不会的。我哭其中的过程，只有你最清楚。记者让我描述如何建馆，我感觉脑子里全都忘了，什么都想不起来，只想哭。一把辛酸泪，无从说起。你是我的精神支柱，经过只有咱俩最清楚，委屈也只能咱俩互相安慰。"

劳动节假期是一个真正兑现的假期，我踏实休息了三天，一天不少，这是挂职以来的首次。此前的国庆节、元旦、春节和清明节，我得带着旅游科去景区和酒店检查。游客们悠闲度假，旅游科逐项上报景区安全情况、参观人数、门票收入、同比环比增长率。现在这部分事务移交给新来的田副局长，我轻松多了。

这天早上，我轻轻软软地蹬着自行车，双膝向内并拢，在清晨狂飙的上班族中悠闲得像闺秀出阁，因为我大错特错地穿了一条丝绒包臀裙，稍微用力就会绷破开衩。我外表淑女，内心焦灼，单位食堂八点二十就要关门啊我的豆浆油条我的菠菜汁饼我的芹菜腐竹木耳粉丝雪里蕻……统统吃不上了我还在这么得体地蹬车。改道吧，去吃粉巷的热米皮，或者南广济街的笼笼肉夹馍，虽然没什么蔬菜，但也能凑合。

笼笼肉夹馍不是"肉夹馍"，就好像菠萝蜜不是菠萝。西安是"馍都"，汇集天下名馍，馍和馍之间差一个字儿都不一样。

"肉夹馍"的馍是烤馍，老酵面发面，放入鏊子用炭火烘，出炉时表面微微虎皮色，切开来内芯层叠，名叫白吉馍。中间夹的肉是腊汁肉，砂锅慢炖大块，五香不腻，放在砧板上剁碎，堆在刀面上送进饼的切口。

"笼笼肉夹馍"的馍是蒸馍，与馒头做法类似，先把发酵好的圆面剂子擀成适中厚度，合起来成半圆形，中间抹薄油防粘，边缘压成花瓣状，出笼时口感松软，又叫荷叶饼。中间夹的肉是麻辣味五花肉，拌上米粉放在蒸笼里用蒸汽蒸。

"笼笼肉夹馍"的推车不大，但紧凑，挤着好几个灶头：一大锅浅酱色汤汁里煮着卤蛋和织网状的"花干"（一种豆制品），锅边立起几摞竹编笼屉，尺寸袖珍，每个笼屉还没巴掌大，像是儿童过家家的小玩意儿，搭积木一样搭起来，为这座城市粗犷的食物谱系中加入一点俏皮。白纱布盖着一排热气腾腾的荷叶饼，店主问我吃纯肉还是加蛋加花干，她左手摊开面饼，右手取下竹屉，捏起竹柄迅速翻转，一小团肉打个跟斗进到饼里，飘出香气。粉蒸肉裹着零星的辣椒碎，红油刚好浸润外层的碎米糁，瘦肉紧实，脂肪的部分半透明，想来口感软糯。她又换了副竹筷去捞卤蛋和花干，拈进饼里用筷子捣一捣，再浇一丁点卤汤，蛋黄蛋白碎了，沾上油脂和肉汁。一口下去，肉豆蛋碳水齐全，我们"馍都"的早餐就是这么霸蛮。

我拎着笼笼肉夹馍走进院子，反常地安静，没有车在行驶，也没有急匆匆赶着上班的人。眼前像是纯粹的风景静物画，花坛里的松树和冬青一棵一棵，清晰明了，不受打扰。嗨！我记错时间了，劳动节后推迟半小时上班，食堂还没开门，想吃什么都还来得及。

我在过道里遇见102的杨局，他穿着汗湿的T恤端着盆去接水，一块毛巾搭在他肩头。他这么多年一直保持着当年在体育学院的习惯，每天早晨和中午都打球。接近五十岁，肩膀和腰身依然平展，条儿顺。

我刚来局里的时候，人们跟我讲"杨局那人，没得说，人品绝对过硬"。我慢慢体会到了，假期值班他会询问我的时间安排，让着我先挑；听说我的孩子学篮球，他说他可以教一教。他的瞳仁明亮，声音也响亮，但是遇见更高级别的领导，他的话骤然变少。饭局中他几乎没有祝酒的言辞，也没有奉承的笑意，拘谨得不像是在这个岗位上干了十年的副处级干部。

这天早上，杨局见到我，关切地问："上面没人再批评你了吧?"杨局可能觉察到，央视来了之后，上面对我的态度有了变化。组织部认为我的工作得到央媒认可是个好事，但是我的个人英雄主义依然需要改正，我发表在"贞观"上的那篇文章，思想是"很不成熟的"。"你作为政府工作人员，以后不要在民间媒体上发表文章，民间媒体常常别有用心。"接着，组织部建议我重新写一篇文章上交，向上级表态。

我奉命写了，这篇文章将发表在内部刊物中：

挂职工作汇报

杨素秋

政府工作千头万绪，既需要与基层民众沟通，倾听人民的声音，又要贯彻落实上级组织的政策法规。这与高校教师的工作性质有相当的不同。从前，我的工作主要是埋头于自己的学术领域，关注之处小而深，与社会很少接触。而在新的工作岗位，我要去景区、酒店、文物勘察点督导检查，要去基层组织群众排演文艺节目，还要在图书馆工地与施工队来回谈判。工作的边界拓宽了，复杂性和挑战性也上升了。

我对自身挂职锻炼期间的表现总结如下：

1. 认知自己，发挥自己

读书人应当将自己的专业知识推广到群众中去。

……

在寻找书目的过程中，我无意中收获了新的知识，并为能给社区群众的精神生活做出一点贡献而感到欣慰。

挂职期间，我先后在民间媒体发表了两篇与文旅工作相关的文章，一篇推广我区民宿，另一篇宣传图书馆，写作的过程其实是我在做实验：如何把政务话题写得有趣有料深入人心。

毛泽东同志明确提出"反对党八股"，也在《在延安文艺座谈会上的讲话》中讲过："工作对象问题，就是文艺作品给谁看的问题……我们的文艺工作者的思想感情和工农兵大众的思想感情打成一片。而要打成一片，就要认真学习群众的语言。"

作为政府工作人员，我应该反复温习这样的话语。我们要对宣传语言有高度的自觉，要说人民群众容易听懂，也容易有情感共鸣的语言，才能将文章与资讯传播得更广。

2. 秉持"初心"，知行合一

我在大学里教文学和美学课程。美学里讲，"初心"和"童心"对于人格的完整性非常有益。习总书记也讲"不忘初心，牢记使命"。那么，"初心"是什么？

具体到我的工作中，我认为，初心就是要体察民众真实的文化需求。这种体察，不只是为了应付考核，不只是完成任务，而是要提高主动性，为群众多做一些事，再多做一些事。我们的服务是没有终点的，要紧贴人民利益，不惜人力物力。要在任务的落实和延伸中知晓自己的短板和偏差，并能在今后的工作中予以校正。

如果说我这个人有什么一技之长，我觉得，做事的热情，是我唯一的一技之长。

......

把好图书关，做好良心活。不忘初心，为人民买书，高举精严标准，抵制劣质书籍，这是必须坚持的基本思路。初心，就是要但行好事，莫问前程；初心，就是要全心付出，不求回报。我常常在讲授这样的美学理论，我也希望我自己能够在工作中去践行理论，否则，就不是一个诚实的知识分子。

......

我的挂职工作有了一些成绩，得到了各级部门和央视媒体的肯定，但我只是整个工作过程中一枚小小的螺丝钉。高校与政府之间的人才交流，必须依赖于各级组织的畅通与民主。唯有沃土，才能扎根。唯有春和景明，才能催生花蕾。在未来的工作中，无论我到哪个岗位，都希望能继续与同仁携手，共同为人民创造更好的文化生活。

我努力调整文风，不知道这样写够不够"成熟"。过了几天，市局印发文件表扬我馆"先进建设经验"，点名让我撰写"典型案例汇报材料"，在会议中宣讲。我站在主席台上，台下是各区县图书馆馆长和文旅体局副局长，我看见了热切聆听的眼神，也碰到了回避甚至敌视的目光。无论如何，这场由"个人英雄主义"文章引发的小风波，总算平息了。

真实意见

开馆半个月后，馆内形成明显的早高峰和晚高峰。早上九点开馆，"考试党"提前就位，围在电梯口，头发没怎么打理，背着书包拎着水杯，只等馆员拿钥匙开门。他们进来找熟悉的桌子，掏出复习资料，考研、考公、考会计、考法律。下午五点，离闭馆还有一个小时，"红领巾"准时出现。全天就这一个小时最操心，我们伸长脖子，时不时张望儿童区，像原本安静的章鱼伸出几只腕足探查水域，看看他们有没有在捣蛋。

这些半大孩子，离开父母和老师，总是有些兴奋。他们来这写作业，做手账，聊班里的情史，突然哄笑。馆员在嘴边比画食指，他们只能安静一小会儿，又哄笑起来。事情的漩涡是一本绘画书，里面有人体，男生把它当做笑料在手中传递，女生见了生气，告状告到前台，请求没收书籍。

前台在他们心里大概是万能的，既能摆平纷争，又能辅导作业。他们遇到语文造句，问赵怡姐姐，算不出数学难题，就自动来找韩洋哥哥。"鸡兔同笼，上有三十五头，下有九十四足，问鸡兔各几何？"数学系毕业的韩洋，趴在柜台上，好脾气地帮他们讲解。他们的八卦心却起来了："韩洋哥哥你有女朋友吗？我听说赵怡姐姐是单身……"

关键时刻前台还得身手敏捷。有位妈妈走路低头看手机，没顾上孩子，孩子走上电扶梯踩空，趴在上面。韩洋立刻往出冲，把孩子提溜起来。

有时候，前台也许是家长眼中的免费看护。一个周末，刚开馆就进来母子二人，男孩十岁左右，母亲很快离开。中午，孩子趴在桌子上小声地哭。他妈妈当时说去停车，马上回来，却一直没有回来。他担心妈妈是不是永远不要他了。他拒绝吃馆员给他买来的汉堡包："不饿不饿，谢谢哥哥。"馆员骗他说是妈妈让买的，他吃了。馆员打电话给他母亲，他母亲依然到下午五点钟才出现，自述睡了一觉"把孩子忘了"。

如果儿童区闹腾的声音太大，读者来投诉，前台还得安抚其他读者。赵怡批评了那个在地板上踢饮料瓶玩的孩子，也给投诉者反复解释："因为面积太小，消防部门不允许我们给儿童区砌墙或者安装玻璃隔档，我们会努力维持儿童区秩序，请多多担待。要不我在电子阅览区帮您找个安静点的位置，您挪过去，可以吗？"

要是张小梅在，就会好一些。她上班时自带一种魔力，孩子们听她的，不大声说话，儿童区一片祥和。她轮休那几天，好几个孩子专门跑来问："那个大辫子阿姨什么时候上班？"

张小梅独有一套维稳办法。小学生们在桌子跟前玩，她先不加入，假装在附近整理书籍，听他们在聊什么。然后她坐过去聊，装无知，问问题，向小孩子们请教，夸奖他们——"哇，你们知道这么多，我都不知道。"他们其实并不是在吵，是在讲故事，有一点争执。小梅问："这个故事是什么呀？"几个人叽里呱啦说起来。小梅说："你们都说话，我听不清，轮着说，行吗？"他们不同意。小梅做了几个纸团儿，编号抓阄，谁抓到谁先说，声音就小了很多。

一个女孩拿了一圈圈漂亮的彩色纸，卷起来做手账。小梅说："你太厉害了，做了这么多场景，能让我玩一下吗？"她说："那不行，这是限量版的，可贵了。妈妈给我二十块钱吃饭，这一卷就六块钱呢。"小女孩翻来翻去，想找一页送给小梅，太精致的舍不得送。小梅往前翻，挑了一张不太好看的："这一页送给我做便笺好吗？你把你名字和电话写在上面，我也把我的电话写给你，我们就是好朋友了。"小女孩撕下来一排芭比娃娃图案，给小梅。小梅贴在自己手机上。小女孩说："阿姨你真幼稚。"小梅说："我觉得一点都不幼稚，你送给我的东西，我只要一看见，就能想起来是你送的。下次你来图书馆来找我，咱俩就是好朋友。你要是没有位置，你来找我，我可以把我办公的小椅子借给你，多好。"

就这样，很多孩子和小梅成了朋友，自动听她的话，帮她维持儿童区的秩序。

来这里之前，小梅教过十几年幼儿园。那时候的欢乐像彩色肥皂泡，嘟嘟嘟地冒出来。她偶尔换个刘海也能被眼尖的小朋友发现，他们抱着她的腿，老师老师你今天比昨天还漂亮一百倍。小梅每天被这样的话养着，超甜。但是，这些甜蜜因为出自太小的孩子，总是没那么笃定。小娃娃们毕业了，也就不记得自己了吧。想起这些，她微微有些遗憾。有一次在大街上，一个大学生模样的年轻人走过来叫她："老师?!"小梅激动坏了，这么多年，他还记得自己。

在图书馆前台，她工作的感受完全不同。成年人不会甜甜地奉承，但是有一份情谊就是一份情谊，没那么亮眼，也没那么容易消散，捏在手里好像更接近真实。常常会有老年人向她求助，找不着书号，或者不知道怎么操作借阅仪器。她一步一步帮老人弄好，老人说："谢谢你，姑娘，你姓什么？我下次还可以找你吗？"这一句托付与信任让她为自己的工作自豪。

周末，图书馆里迎来更小的小孩，也可爱，也头疼。大部分孩子安静，和家长偎在一起，听家长轻声地读。太小的孩子不太听得懂指令，馆员告诉他们，看完的书放在指定的筐里。可他们总是拿一堆书，看几页就撂在空地上不管了。有时他们还扔书撒书破坏书，负责给儿童区排架的志愿者苏来，往返于筐子和架子之间，忙得停不下来。立体书一不小心就撕坏了，苏来把破损书归置到一起，小心地把纸质零件拼接起来，尽量修补。

有一天，儿童区角落里有一摊不明黄色液体。小梅去清洁时闻到气味，不太敢确定。又去查监控，确定是小孩尿在那里。摄像头里的孩子奶奶，一发现孩子出状况，就把孩子带走了，没有做任何处理措施，也没有告诉任何人。这些事情让人气恼。

孩子们最喜欢每周末的"小林姐姐（哥哥）讲故事"，在报告厅里讲故事，可以尽情叽叽喳喳，吵不到外面的读者。"小林"并不是固定的某个人，只是从"碑林区"里取了一个字。我们欢迎有绘本讲读经验的人报名做"小林"，带着孩子们玩游戏。

游戏的主题早早在公众号上宣布，前一天，根据预约人数准备材料：打印绘本里的人物形象，剪贴，彩绘；准备陶泥，彩带，胶水；还要将所有小朋友的姓名提前做成便利贴。小小孩似乎很重视自己的名字，他们发言的时候，如果被叫"那个穿蓝衣服的小孩"，太随意了。如果被叫名字，他就觉得自己被许多人认识，特高兴。有的小孩声音怯怯的，害羞，脖子一直往下垂，嘴唇快贴到话筒上。有的小孩声音奇大，蹦跳着回答问题，头一歪，眼睛一眨。我们都认得一个小男孩，他特别喜欢粉色，每次预约完会在后台留言"我要粉色的姓名贴"。一进门，就笑笑地跑过来，把粉色的方块字贴在自己胸前。

端午节，用黏土做"粽子"。夏至，一起做"西瓜"。小朋友们又带来了许多新朋友。黏土干了很丑，但是丑得可爱。

为了解运营情况，我去馆里转悠，遇到读者问几句，问到的只是碎片。年轻的馆员和我说话过于恭敬，我问得长，他们答得短，好像怕说多了不合适。

我的朋友梁了是餐饮营销行业名人，常来借书。她说我们馆的书很新，立体书多，别的图书馆没有这样的。但她觉得我们的宣传做得不够好。我告诉她，馆员做公众号也花了心思，比如，当棉花在国际新闻中浮沉时，馆员就及时推荐了一本有关棉花的书……

梁了打断我说："不不不，人最重要的是现场体验。"她的职业习惯让她在踏入任何一个场所时首先关心的是这里能给顾客（读者）提供什么新鲜独特的信息。比如她的餐厅客户，定期委托她设计海报推介时令菜品，用灯箱宣传各类套餐。她建议，图书馆也可以在入口处经常更换海报，或用电子屏推介书籍，这样的信息扑面而来，效果大概比公众号好："大家手机里订阅的公众号太多，顾不上看。你们的阅读量只有一两百，覆盖面实在有限。"

分析完"现场体验"之后，她进一步分析我们的"用户群体"。据她观察，真正饱读诗书的人其实并不常去图书馆，因为这些人藏书足够多，更喜欢待在家里读。图书馆的"主流客户"是另一些人，家里书不多，有时知道要借什么书，有时只是陪孩子，自己漫无目的。简而言之，他们有阅读愿望，但可能比较迷茫。这样的用户群体很需要指导和建议，这就是图书馆应该深入去做的事。"如果能让更多人读一些鲜为人知的好书，为什么不做呢？我就是这样，不管是什么类型的书，只要好看，请推荐给我。你以前推荐给我的书都对我胃口。可是除了这些，我每次去图书馆都不知道该借什么。"

她还对馆内活动提出异议：某些书画展和本地作家活动，没有真正以读者需求为出发点。"读者不笨，读者都知道这种活动是给谁做的。八流作品拿出来做活动，自己人吹捧自己人，圈外根本没人看。这些活动跟消费者有什么关系？哪个消费者想参与这样的活动？"她问过周围读者，最希望举办的活动是著名作家见面会，"喜欢一本书，真的很想知道里面的创作背景，想听作家聊聊背后的故事。互联网时代不再是面纱时代，是真人时代，人人都可以成为播音员，所有人都想看真人秀。消费者和读者都是一样的，一定要挖用户需求。"

梁了并不担心自己的言辞会惹我不悦，事实上，我需要这样真实的意见，我还要继续寻找更多的观察者，听听不同人的看法。

馆里的两位志愿者与我没有上下级关系，说话应该更随意吧。那个退休的护士长衣着素净，银发不乱，站在前台协助登记信息。在她手边，笔和本子的位置是固定的，推到你面前的速度也是匀速的。就算不知道她曾是护士，看一下她清瘦的下颌线和颀长的手指也能感到：这个人一辈子都是井井有条。馆里的年轻人不敢在她面前喝奶茶，因为她曾严肃地讲解奶茶的成分和卡路里。早晨，馆员在一桶水里稀释消毒液，她帮馆员认真纠正配比。她戴上手套，拿着抹布和喷壶，一行一行桌椅擦过去，动作轻缓。她不是每天来上班，有时候儿子要回来吃饭，有时候孙子要回来玩耍，她得去菜市场采买，回家准备。当然，我们很理解她。

另一位老大爷每天都来，不曾缺席。我必须去正式地谢谢他。

"谢谢您来做志愿者啊！"

"不不不，千万别谢我，我要谢谢你们才对。"

"？"

"我总算有个正当理由可以从家里跑出来一整天。哎呀妈呀，待家里烦死了，可把我着急的，总算出来了。谢谢你！谢谢你！"

我被他逗乐了，我猜他只是客套。第二次见面，我又去谢谢他，他又坚决阻止我谢谢。这样推来挡去的对话进行了好几次，我俩哈哈大笑，打住打住，再不谢了。

他一定要让我相信，我们所提供的义工岗位对他来说是最好的去处，这个事必须得是他反过来谢我。他在"贞观"上看到我的文章，才知道这里开馆了，而他正想找个地方做义工。这里离他家不到五公里，通勤时间短。他是回族，饮食有禁忌，图书馆恰好离回民街也不远。

每天在馆里整理完报刊，他走到儿童书筐前，把杂乱的书页抚平，寻找上架的正确位置。这个工作没有压力，可以随意看书，还能戴上耳机听音乐。"我不是什么高尚，你别夸我高尚。"他悄悄跟我说，"我喜欢做义工，只是因为我不差钱！"

他能够天天到岗的原因是他从来不需要做任何家务照顾任何人。他认为，一个人不做家务的态度越强硬，就越应该想办法赚更多钱拿回家，这很合理。他拢住自豪的笑，眼睛眯起来，说他这辈子做到了。

每天早晨九点他准时来上班，十一点，他进入图书馆后门的员工通道，走上一个狭长的楼梯，来到地面。那儿是另一个院子，传达室里放着当天到馆的报刊。报刊数量并不固定，有日报，有周报，有月刊，拿到手里时厚时薄，他来为我们分类上架。他没有颀长的手指，使用夹子的动作也没那么利索。这辈子他没干过什么活："我手笨，到你们图书馆才学着干活呢。"

我们订的报刊有百余种，分几层陈列。第一排是《新民晚报》《第一财经》《国防时报》《环球时报》《参考消息》《健康时报》《安全时报》《南方周末》《军事发烧友》。这些既不是按照字母顺序排列，也不是按照重要程度排列。我摸不出规律，就问他。他说这是他观察的结果，馆里读者总是看这几类报纸，他就专门放在第一排，方便大家翻阅。

他叫苏来，祖上是掮客。他的父亲看不惯掮客投机倒把，决心扭转门风。父亲专心读书做了教师，也希望儿女后代能够把金钱看淡。苏来小时候，父亲带他去陕西省图书馆借书。入口处是像中药房那种小格档，一排一排的，存着书目卡片。小抽屉并不能完全抽出来，拉开以后慢慢找，捏着小纸去窗口排队，递给图书管理员。苏来想找十本八本，伸着脖子等管理员出来，对方手里也就拿着一本两本。他说："失望还是失望的。我从来没有机会走进书库里去，图书管理员似乎是在一个大家都够不着的地方工作，我挺羡慕。那时候我绝没有想到，自己将来也会做这件事。"

成年之后，苏来没有走父亲期望的道路，他惹了些是非，让父亲大病不起。随后又经商，正是父亲看不惯的职业。他不愿意做教师，觉得没劲。做生意中，见的人太多了，第一眼就要把对方水深水浅弄清楚，三下五除二分出胜负，然后各走各的，江湖陌路。他习惯性地通过第一印象判断对方的背景和性格，很有把握地对我说："你祖辈应该是读书人，我不会看错。"

人生的事情总是绕弯。他当年读师专，如果当了老师，退休有学生来往，也就不会到碑林图书馆来做志愿者。现在他有十几处商铺，每年租金相当可观，躺在家里收租，觉得没有什么意义，内心的空虚无法解决，就又走到了书籍里。他一心想把这份工作做好，跟自己说过，一定要好好干，别在这混日子。

我问他："做义工是不是为了积德行善？"他说不是，他只是越活心越胆怯，反复地想人生的意义金钱的意义。自己需要的物质越来越少，需要的朋友也越来越少，但是只要选定喜欢的，就一定要做。义工这件事就是认准的事。他反复跟我说："这不是什么为人民服务，为社区服务。我不想拔那么高，我只是在这份工作中能求得心安。"他已经六十多岁，可是聊起父亲时，那缓慢的回忆和愧疚感，依然是属于孩子的。他现在做的这件事，他那爱读书的父亲也许会感到欣慰吧。

初夏午后容易犯困，他趴在桌子上打个小盹。我想帮他在办公区弄一张午休的折叠床，他坚决不要，那违背了他来这里的目的："没人强迫我过来，我自愿的，我觉得这份工作比在家待着有意义多了。我不给你们添一丝一毫的麻烦。"

吃饭时我准备付账，他几乎要生气，他说他肯定比我有钱，所以必须他请客。在他自信的语气中，我能还原他年轻时的形象：慷慨大方呼朋引伴。他现在步伐还是敏捷，只是头发稍微有些稀疏，应酬的饭局他根本不再去。他在做减法，在他这个年龄，没有必要和任何人敷衍。他是敏感的，一旦察觉对方吃饭时目的不单纯，就不愿再继续聊下去。

他很擅长察言观色。他问我："你为什么从来不穿平底鞋？是不是你为自己的身高自卑？"

他指出，儿童区的家长有两类典型：一类，对孩子表现出一种没有耐心的强制。另一类，又对孩子非常娇惯。他从他们的表情判断，这些家长应该是来西安的第一代打拼者竞争者。"我的阅历搁在这儿，一看就能看出来了。他们都非常辛苦，希望孩子成龙成凤，但是又把握不好教育的尺度。母子，父子，相处的模式很奇怪。"

他分析图书馆工作有很多优点，工作不累，定点上班，能兼顾家庭。同时，责任和风险小，犯错就顶多把一本书查错了。因此，图书馆虽然待遇一般，但领导会把七大姑八大姨安排到这里来上班。由此他判断，我这样一个书生，在文旅系统里很难混得下去。"中心问题其实不是你能力问题，不是你专业不专业的问题，而是你怎么处理关系。"他思考过图书馆的位置，和文旅局的关系是微妙的。虽然经费由国家财政全部划拨，但图书馆在一些人的思维当中是一件最不紧迫的事情。别人也许会质疑一个挂职干部，干吗要买那么好的书？"你作为挂职者，好处是胆大，不怕得罪人，因为你马上就走了。坏处是，文人可能没有政治智慧。"

以往我并不知道，馆里有这样一个退休大爷在看着我走来走去，他在没有和我交谈过的时候，就已经掌握了我岗位的大部分奥义。

他指出我们图书馆的硬伤是环境。他去过欧洲的一些图书馆，巨树掩映，走到近处才见到窗子。里面是木梯木地板，走路的声响优美，抬头往外看，花园草地，树荫宜人。他认为那是图书馆应有的气质。而我们这个图书馆没有独立建筑，只是从整栋大楼里借一个小小门头，那个门头被一排商品门面房包围，影响美观。夏天有很多人来馆里只是逛街逛累了，进来乘凉，打瞌睡，并不读书。馆里看不到树，楼上还有饭馆，这让他觉得，此地的整体外围环境不够书卷气，太多市井气。而且地下室通风不好，面积也不大。"图书馆在这不是长久之计啊。"

我得感谢他的观察。四处散落的书籍，他要整理上架，哪些图书翻阅的人多，他很清楚。他对我说，少儿书籍尤其是漫画专区特别受人欢迎，但外文章书区的人不多。成人区，对近现代的小说感兴趣的人多，金庸、鲁迅，被阅读频率都很高，但哲学类书籍少有人问津。生活家居，医疗保健，中老年人喜欢看。心理学，伦理学，法律的书籍，也有不少人读。但自然科学和经济类书，几乎无人问津。

我可以通过电脑查到图书外借数据，但我查不到馆内阅读数据。苏来的眼力，对我是很有意义的反馈。

我们聊得久，续了汤，吃了许多羊肉。走出饭馆时，他跟我说："第一，下次吃饭还是我付账。第二，你以后多穿平底鞋，矮个子挺好看的，你要自信一点。"

为什么要有图书馆?

"'免费借阅',重点是这四个字,放大这四个字的字号。"我去社区走访了一圈,回来对宁馆这么说。

这几天我深感自己和基层群众脱节。我原本以为,在这个人口超过千万的大城市,市中心居民想必和我一样,早就知道图书馆是免费开放的。实地调查结果却出乎意料,许多老百姓不清楚图书馆是做什么的。我去了五家社区服务中心,遇到的人都没听说附近新开了图书馆。

我说:"欢迎你们来借阅。"

他们问:"馆里的书卖不卖?是原价卖还是打折卖?"

返回馆里,我见一个人在门口徘徊,盯着我们的门头仔细看。我问他怎么不进来,他担心这里按小时收费。

我说:"公共图书馆都是免费开放。"

他有些疑惑:"为什么会免费?"

群众不了解,说明我们没有宣传到位。这是我工作失误,总以自己的经验来想象他者。碑林区有八个街办九十八个社区,我请宁馆印制一百多张海报,话语不要冗长要简练,点明地理位置、开馆时间、藏书种类、联系电话即可,其中"免费借阅"四字一定要大,用这四个字破除民众心理顾虑。我们将海报分发给各个社区,张贴在醒目位置。过了段时间,馆内客流量以肉眼可见的速度在入口处屏幕上攀升。

与读者交谈,我了解到他们各自的喜好。二十多岁的梁小锤喜欢文学和艺术，她说这座图书馆的选书风格有点像诚品书屋，好看的小说扎堆，电影史美术史的书籍质量也高。三十多岁的媒体人阿九和四十多岁的设计师柏航互不相识，但借走了同一套图书：《知日》。《知日》是一个系列，每一册集中讲述日本文化中的一个主题，比如猫、犬、茶道、花道、推理、手账、料理、森女、断舍离……书的定价比较贵，他们平时舍不得买。这套书出现在馆里让他们感到意外，图书馆选书也这么新潮。

五十岁的谢永霞偏爱针灸类书籍。六十岁的王建民专门寻找"非典型"之作，如愿带走汪曾祺 1940 年代的现代派作品和民国时期林纾翻译的文言文小说。七十多岁的邓兴玉借的书全是同一类：碑帖。她对我说："书法能有这么多种，而且都可好，各种样式把我简直……在这儿站着看，我都不知道弄啥。"她拎着一只帆布购物袋，挑了一大包，去办借书证的时候得知最多只能借四本。她选了又选，拿了两本小篆和两本楷书。

我的学生石腾腾问我："你知不知道碑林区图书馆最出名的书是什么？"我不知道。她笑："是《灌篮高手》。"顺手转发给我某点评网站链接，"出处在这里。"我这才关注到网络上的声音，少儿书得到好评最多："快来啊，这里有好多立体书。""相不相信，这是一座有全套《灌篮高手》的图书馆！"

批评也不是没有。有人说书太新了，他想找上个世纪出版的老书，找不到。有人说我们这里的书过于专业，名家名作高高在上，让人不敢靠近，他希望多一些通俗的励志类成功学和鸡汤类读物。反过来，也有读者说我们的书不够专业，他们需要医学类中的儿科妇科专业书，法律类中的刑法民法小册子。

宁馆最近来局里报账签字，同事们听说了风声，叫她"富婆"，她连连摆手："哎呀呀再别胡说，都只看见钱多，没看见花钱地方多，我冤枉死了。"

我馆 2021 年获拨资金在全局排名第一，五百万元，几倍于其他部门，此消息不仅让楼道里的同事啧啧不已，也传遍大院。这个局那个局都有人不服气，给上级提意见："图书馆又不给政府创收，还花政府那么多钱？"

宁馆遇到人就得解释，五百万并没有余裕，都是实打实的预算，样样必支：一百多万买书，一百多万房租物业，一百多万外包运营……可是她的解释防不住眼红，拦不住质疑："图书馆有什么用？值得这样投入吗？"

这样的质疑不仅来自百米内的同侪，也来自更高层。省文旅厅刚刚上任的新领导之前不熟悉图书馆工作，他指出一个实际问题："周一到周五，有些图书馆人比较少，说明这项公共文化服务设施的作用可能没那么大，功能没那么重要。那么政府为什么要投入那么多的资金和人力在这上面？"他希望负责公共文化服务的处长能给出令人信服的回答。处长来到我馆，问我会怎么回答这个问题。

"为什么要有图书馆？"

关于这个问题，教科书中答案类似，有三大传统功能：一是保留人类优秀文明成果，二是宣传教育，三是满足和提升群众阅读需求，最大程度实现公益性和平等性……但这样抽象的答案也许难以改变省厅领导的想法，我希望我可以用实例做出证明。

宁馆打来电话，说有位读者捐赠了几大箱书籍，请我去甄别其中有哪些值得上架。读者是一位老人，主动提出捐赠。前几天，小吕和几个同事开车去他家，对方拉着小吕的手，颤抖着说："碑林区一直都没有图书馆，你们真是给碑林区做了大好事啊！"老人因为书而这样激动，这让年轻的小吕有些动容。小吕以前不知道图书馆在一些老百姓心中有这么重的分量，也不知道自己的普通岗位竟然让群众这么信任。老人愿意把他所有的书都捐给我们，一本都不留。他说儿孙都不爱读书，这些书流通到公共区域才是最好的去处。

七八个大纸箱子堆在编目办公室，小吕他们搬回来不容易。书比较破旧，大多是年代久远的通俗读物——《福尔摩斯探案集》我馆有更新更好版本，《计算机知识一百问》内容已过时，《怎样考清华》《怎样考北大》的书名颇具喜感，另有一本手工制作的剪贴册倒是留住我慢慢看了一会儿。看样子是从报纸上剪下来的，长篇小说《第二次握手》。做手工的这个人把将题目裁剪成条形，底色有汽车的剪影，又将含有作者"张扬"的那一行剪成三角形，特别贴在右侧。其余插图也单独依照轮廓剪下来，错开粘贴的位置。这么多年，边缘的胶水没有脱落，依旧服服帖帖地附着在纸册子上。

我读过这部小说，上世纪70年代，它曾作为地下手抄本在知青群体中秘密流传，后被列为禁书，作者入狱。1979年，这部长篇小说迎来平反，敞亮地登上《中国青年报》，每天四分之一个版面，日日连载，炙手可热。我能想象，印刷报纸的那一年，这位捐赠者正值壮年，大约刚刚从农村回到城市，激动地看到这部陪伴他知青岁月的秘密小说重获新生："一辆蔚蓝色的海鸥牌小卧车，穿过繁华的前外大街，驶入了一条僻静的胡同……"他急切盼望着每天的连载，又细细把这些文字保存好，反复回味。可惜这样的剪贴册不能在公共图书馆上架，老人这么多纸箱子里，最终能留在馆内的书不到十分之一。

选书确实是个难题，一个人的珍宝，对另个人来说也许是草芥。什么样的人才能胜任选书的职位？约翰·科顿·丹纳在《图书馆入门》中为公共图书馆建构了一个理想的"选书人"形象，这个人首先得是个书虫，有丰厚学养，能带领孩子们阅读好书。但他又绝不应该是个书呆子，不宜过于沉湎于书籍，要多出来走走，以免与底层老百姓脱节，无法了解低学历人群的需求。2021 年度买书资金到位，宁馆再次把编书目之事委托给我，我未必能够胜任。

我并不能完全复制前一年的经验。这好比画油画，平铺第一层底，要用温和敦厚的颜色，第二层、第三层色彩则可以渐渐跃动。我馆已有前期基础，第二年采书得稍微换个思路，以近年出版的新书为主，且要突出特色。去年第一次购书，我凭主观推测去满足各年龄段读者诉求，而建馆后与读者的交谈打破了我的刻板印象。人们兴趣差异之大让我感到自身的匮乏，编书目这件事绝不是我一个人可以完成的。

我去找小吕商量，他答应得干脆，他正想学习如何挑书，如何甄别书的好坏。这对每个编目人员来说都十分重要，但是他参加过的图书馆上岗培训课里没有这一课，也不知道其他图书馆有没有。

鉴于图书市场的起伏变化，选书方法很难提炼为统一标准和规范理论。而且这项技能无法速成，必须以足够的阅读量作为入门基础，在实际操作中积累经验、形成眼力。面对庞杂书目，嗅觉的灵敏绝非天生，它倚赖于个人长年阅读积淀、审美品位和对图书市场的持续关注。小吕说他想跟我学，其实我也并不具备教他的资格，只能带他一起摸索。

小吕调出电脑数据，开馆至今，借阅比例之失调超出我此前预计。排在借阅次数前三百名的书籍，至少有二百五十种都是儿童书，尤其是漫画类。排在前列的其余几十种成人书籍也以小说为主。他又拿来前台手写登记的《读者意见册》，和我梳理现存问题：

1. 医学、法律和自然科学书籍太少。

2. 武侠类和漫画类呼声甚高，需要补充。

3. 套装类图书缺漏不齐。比如《冰与火之歌》缺第 1 册，被书商告知断货。读者反映多次，意见很大。

4. 生活类书籍还需增加，这是老年读者刚需，如碑帖、摄影、食谱、养花、养生、乐器入门。

5. 少儿书借阅量超过全馆藏书一半。绘本最受欢迎，教育部推荐的阅读书目常常会被借空，建议增加一些复本。

……

好了，现在我们量体裁衣，按需订货，通过书商联系知名出版社索要近年书单，叮嘱他们，要含有医学、法律和自然科学书籍。很快，我收到数百页文档。

面对陌生领域，我对照网上书评筛出经典书目和入门书目，舍弃过于窄小的论题，如：

《某市中级人民法院庭审公开第三方评估》
《某市法治建设 2018 年发展报告》
《电喷雾质谱分析法的原理及其在中药分析中的应用》
《细胞病理自动阅片关键技术》
《痘病毒学及痘苗病毒实验操作指南》
《大规模锂离子电池管理系统》
《Matlab 在水资源优化与水库调度中的应用》
《中国药用植物叶绿体基因组图谱》
《粮食制品均衡营养产业化与 FOP 标签系统建设》

每本书名都得仔细看，如果一时疏忽采购了不符合规定的书籍，既不能上架也不能退货，白白浪费资金。比如下面这些"年历、地图、描红字帖"，按照公共图书馆采书条例，都不允许购买：

《2018 年年历》
《××县地图》
《与唐伯虎一起写字（小学生描红字帖）》

还有些家伙照例藏在里面，题目颇为阔气，可以吓唬高校之外的人：

《大数据时代下大学生道德教育探索》
《新时代下高校舞蹈教育模式探索与实践》

几天之后我筛选出数千册，这远远不够。当我提出武侠、漫画、碑帖、摄影的需求时，没有出版社可以为我量身定做书单，我只能在私人交情里想办法。

编书目费时间，前一年我只敢麻烦有限的几位师友。今年为了一份更好的书单，我想再多麻烦几个人，至少五十位吧。我在手机通讯录里寻找，挑几位精通专业的，再挑几位普通的爱书市民，还要兼顾高龄读者和年轻人。为了不占用朋友们太多时间，我只需要他们给我三项：书名、作者、出版社，其余数据例如 ISBN 号、定价、出版年份，太琐碎了，将来由我和小吕来做。

收到我邀请之后，朋友们全都欣然答应，少数几人迟疑："你确信我的水平可以吗？我太荣幸了。"

我的邮箱会落满回信，我只需静静地等，五十位朋友的智慧即将汇聚在我们的书架上，开花散叶。

五月中旬，我们开始筹备图书馆的第一场文化讲座。头回弄讲座，我们手忙脚乱。馆里没有好看杯子招待客人，我去古道茶城借茶具。宁馆的主持词严肃正统，我得换成生活化语句。馆员做的海报，白底爬满黑字，过于肃穆。我托设计师朋友更换色彩，把讲座标题放大，竖版分行排列——"世界上／为什么／要有图书馆？"再把人物衬在墨蓝底色上，拟了一条宣传语放在顶部："盛夏的邀约——名家进碑图系列沙龙"。

做访谈沙龙，是我长久以来的愿望。我的博导王尧曾经在苏州大学办过几年"小说家讲坛"。我在那读书时，莫言、余华、韩少功、贾平凹、毕飞宇……的身影都曾出现在阶梯教室里。莫言来的时候是个晚上，教室里人挤人，他高大的身板刚刚在门里闪现，学生站起来尖叫欢呼。毕飞宇在讲座结束后和我们在校园里走，晚霞里他的脸是逆光。我激动地跟他说："您的《玉米》里的一些段落，我读起来好像牙齿间总有玉米汁液的味道。"

那时我们总有机会和崇拜的作家相聚，他们来一次，我们的心脏就剧烈跳动一阵儿。王尧先生当时四十多岁，每场都是他来主持，从不拿稿件，随时拿场上的新鲜事儿打趣，逗得台上台下笑。听着他们对谈，我们不知不觉往文学的树洞里钻得更深了一些。

我也想在图书馆做类似的事，我挂职的时间还剩下三个多月，下个月省里应该会下发一部分资金，叫做"免费开放经费"，专门用于承办各类活动。有了钱，事儿就好办了。我大概可以通过"贞观"联系诗人陈年喜，说不定还能通过朋友联系诗人余秀华。就算这些都成功不了，还有王尧先生会帮我询问他的作家朋友，陕西师大的几位先生也一定会支持我。我打算列计划重读一些诗人和小说家的作品，在他们到来之前做好对话准备，主持时避免空洞言辞……这些沸腾的幻想在我脑袋里啵啵啵冒着气泡。

宁馆慌忙来找我，要去掉"系列"二字。她怕被这两字套牢了，万一今后没有其他名家到来，这两个字就成了虚假宣传，被上级抓住把柄批评怎么办。我让她别担心，我会想办法联系名人。我建议留着"系列"两字，年底汇总资料作为亮点上报。万一承办不了后续讲座，也没关系。"系列"二字不是正式文件，只是出现在一张海报里，上级不可能逮着不放，这又不是什么大是大非。宁馆勉强答应，但脸上还是担忧的神情。

第二天，另一件事又诱发我和宁馆意见分歧。因为座位有限，馆内限制一百人报名预约讲座，很快就约满，后台不断收到留言："能否加座？""能否站着听讲座？"

看到这样的留言，我很高兴，我拾柴生火，就怕火焰不旺，现在火焰熊熊燃烧，正合我意。我们还有五十个蒲团呢，搬过来坐在地上听讲座，围着多热闹。宁馆却非常紧张，她首先担心坐在地上不整齐，拍出宣传照会挨批评，接着担心坐椅子的人踢到蒲团上的人，发生口角场面大乱，搞不好要闹到派出所。

我给宁馆分析："这不是公务会议，不必那么整齐，照片里有坐有站热热闹闹反而好看。另外，积极报名的人一般不会因为蒲团的小事而争执，毕竟大家最关心的都是讲座本身。"

她仍旧不同意，她说出更深的忧虑："你喜欢人多，我害怕人多。万一上级以疫情防控的理由处分我，我是法人，我需要担全责。"

当时的西安已经很久没有新冠病例，公共场所不能超过二百人聚集的政策在一个月前解除。据我所知，陕西大剧院讲座预约二百人，实际到场三百人，平安无事。我郑重向宁馆表明：如果因为人数过多受到上级批评，我愿意替她担责。

讲座的前一天是周末，我休假在家，给宁馆打电话。我像以往一样说笑，让她别那么紧张。她还是很坚决："不加座，严格按照预约人数进场。"

我能理解她在这个职位上一直害怕风浪，但我又担心被拒绝在门外的读者会失望难堪。挂了电话，我思来想去，不愿强行命令她，我发了一条短信："把蒲团摆上吧，相信我，不会有事的。"

她回复两个字："不弄。"

这是我们成为上下级以来，她第一次强硬地回绝我。也许是我平常太随意，下属都不怕我。恩威并施里的"威"我始终学不会。我以私人感情跟她沟通，无法奏效，难道我要以文旅局的名义给图书馆发一张公函让图书馆"必须摆上蒲团"？这未免太滑稽了。可是，这么小的事我就是解决不了。

星期天，我们提前来到馆里。小吕调试话筒、音响和投影仪，张小梅在前台检查健康码，韩洋在报告厅门口查验预约码。读者陆续进场，大概三五十人，暂时没什么意外状况。省厅的处长曾说自己也对这场讲座的话题很感兴趣，"世界上为什么要有图书馆"，她想来听听大家怎么讨论。她说她会提前坐在观众中，不需要主持人介绍她的身份。但这一天，她没有来。

宁馆始终不笑。直到讲座开始前的十分钟，我拉着她站在南大街上等候演讲来宾时，她的眉头依然是皱的。

我晃她："高兴点啊，别让人家看见你这样。"

她说："我没法高兴，我怕今天出事儿，我把咱们这个片区派出所电话都提前存好了。"

嘉宾来了，我们一起走到地下室，报告厅外排着长队，报告厅内椅子坐满。读者在外面吵吵嚷嚷，嘉宾招手请读者进来，馆员拦着不允许读者进来，嘉宾的表情有些纳闷。

我坐在与他对谈的椅子上，佯装平静，心里着急。我附耳对小吕说："听我的，快去把蒲团取进来。"小吕快步出去，一直没有回来。应该是有人从中作梗，必须我出面了。

活动即将开始，我作为主持人却起身离开座位，读者困惑地看着我，也许他们从没见过秩序这么混乱的讲座现场。

手持蒲团的小吕果然被馆员拦在场外，我拉着他一起跑到儿童区多抱了几个蒲团，又请读者跟着我一起往报告厅里走。馆员一看是我领头，没敢阻拦。场外排队的人涌进来，后排过道瞬间站满，前排的人欢欢喜喜拎了蒲团插空坐下，脚丫子快挨着了讲台。一位母亲搂着小孩挤坐在最前面的蒲团上，很开心，像是要和嘉宾围坐在一个大炕上聊天。

我们谈论了图书馆的三大传统功能，我又补充说，有人质疑，周一到周五读者人数较少，图书馆是否真的那么"有必要"？嘉宾说，宁可"备而无用"，不可"用而无备"。眼看嘉宾的航班时间迫近，台下还有很多举起的手。互动时间一再延长，直到所有提问的人都得到了回应。

宁馆始终没有坐，她站在最后一排，张望着我们。今日总算顺利，没有闹事，没有纷争，更不需要给派出所打电话。我看见她笑了几次，应该是放松了下来。

他想自己走进海水

假日里，馆里出现"小小志愿者"，都是小学生，红绶带从左肩垂到右腰，手掌翘翘地指向标识牌，请读者扫码测温。他们的表情努力靠近职场人，声音却藏不住脆嫩，被读者频频夸，就转头看向小伙伴，牙齿咬着嘴唇笑。

乐乐八岁多，上三年级，是第二次来这里。早上的培训中，她学会了按照书脊上的索书号排序，现在她要做的工作是"整理上架"。她从移动还书拖车里捞出来几本书，轻声念着号码，绕着书架前后探看，脚尖踮起来，把书放到正确位置。过了会儿，她被拖车里的绘本吸引住了，忘了自己是"管理员"，倚着车看书，又把妈妈拉过来念给妈妈听。念完这本书，她走到阅览区，来回寻找忘戴口罩的读者，提醒他们戴上。她得意地跑到妈妈这里："我刚一说，他们就戴了！"

乐乐妈妈潘月告诉我，乐乐性格外向，只要动手动脚的事儿都喜欢参与。听朋友说这里有志愿者活动，潘月赶紧给孩子报名。可是丈夫并不支持这件事，认为可能对孩子没什么"用"。潘月坚持要来，尽管她们娘俩出门不容易，要换三次地铁，妈妈得靠女儿牵着才能找到我们的图书馆。

潘月的眼睛看起来和普通人没有区别，但她面对面认不出别人的脸，只能大致判断对方头发和面部的界限。买菜时，黄瓜芹菜和青椒在她的眼里是相似的绿色，难以分辨，枯叶烂疤得靠朋友提醒。做饭她摸索着做，看不清熟了没有，又不愿频繁去尝，于是开始留心其他感官的感觉。她的眼前一天天模糊，触觉和嗅觉却茁壮起来，锅里的蔬菜飘进鼻腔的味道是不同的，生的时候有点点发涩，熟起来就鲜甜，熟过头了是一种腻味。如今她站在灶旁可以闻出有几分生几分熟，出锅上桌，送进嘴里正好软硬适口。

她还记得自己从前做家装设计师时在电脑前绘制的手稿，那些线条工整干净，边缘清晰，当时并不觉得多么稀罕，如今却成了遥不可及的图景。她渴望自己的视野里还能出现细细的线条，哪怕只有片刻。

十岁时，她在山东日照的小渔村里和伙伴捉迷藏，发现自己夜里看不太清，会摔倒。白天她测过视力，可以轻松辨识"E 字表"底部的小字，但她却好几次在无意中踢翻邻居桌底的暖瓶。她确实看不见那个暖瓶，大人却不信，她觉得尴尬，后来干脆不解释。仪器检查之后，镇上医生告诉她，她得了视网膜色素变性症，夜盲和视野变窄只是最初的症状，二十岁后将越来越严重，直至失明。

另一个医生安慰她说，没那么可怕，以后不会加重也不会失明。她宁愿相信后一个医生，她考进大学读设计专业，分外珍惜眼睛，喜爱观察事物的明暗与轮廓，素描是班里的第一名，在设计师岗位上很快成为团队领头人。仅仅是夜间不便没关系，她早已摸索出办法：往空中看，如果空中比较亮，那里对应的应该是路，她可以自己行走。

后来她因为家庭变故哭泣多日，眼中桌椅沙发的轮廓变得歪歪扭扭，几次为女儿冲奶粉时热水溢出瓶外，公交站牌字迹弯曲根本认不出来。眼疾恶化的速度很快，首先侵犯视杆细胞，接着侵犯视锥细胞，一个眼睛彻底失明。从此她的世界急剧缩小，困在家中不能上班。

听说周围孩子在看绘本，她请邻居捎着买回来，借助放大镜尽力读给女儿听。半年后，放大镜下的字也变得模糊。她让丈夫给女儿读，丈夫更愿意搂着女儿玩手机。女儿在学校调皮，潘月想读些育儿书提高自己，报名付费音频课程，听到了《窗边的小豆豆》和《正面管教》。

和我聊天时，潘月将"听书"描述为对自己人生的重大改变。《窗边的小豆豆》让她头一次知道世界上还有"巴学园"这样的学校，学生竟然可以带饭盒到学校去，比拼"山的味道"和"海的味道"。她想起童年在海滩上捕捉寄居蟹和水母的欢乐，而自己的孩子在城市中没办法这样撒欢。她想：那我可不可以建一个类似"巴学园"这样的地方？几个月后她找到合适的房子，招聘厨师和教师，办起托管班，想试着推行"正面管教"的理念，把从书里听到的理论实施起来。可惜她在手机 App 里听到的育儿书只是节选，趁着女儿做志愿者的机会，她到图书馆来看看有没有设备能够从头到尾地念出这些书。在前台引导下，她走进了我们的视障阅览室。

半年前为视障阅览室做预算时，我和宁馆不太清楚盲人的具体需求，就去陕西省图书馆咨询。省图进门右转有一个带玻璃门的大房间，即视障阅览室。那里的盲人影院播放一种特殊碟片，在正常的对话和配乐之外还有一条声轨讲解银幕画面："远方出现一只棕熊，树上有鸟儿飞来飞去，树荫下的小孩睡着了……"定期的电影沙龙中，几个固定的盲人读者很愿意来，把手杖放在一边，仰脸朝向银幕，沉浸在多条声轨交织的故事中。

除了特殊碟片之外，工作人员又把其他便携视障设备摆在桌子上给我看，市面价格加起来要好几十万。她询问我们的经费情况，推荐了最实用的几个：一键式智能阅读器，助视器和一体机。我和宁馆一一记在采购清单里，希望这些设备将来真的有读者来用，不要闲置。

我们开馆之后，潘月是第一个想要"听书"的读者。韩洋帮她找到《正面管教》的不同版本，问她要听哪一本。她高兴极了，说："哪一本都行啊，只要能听就行！"她把图书放在一键式智能阅读器的下面，戴上配套耳机。

这一天潘月特别激动。她不仅听了书，还在软件辅助下成功使用电脑上网。这些事她好久没做了。她没有盲人朋友，没上过盲人学校也不懂盲文。她是这几年才失明，周围熟人圈子里只有她一人眼睛不好。她强烈地想要听书想要上网，跟别人倾诉这些需求，别人帮她解决不了。这些愿望久久盘踞在她心里，今天就像是一个硬壳被撬开缝隙，释放了。

她急速对我说："政府部门一定要多宣传！不仅仅在图书馆宣传，要通过别的渠道让更多盲人知道这些服务。想象一下，有多少盲人都困在家里，根本不知道这儿的设备可以帮我们读书上网啊！"

潘月问我阅读器的厂家和品牌，她想买。我说采购价格是一万多元，她说那算了。她手头有一笔遗产，但那是母亲的辛苦钱。她要用自己赚的钱来买视障阅读器，而她的"巴学园"开张不久，得再等等。

杜斌站在"钟楼南"公交站台等我，我一叫他名字，他就准确地向我的方向走过来，步子大而稳，并不需要手杖。我拉着他的衣服角，跟他说："咱们现在是在往南走，差不多一百米就到了。你能看到这个饭馆的大招牌吗？附近只有这家的招牌是大红的，还有几盏花灯笼。我们图书馆就紧挨着这个饭馆。"他有一点模糊的光感，他说："是的是的，走到这个饭馆跟前能有红色的感觉，比较明显，下次我就知道怎么走了。"

这里就是图书馆的地面入口，可是对他来说，走到地下室并不容易。

"面向我们的大门，左侧是你刚刚看到的红色，你闻到咖啡味儿了吗？你的右手是咖啡店。好，就是这样，你闻到咖啡味儿，就上两级台阶，往前走几步，又是两级，然后是玻璃门，推开，迎面来的是五颜六色的光，对吧？这是那个饭馆的花灯花饰和花树，别进去，右转，你又闻到咖啡味儿了吧，不要进咖啡店，然后左转，走五十米，摸，摸到电动扶梯，咱们一起下去。"

我和杜斌是前年认识的。他开了一家盲人按摩店，他的手法细腻准确，落手处恰是我的痛点。听说我是教文学的，他聊起毕飞宇的《推拿》。他曾把这本小说推荐给盲人朋友们，他们有个小小的读书团体，聚在一起讨论。有的盲人说毕飞宇写的盲人世界不完全准确。但杜斌说："我们不能那样苛求作家，毕飞宇已经写得很细腻了。他是个明眼人，他能把我们盲人的感受还原百分之八九十，很了不起。我读了好几遍，真是感动。"他又跟我聊曾国藩，聊军统三剑客的日记，也聊澎湃新闻，他的观点清晰。从不在任何地方办理疗卡的我，立即办了一张。

杜斌说自己切土豆丝儿切得可好了，母亲老怕他切着手，不让他切。他家里有拆迁款，经济上不紧张。母亲觉得他经营店铺太累，劝他做点别的，或者歇着也行。他的哥哥身体健康，就不像他那么忙碌。杜斌说自己不能像哥哥那样，如果不忙碌起来，只是靠家产为生，人生还有什么意义？

他还记得童年在盲校第一次摸到盲文书时指肚那种细微的感觉。那些小小的凸点和指尖碰触之后，立即变成了一个个的声音，还带着声调，马上就可以兴奋地读出来。离开盲校之后，很少再遇到盲文书，获取知识的渠道只能靠听。盲人听力都比普通人敏锐，杜斌的一个同学听力好到可怕。别的同学习惯拿手杖敲马路判断路况，这个同学不用手杖，他口里不停地打嘣儿，通过回音判断路面起伏，就像蝙蝠。在公交站台，唯独他能听清发动机声音的差异，车还没停稳，他就招呼大家："听这声儿是 177 路，上吧，准没错。"

杜斌给我演示手机如何为他读新闻读书籍。语速飞快，我根本听不懂。三倍速是他平时听东西的正常速度。他用的是苹果手机，他也嫌贵换过别的品牌，可是其他品牌对视障人群的考虑没那么周到。"太感谢乔布斯的公司了，为盲人做的软件特别方便，界面操作步骤简单，一下子就学会。"他听乔布斯的传记，对乔布斯的喜欢又多了些。我们明眼人读书可以写笔记加深记忆，但他不方便记录，就多听几遍，给朋友们复述传记里的细节。

在很多事上，他都需要比我们正常人多做几遍。我惊讶于他店里卫生间的整洁程度，死角里也没有污渍和水渍。"很简单，你们普通人打扫房间如果需要三十分钟，那我就花九十分钟。"他用抹布一点一点擦卫生间地板，因为眼睛看不见，不确定哪里脏哪里不脏，他每个角落都擦一遍，不想让客人觉得这里环境不好。

我去过他那里多次，他的店——领航盲人按摩——在临街二楼，电梯里的"2"字旁边粘贴了一个凸起的小胶块，方便师傅们触摸。理疗室旁边是厨房，除了开火做饭的时刻，所有厨具碗筷收拢在柜子里，台面上完全是空的。细铁丝拉了一块布，挡住碗碟。拉开来看，有三格，从上到下，碗碟依次从大到小，一点不乱，这收纳习惯比我利索。他的每一件东西使用完都必须放回原位，否则时间长了会找不到。他放过的东西，别人不能动，动了也就找不到了。一次性纸杯放在茶几下方，扫地的笤帚簸箕靠在南屋角落，给客人扎头的皮筋待在桌面小盒子里，晾干的床单立即四角对折再对折，叠放进消毒柜的第二层。我第一次来他店里就注意到，他取床单、转身、抖床单、铺床单的动作非常流畅，没有迟疑和抚摸。此刻，不看他的眼睛，你并不会觉得这是一个盲人。

他跟我说了好几次，他特别想念摸读盲文书的感觉。我说你每天都在听书啊，为什么还想摸书？他说，那太不一样了。听书，好像是怀里被人塞了一堆东西。而摸书，是自己主动走进去的，就像走进海里，感受海水一点一点地漫过脚面，那感觉太美妙了。

杜斌说话就是这样，突然文雅。他指出我的问题是"后纵韧带特别窄以及梨状肌痉挛"。他说他家技术最好的师傅从不刁难老板和顾客，从不"恃宠而骄"。他说现在的孩子过年时只抱着手机，"信息体太单一"，只从视觉来。他天生失明，小时候滚铁环、放鞭炮……还记得那些冰凉的触觉、铁丝摩擦铁环的脆声、爆炸的听觉以及空气中烟火的味道。他说他想看诗情画意的盲文书，要能大声读出来，音韵好听那种，不要什么养殖技术按摩技术。那些盲文书读出声来也不好听，太无趣了。

我带他走到视障阅览室，这时候我才意识到一个问题，仅凭盲人自己，根本无法挑选架上的盲文书。因为书脊梁上印制的标题是普通文字，而非凸起的盲文。同样，书的封面封底也都是普通文字。

我给杜斌一个挨一个地念出声，他说"停"，我就取给他看。

他最想摸的是世界触觉地图。一个个国家，以前只是新闻里听见的名字，现在第一次在他的手底下形成了距离，落实了形状。领土面积大的国家很容易摸清楚，小国家就很不方便了。几个小国家拥挤在一起，而盲文字母太大，无法在国家内部做标注，只能用"1、2、3、4"的脚注依次在页面下方解释。就连我都要费力气寻找，才能一一对应，单凭他自己完全不可能辨识清楚。我迟疑着，要不要介意男女之别，要不要捉着他的手带他依次抚摸脚注和内容的对应关系。我这样做了，但他还是摸不清楚。我们只能放弃。

到"经度纬度"那一页，他摸得尤其久。他已经迷惑了三十年，究竟什么叫做"东经西经南纬北纬"。他完全无法想象：一个圆圆的地球上有这么多条线，那它们究竟是怎么交叉的？一团乱麻。现在这些线条全都凸起，在他的指肚里形成压痕，这些线条和从前脑子里的那些词汇连接起来，哦，原来如此。可是他还是不明白，什么是"北回归线"和"南回归线"。我让他的右手攥成太阳，左手攥成地球。然后我捉着他的手在空中移动，告诉他，春分和秋分，太阳怎样折返，四季为什么交替。他慢慢地明白了。

这一天，整个盲文阅览室里只有他一个读者，他自己找了一本《世界通史》，想读出声就可以读出声。他左手食指压住本行字母最左端，大概是在确定行距，右手食指匀速移动，即将移动到下一行时，左手食指挪到下一行左端，压住。右手食指迅速与左手食指碰一下，完成交接，确定无误没有串行，继续摸读："银河系又只是宇宙几百万个星球中的一个，本书将在以后的章节中回溯人类的经历……最早的生命，即原生的单细胞生物。尽管人们历来认为这种原始生命与非生物有着实质的区别，但现在的科学家们，已不再接受这种，把生物和非生物截然分开的观点……"

就像他说的一样，这样的文字朗朗上口。浩渺的银河系和微末的单细胞生物，变成锥刺的凸点，被他一挪一挪地触摸，再转化成声音从他的口中走出来，我举着手机帮他录视频，突然有点难过。他的微信头像是在青岛照的，记录的是他难忘的一次体验——他背对镜头，面朝大海，海水漫过了他的小腿肚。他看不见大海，但是舍不得走，在水里站了好久。

我总觉得，他心里的大海，比我看见的更壮阔。

潘月因为住处遥远，不再到馆借书。她请我向图书馆转达一个事儿：视障阅览室离前台比较远，盲人如果听完一本书想换另一本书，身边没人可以帮助。那天她就是这样，走出视障室，眼前走来走去的人影分不清哪个是工作人员，不好意思开口。她想了个办法，不知可不可行：图书馆能不能像医院那样，在视障室桌子上安一个按钮，连着闹铃。有需求的时候，按一下，前台就听见了。

她还邀请我去她老家日照的海边玩耍，我没时间。几天后，她问我能不能帮她寻找能放大五十倍以上的阅读器，不需要像图书馆那款那么高级，不用念出声，只要放大功能就行。她身边的人不明白这是什么样的机器，她只有求助于我，语气显得非常抱歉。

我在网站找到一款远近两用助视器，百倍放大功能，操作便捷，价格不到五千元。潘月还是觉得贵，但她听说一个好消息，某社区要举办残障人士公益活动，可能会售卖助视器，有价格折扣，还有一个星期试用期。后来她去了，那是治疗白化病的公益机构，志愿者给她手机上安装一个免费软件，也能放大字体助她读书。通过这个志愿者，她认识一些病友，了解到北京上海的临床实验消息，准备去做基因检测和药物志愿者，争取改善自己的视力。

潘月还和我聊起孩子教育的事，乐乐成绩波动，她却不焦虑。因为，那半年放大镜陪伴下的绘本阅读，让乐乐直到现在都特别爱读书。她相信乐乐只要爱读书，将来会慢慢好起来。而她的这个观点，却是和家人朋友的最大分歧。"读书有什么用啊？补习班才有用！"周围的人总是这么跟她说。

潘月描绘的这类争执，我很熟悉。在碑林区图书馆里，我有几次见到家长阻止孩子看"闲书"，他们把书从孩子手里夺下来，说："这些故事书有什么用？快去看作文书，去看数学书！"在街头书店，我也见过一个家长，大声嚷嚷着不让孩子读漫画，强迫孩子把四大名著抱回家。我回头看了一下，那个小孩只有六七岁的样子。

潘月给我举了一个例子，告诉我，书籍可以怎样地改变人。有一个小孩，父母都在工地刮腻子，小孩刚来她的托管班时，午睡把床摇得山响，嘴里叽里咕噜个不停。父母说这个孩子"很难管教"。可是她记得《正面管教》里分析过，这类问题的源头不在孩子身上，而是父母不常和孩子言语沟通导致的。潘月就多和这个孩子聊天，有一天这个孩子乖乖入睡，醒来喊了她一声"妈妈"，又害羞地掩饰过去。潘月说："《正面管教》就是这么有用。"

杜斌后来也告诉我，自己去借一次书太不容易，委托我帮他买几本盲文小说。我在购书网站和问答网站里上下搜索，一无所获，不禁感到郁闷，耳聪目明的健全人都买不到这种特殊书籍，盲人又能到哪去买？

我请书商帮我联系盲文出版社索要书单，挑了一本茨威格和一本契诃夫。等我拿到包裹，尺寸不对，小小的。触摸凸点的盲文书应该都是大厚本才对啊。我拆开包裹才发现，的确是盲文出版社，但这两本书只是把字成倍放大，专供高度近视人群阅读，不是杜斌想要的那种。

几个月后，我终于获得一份正确的"现行盲文"和"通用盲文"书单，念给杜斌听。我为他简要介绍书籍内容，他挑选了九种：《人类简史》《未来简史》《罗生门》《乡土中国》《麦田守望者》《查令十字街84号》《纸牌屋》《活着》《三体》。

我知道盲文书特别占地方。单个盲文占用面积是单个汉字的两三倍，盲文纸张厚度也是普通书籍的三五倍。纸张厚，才能保证凸点足够高，易被辨识且不易磨损。还有，盲文书的正反面字迹必须错开行，不能重叠，否则无法雕刻。这几个因素加在一起，很费纸张。碑林区图书馆的盲文《三国演义》是16开，八册，每册有五六厘米厚，放在架子上足有半米宽。

但我低估了盲文书的重量，杜斌订购的九种书装满两个巨大的纸箱，大概三五十斤，我搬不动，找了人帮助，送到他的按摩店去。他连忙放下手中锅铲，从厨房出来，拆开纸箱，抱起《查令十字街84号》开始摸读："纽约市东九十五大街14号，1949年10月5日。马克斯与科恩书店，英国，伦敦中西二区，查令十字街84号。"他问我，"开头就是一封信吗？我不懂，这是信封封面地址？"

他忽然返回柜台取出一块窄长的绿色塑料板，有两层，夹子一样开合。底层板完整无缺，上层板密密镂空，如同写字楼窗户。每个镂空的形状和大小相同，像骨刺，也像"王"字的外轮廓，伸出六个小棱角。他又拿来一柄金属锥，将一张广告招贴纸夹在绿色塑料板中央，开始在镂空处扎孔。这是我第一次亲眼看到别人书写盲文，原来，六个小棱角的作用是为了固定孔位。扎孔这样危险，他却速度惊人，锥子像缝纫机针一般在纸上哒哒哒哒不停，从右往左，很快扎满一行，取下纸张，翻到反面，递给我，让我从左往右摸。我这才明白他刚才为什么从右往左，因为手指只能摸读凸起，不能摸读凹陷，我们要摸的是反面。

我摸到一排沉默的凸点。他说："我写的是：收到杨老师的书很开心，句号，中间有个空格，你摸到那个空格了吗？"这张纸上已有好几行针孔，我问他写的什么。他说是歌词，今天听到一首动人的歌，顺手记在纸上。店里员工插话说杜总唱歌好听，杜斌笑："还行吧。"这样的盲文歌词，他自制了厚厚一沓，闲来摸一摸背诵，去KTV就可以流畅地唱出来了。

他告诉我，他还有很多事想尝试。我送来的这几本书，他想读熟一些，读顺之后去喜马拉雅网站上播书给别人听。他也有点担心，像刚刚那本以寄件地址为开头的小说，读出声来会不会让读者迷惑。还有，有些括号内的文字不方便读，一旦磕绊了会不会让听众不舒服。他又不能像视力正常的人那样，一眼扫视到括号，提前做好准备。

　　我离开时，他让我装一些他母亲自制的凉皮。一个大塑料袋里，微黄的面皮已经切成条，团在一起，有菜籽油的淡淡香气。他用另一个袋子帮我装了豆芽黄瓜和面筋，第三个袋子装上料汁。这么多，我大概要吃好几天。

"做题家"，我们一起读诗吧

我们的图书馆里很少见到高中生的身影。我不知道他们在读什么书以及想读什么书。我找到两位朋友，询问高中生的日常。

在天津，高三班主任的岗位不容懈怠。七年来，王彦明的闹钟一直定在早晨五点二十分。他也想换换岗位，去高一高二稍微放松一下，但没有被批准。临出门，他对镜检查衣服是否整洁，修剪胡须。围着运河跑五公里，去宿舍水龙头下洗一把脸，已经七点多了。杨树下有一只叫"翠花"的狗，在吃学生刚刚抛下的炸鸡骨头。王彦明走进教室，开始"盯班"。他这份工作是"教书"，但他常常觉得自己更像是警察和保姆。既往的经验告诉他，班一定要盯紧，谨防学生犯错误。在私人聊天中，学生讲述过和父母的暗黑矛盾，出示过隐秘的刀具。王彦明拿捏着自己的沟通语气，伸出手，接过那把锐器。

毕业生常处在过度紧张的家庭氛围中，家里发酵的焦虑情绪，经过公交地铁的短暂弥散，又汇聚在教室里。大多数时候他们低头读写。抬头时的眼镜片，一届比一届多。有人发言偶然口误，其余人大笑，拍桌跺脚。走廊里，揪辫子、抢零食、拿着扫把追打。这些少年，在以夸张的姿态抵消枯燥沉闷的日常。

远处是空军训练基地，飞机频频从窗外掠过。王彦明办公桌上的试卷和作文本堆叠成山，矮下去又高起来。红色签字笔，一大把一大把写尽，扔进垃圾桶。

二十岁时，他大量地读诗。像是千里超超赶去与陌生人相会，心是敞开的。

远一点，读废名、戴望舒、昌耀、海子、顾城和北岛；近一点，读于坚、韩东、翟永明、余怒、臧棣、王小妮。国外诗人，他干脆为我列出长长一串名单：里尔克、弗罗斯特、保罗·策兰、辛波斯卡、阿赫玛托娃、茨维塔耶娃、里索斯、杰克·吉尔伯特、特德·休斯、卡瓦菲斯、谷川俊太郎、加里·斯奈德、默温、希尼、雷蒙特·卡佛、卡明斯、特朗斯特罗姆……

他也写诗，青木瓜在舌头上的涩味，春末夏初少女的头发，夜晚掀开了碧绿一角，月光倾泻，桂花跌落，水草纠缠。看见冬天枯萎的草木，他觉得它们正在拨动通往春天的门帘。他期待把自己的震颤讲给学生，和他们一起发现日常中的诗意。

起初他做过一些改革，但是教学工作得按整体步伐运行。平行班级的授课进度一致，模考内容一致。事实上，他和教研室同事的对话多是如下内容：高考新动向、课件制作标准、网课讨论流程、教学案例上传方式……一群人翻来覆去，就是在揣摩出题人的心思。教师围绕试题，像是围绕磨盘打转，缰绳都磨白了，语文教育离文学本身越来越远。他在课堂的缝隙里努力挤进真正的文学，仅有寥寥响应。更多的"做题家"和他们的家长想要更"实用"的东西。

陕西省西安中学的朱妮娅同样讲授高三语文，她的感受和王彦明相近。大学时她是话剧社社长，琢磨亚里士多德的"三一律"和斯坦尼斯拉夫斯基的表演体系，钻研希腊戏剧和中国元杂剧，兴奋地观看朋友从北京带回的 VCD《恋爱的犀牛》，连夜和小伙伴讨论："我们也来一个这样的吧！"她写过典雅的《灰姑娘》，也戏谑地编排《大话白毛女》。她的名字一出现在海报上，八百座的校园剧场就挤满了。高兴时，她自己披挂斗篷上阵，在宫闱情仇中饰演女将军，迈动战靴，睥睨众生。

工作后，她像彦明一样忙碌。要照看早读和晚自习，就无法照顾自己的孩子，全部家务都留给了婆婆，两个女儿的衣着搭配时常让朱妮娅失笑，但她知道，婆婆已经尽力了。朱妮娅戒不掉戏剧，热衷帮学生排练课本剧，教孩子们配音，自己也跑龙套，但这部分生活总被主流教学挤压得稀薄。

把普通班级带成整个年级的冠军班才算被认可的成绩。她一次一次冲在全年级前列，却觉得，人生，好像也就这样了。"课还不错"，这就是旁人给自己的最高评价。她这一生，就是在讲卷子讲试题当中度过了吗？

她希望课堂能好玩起来。我去听她的课，她问学生："僧敲月下门的'敲'还能换成什么字？""踹""穿""砸"——伴随着哈哈大笑，青春期典型的暴力语言狂欢。接着，师生又有如下互动：

"叩"，朱妮娅点评："文雅。"

"蹭"，朱妮娅："你又恶作剧。"

"抚"，还没轮到老师说话，孩子们笑："好恶心，你有恋物癖啊你？"

"窥"，大家笑得更厉害了。

"拭"，大家齐声："洁癖！"

"临"，有人小声说："有仙气。"

"锁"，"动作太规矩。"

"掩"……

当一个学生说出"掩"的时候，其他人的反应几乎是一致的："哇，好温柔哦。"朱妮娅笑了，说："温柔妥帖，只欠平仄。今天的头脑风暴大家表现得很不错，就到这儿吧。"我坐在最后一排，也跟着一起笑。这些高中生比我平时带的大学生要喧闹得多，嚷嚷的劲儿真大。接着，朱妮娅给学生布置课外阅读书目，孩子们低头记笔记。

我曾经问过朱妮娅，她高中时都读什么书。她说当时读过的书有两本难忘。《基督山伯爵》隐忍地蓄积力量，缓慢冷酷地报复，教会了她在叙事中控制节奏。波伏娃《第二性》如同一记重击，揭开她了解两性世界的大幕。原来女性是由上千年的历史塑造成为"第二性"的，原来自己身在其中根本没有觉察。从这本书开始，她才开始意识到社会中固化的性别观念，开始想象她作为一个女性个体的解放可能。

这些书表面上和高考无关，但深深影响了她的写作和思考。现在她也希望学生们能自由自在地去读，不要怀抱太多的功利目的。每个人与书籍共振的部位不同。哪本书"有用"，哪本书"无用"，你得打开自己，去碰撞，其他人并不能替你做出预言。

学校有图书馆，一周一次自由阅读课。校友花了数百万捐赠的四库全书影印本，没有学生看过。朱妮娅真心希望学生走进图书馆，能把"做题家"的身份抛开，但是依然有大量学生在图书馆里刷题。他们偷偷摸摸地，上面摊一本书，底下压着试卷，藏着签字笔。朱妮娅走过去巡视，学生把上面的书盖下来，假装翻动几下。她建议学生收起手中的试卷，不要从早到晚做题，大脑需要一张一弛。去换一本好看的书，调节调节吧。然而下一周，学生照旧。

她在班里发起"我为大家荐本书"活动，收到的书目重合度很高，多是两类。一类是畅销书，比如《明朝那些事儿》、东野圭吾、村上春树、张爱玲。另一类是"中学生必读书目"比如《鲁滨孙漂流记》《海底两万里》《红楼梦》《三国演义》。这些书名中规中矩，没有意料之外的惊喜。学生的阅读选择主要受市场和"必读"的指引，还暂时谈不上真正的个人趣味。

几年前，学校里出过一个奇才，年轻的身影引起国内史学界的注意。这个学生姓林，懂西夏文，也通文献学、目录学。十七岁已出版两部专著，谈论范仲淹与庆历新政，以及道家思想的政治实践与汉帝国的崛起。为了钻研宋史，林同学读《涑水记闻》《湘山野录》《墨庄漫录》，常俯视全班叹气："你们只会学习，你们不会研究。"他的知识储备惊人，老师们都打趣叫他"林老师"。

　　林同学梦想进入北大以及美国印第安纳大学中央欧亚研究系，但在离高考三个多月时，他因抑郁症自杀。这一新闻在媒体上炸开。朱妮娅反复回忆隔壁班这个圆脸戴眼镜的孩子，她既为生命的破碎而惋惜，也在思考教育的意义。学生群体里，罹患心理疾病的不在少数。另一个班里，教师没收手机的举动曾激怒一男生奔向高窗。同学们冲上去抱住，代课教师才免于责任。听到这个故事，朱妮娅转回头看自己班里的学生，担心自己给他们的压力会不会太大了？抑郁的症状间或也会在她的学生身上发作。他们会不会突然因为一件很小的事而崩溃，进而自我伤害？

　　朱妮娅想帮学生减负，在她班里，语文成绩年级前二百名不用写作业。你都二百名以前了，你写什么作业？不用写。作业其实是挺无聊的一个事，就是不断地让学生进行重复式记忆，顶多增加三分五分。不写作业，就有更多的时间，睡睡觉，看看书，多好。实践证明了她的判断。这些不写作业的学生，成绩一直靠前。

　　阅读，她还是想强调阅读。面对真正想读书的小孩，朱妮娅会给他们推荐深一点的作品。一个班里，这样的学生顶多只有两三个。他们其实不需要老师教，他们上课不怎么听讲，也无需零碎的习题训练，就靠广博的阅读量参破整张试卷背后的思路。这几个学生在史学和社会学方面颇有钻研，常与教师对话辩论，写作文时观点缜密，论据充沛，根本不用担忧。

然而更多的学生不信任这条路，他们要更"立竿见影"的办法。有学生和家长私下里找她，特别焦急："请推荐，读哪本书能立即给作文提分？"朱妮娅知道无法说服他们，就直接指出"捷径"：要迅速获得时事立场，去看党报、党刊。要秒变磅礴文风，招阅卷老师喜欢，去看余秋雨、鲍鹏山。

　　其实，这些"特效药"起到的作用非常浅。一篇作文要把方方面面都做好，是长久的功夫。夹叙夹议的文章，叙事得有起伏，观点得有推进，举例证要推敲甄选，才可以把文章掀起来。教师顶多教一些小的技巧和架构，比如：怎么去开头？要避免几种陈词滥调。怎么去结尾？用诗句来点题收尾……学会这些雕虫小技，高考顶多能加两分三分。其余的，真救不了。实际上，会写的学生还是按他自己的风格写，不会写的还是不会。指望老师教出来观察生活的方式，很难。

　　王彦明对此也深有体会，连续带了七年高三，他的信心快要丧失。

　　怎么才能写好文章？一是寻找自己热爱的读物，读得好才能写得好。二是要有生活积淀，观察自然，品味艺术，体验人情冷暖，激发自己的感受力。如果没有这些做支撑，课堂上的技巧训练就是空的。有的学生愿意做微小改变，高三已经来不及了。他们缩手缩脚，观点略微出格就不敢表达，缺乏"我手写我心"的勇气。他们的鉴别力也已经混浊，看不出好作家有营养的部分，反而将堆砌的辞藻奉为典范。

　　在王彦明看来，通过背诵"范文"中的好词好句来填充自己的文章，那是歧途。作文，要发散、开阔，不要写成"新八股"，要从改变学生的心理、感觉开始。他打印了长城、园林、兵马俑的彩色图片，将它们做成碎片拼图。从背面，从正面，不同的方向去理解和拼接，用游戏的方法恢复学生的想象力。

我问他："你觉得哪些书能帮助学生扔掉教条八股，回到新鲜的直觉？"他推荐马非等人编纂的儿童诗歌集，虽稚气，但有情趣。读这些，也许能让学生突然开窍。

他还特别推荐给我一本书——玛丽·奥利弗《诗歌手册》。我读了，觉得有一段话很适合讲给我的学生们："一首诗假如是贫乏的，很有可能是因为诗人在花丛中站得不够久——不能用新颖的、激动人心的、生动的方式去看它们，而非因为他对词语的掌握不够。"

去感受你眼前的生活，像一个诗人那样地去感受吧。罗伯特·弗罗斯特看云时，心底那么温柔："天空中的云低垂，蓬松，就像忽闪的眼前飘荡的几缕刘海。"唐纳德·霍尔将听觉折叠为视觉："孩子的哭声响起好像一片刀刃。"而在艾略特那里，雾有手有脚有舌头："黄色的雾在窗格上擦它的背，黄色的烟在窗格上擦它的口笼，它的舌头舐着黄昏的角落，盘旋在排水沟的水坑；从烟囱掉下的灰落在它的背上，它滑过阳台，纵身一跃，看到这个温柔的十月之夜，萦绕着房子，睡去了。"

彦明教学生读诗要读出声。顾随先生在《传学》中特别讲到诗歌的形、声、情。"悲彼东山诗，悠悠使我哀。"中的悲彼（bei bi）是双声，我哀（wo ai）全是元音。注意这样的爆破和节奏，才会体会到曹操的刚硬。而在一首英文诗中，同是"石头"rock 和 stone 声音的韵味不同。前一个词的末尾音节 k 是哑音字母，以它结尾，仿佛突然屏住了呼吸，棱角分明，沉默而确定。后一个词的末尾 ne 是鼻音，读完了还留有余波，气息柔和，荡漾着涟漪。

彦明十分推崇江弱水《诗的八堂课》："江弱水嫁接中外，很有才情。在当代的诗歌研究者中，他绝对是一流的。"此书通过"博弈、滋味、声文、肌理、玄思、情色、乡愁、死亡"八个维度剖析中西诗歌。江弱水同样强调声音的美感，譬如"刘郎已恨蓬山远，更隔蓬山一万重"。上一句的怅惘在下一句的"更隔"（geng ge，也是双声）这里遇到发声的阻力，更能增添诗人的徘徊与挫折之难。这就像是王国维《人间词话》未刊稿里讲的"荡漾处多用叠韵，促节处用双声"，同样的意思。

高考不会考这些。王彦明跟学生讲这么多，只是希望他们能变得敏感，懂得欣赏美，尝得到诗歌的真实滋味。学生评价王老师"有些天真""不太成熟""还保持着一点热爱，会热泪盈眶"，这算是正面的反馈吧。但在外界看来，这样的中年人太不"成功"了，"灵魂的工程师"只是一个名号而已。家长向王彦明炫耀自己的别墅豪车，也炫耀自己和教育局局长县长市长都吃过饭喝过酒，问王彦明："你跟他喝过吗？"

在被揶揄的这种时候，读诗成了有效的纾解。面对文字和思想，像躲进避难所，获得宁静与共鸣。有强大的心灵在安慰他，外界的非议和鄙薄也就自动飘远了。读米沃什的《礼物》，那种美妙的感觉，甚至超过了罗曼·罗兰英雄主义的文辞对他的鼓励：

> 如此幸福的一天，雾一早就散了，我在花园里干活。
> 蜂鸟停在忍冬花上。
> 这世上没有一样东西我想占有。
> 我知道没有一个人值得我羡慕。
> 任何我曾遭受的不幸，我都已忘记。
> 想到故我今我同为一人并不使我难为情。
> 在我身上没有痛苦。
> 直起腰来，我望见蓝色的大海和帆影。

这些年，他写诗没有大学时代那么频繁。诗是抑制的写作，是慢的写作。终日焦虑的迎考环境里很难写出满意的作品。他尽可能地在每晚的台灯下给自己独处的时间。每周写一篇诗评，进入他人的语词空间，体会精微的腾挪。发表出来，也是与诗歌界同仁的一种交流。

天津的"芒种诗歌节"上，他遇见老诗人于坚。于坚说："你怎么瘦了？"普通的一句问候让彦明讶异，前辈还记得后辈的样子啊。彦明在街上买梨子，于坚随身带着一架相机，举起来拍他的手指和梨子，出来的黑白照片有一种属于北方的粗粝感。那天，于坚朗诵了一首诗，是唱出来的，像是古典的吟咏，也是和天地沟通祈愿，类似巫术。于坚用了复调的方式，激起在场的摇滚乐队即兴创作。鼓声、吉他声和吟诵声回环激荡。王彦明，这个整日推磨的高三教师，在那一刻感到难得的释放。

2017 年他下乡支教，教学相对轻松，更多地与泥土和植物相伴，他攒出一部诗集《我并不热爱雪》，封底印着这几行字：

现在还没有爱，那就不再爱了
现在没有认识，以后也只能是陌生了
还抱有希望　偶尔也失望
还偶尔去河边，只想看一尾鱼消失的波纹
还试图写满白纸，更多是谎言
总在寻找自己，其实影子都被遗忘
还在幻想奔跑，只在驾驶时
还能看到时光
喂养一朵花与蚜虫。让它们互相芬芳与咬噬

碑帖外不外借

邓兴玉生活在东南二环高架桥一侧的小区里，她和老伴原先在宝鸡工作，退休后搬到西安来，和女儿住得近一些，互相照应。大概十年了，他们和这里的邻居还是不太熟悉。

早晨，他俩出门散步买菜，路过跳广场舞的人群，并不加入，他们不习惯喧闹。回家后，邓兴玉把碗里泡涨的五谷和黄豆倒进破壁机，研磨豆浆，再取一些花生、核桃和芝麻放进锅里稍微焙熟，掺在一起研磨成酱，夹在面包里。黄瓜榨汁，按比例加入豌豆淀粉和沸水，关火，变成碧绿晶莹的凉粉。然后她揉一大盆面，等待发酵。

上个周末女婿去郊外山坡上摘来几种野菜，还带着泥土，现在她把野菜反复洗净切碎，混合肉馅，擀包子皮，用麦穗形和漩涡形捏褶区分口味。橱柜里有一摞棕釉的碗，碗不深，开口大，这样的器型适合做陕西关中平原春节期间流行的菜式"蒸碗"。在邓兴玉家，"蒸碗"不分节令，是一年四季的必备品。她有耐心拼配各种食材：红薯蒸条子肉、萝卜蒸羊肉、黄花小酥肉、八宝蒸饭。她把它们从笼屉里取出，晾凉，挨个用保鲜膜封住，冻在冰箱里，整整齐齐的。孙子孙女回来了，随手解冻加热，可以快速摆出一大桌菜来。

她和老伴做完这些事，往往刚过中午。老伴洗碗、打扫房间，扭开音响开关，听年轻时候熟悉的军歌："咱当兵的人，有啥不一样……"她走到客厅和阳台之间，那里有一个小方桌，阳光从前方射进来，正好适合写毛笔字。阳台左侧弧形的门洞贴着她写的对联，篆书，认真工整，笔画流转当中稍稍有些放不开，初学者的拘谨。

邓兴玉写字是自学，没有老师。年龄大了，看其他书眼睛吃力，转而喜欢碑帖上的大字，已经在家临摹了两年多。她九十岁的长兄邓中过去也习字，现在目力有限，不再动笔，听说她开始练字，在电话里大声地说："我把我的书寄给你。"长兄耳朵背，说话总是这样用力。这几本碑帖从厦门寄来，扉页上的笔迹是长兄的，一贯形态瘦长"二零一二年购买"，内里纸张稍微有些破损，多次摹习的痕迹可辨。邓兴玉用胶带将损伤处仔细粘贴起来，自己又买了两本书法字典，不认识的字可以查阅比照，对着练。

在陕西师范大学文学院，"三笔字"——毛笔字、钢笔字、粉笔字是师范生必修技能。杨国庆老师教这门课已经超过十年，每个学期他先从楷书讲起，也设置了一些趣味环节，讲篆书时带学生体验篆刻，讲隶书时安排扇面创作。在他看来，书法课和体育课一样，必须身体力行，每天都得有"日课"作业。

作业：钢笔集字临摹《书谱》
要求：自主"集字"，每天十四个字，每个字写十遍，一共一百四十个字，拍照上传。

《书谱》是唐人孙过庭的作品，原帖为草书：

夫自古之善书者，汉魏有钟张之绝，晋末称二王之妙……

这是书法史上重要的理论文章，若能熟读此文，习字必有提升。但是草书原帖对于零基础的学生太难，杨国庆想了个办法，让学生动手"集字",换成自己能驾驭的字体来书写《书谱》,这样就能一边练字,一边了解书法理论。

在电子书法字典里分别搜索"夫""自""古",会出现成百上千的名家墨迹。如果某个学生喜欢赵孟頫,可以把搜索范围再次缩小至"赵孟頫楷书",喜欢欧阳询,就搜索"欧阳询楷书"。最终收集数十种"夫""自""古"的写法,自己比对选择,挑最亲近的一种临摹十遍,这就是作业的要求。

每天写一百四十个字,听起来好像几分钟就能完成。但如果要严格按照"集字—挑选—临摹"这样的程序,写一百四十个字至少需要一个小时。

这么慢地写字,学生们在上大学之前从未有过。那个夏天,他们冲出高考考场,扔掉教科书,扔掉中性笔。十几年来疲惫的手指,一个字都不愿再写。初秋收到盼望的信封,和父母一起打开折页,竖行信纸,自右向左,清秀的毛笔字:"×××同学,您已被录入我校汉语言文学专业免费师范生专业,请于八月二十一日至八月二十二日来校报到。"落款:"陕西师范大学,二〇一九年七月十六日。"

用毛笔书写录取通知书,这是陕西师大多年来的传统。几个月后,学生们也拿起毛笔,开始修一门书法课。

快到每日打卡时间,宿舍里最慢的那个家伙有选择困难症,把手机举到舍友面前,划动一个又一个"之"字:"快帮我挑。"杨国庆老师讲,每个字都有特点。抓住特点,练字效率才会提高。"之"字的要点是"第一个夹角要夹得非常紧"。稍微分神,打开夹角,就变得很丑。每种笔划在不同流派那里也有分差。欧阳询的钩很平,戈钩向外,个性鲜明;褚遂良和颜真卿的钩是斜的;颜真卿的钩有凸起,捺还有个豁口……这得睁大了眼观察。上周有个男生懒得集字,用了电脑体,杨老师立即看出来,笑着说这一定是用纸覆盖在电脑上面摹着写的，不是临帖而成。这周没人再敢造假，听说杨老师会给认真的学生奖励礼物，不知是什么。

碑林区图书馆开馆之后，邓兴玉规律的生活中增添了一个新去处。从楼下坐公交只需半小时就能直达图书馆，那么多种字帖可以免费借回家，以后想练谁的字就练谁的，太方便了。她从馆里带了四本字帖回来，戴着老花镜，伏在小桌上，开始琢磨字形。

老伴洗完碗，回到卧室打开广播："德乌双方就乌克兰粮食出口多项问题达成一致……土耳其、俄罗斯、乌克兰代表团与联合国代表就乌克兰粮食出口问题展开四方会谈……这个方子传承到今天600多年了，中药蜂蜜秘制补肺益气……中国美食在尼日利亚国际可持续美食烹调日庆祝活动现场亮相。展位前人头攒动，水泄不通，麻辣烫、肉夹馍、小笼包、拨鱼面、虾球、炸豆腐、莲子羹等中国特色美食小吃备受欢迎……"

习字时，邓兴玉不介意家里有声音。伴随着广播里的广告和新闻，她把墨汁倒进一个小碗里，拿出她喜欢的一支狼毫。这是图书馆的书，要特别当心污染，她先夹一张宣纸到书页背后，又把另一张宣纸折成巴掌宽的长条，覆盖在书页下端，只露出自己要练的几个字，剩下的都盖上，不知不觉习字到太阳落山，光线暗下去。她起身去看阳台栽种的植物，橡皮树总是那样结实，枝叶油亮，月季的叶面有些干了，得喷雾施肥，瓷盆里的水葫芦开着紫色的花，也许还需要添一些水。

一日一日地临摹，直到还书期限，她借的书几乎看不出来使用痕迹，就跟新的一样。她再次来到馆里，直接去碑帖专区，和上次一样挑了四本碑帖，放进随身帆布袋，走到借书机前点击屏幕，却惊讶地发现，这些书统统不能外借。

和她一样惊讶的，是我。这天路过碑帖区，我发现墙上增加了一块绿色长方形告示板：

所有碑帖一律不能外借

这块告示牌是哪天立的，我并不知道。开馆时我们有内部规定，定价超过一百五十元的书籍不外借，现在这条规定扩大到整个碑帖区，我觉得不合理。我馆大部分碑帖在百元以内，不是稀世珍品，为什么不可以外借呢？

宁馆说，碑帖是我们的特色区，要保护，万一读者把墨水滴上去了，不好看，因此不能外借。我问她，是不是第一批借出去的碑帖已经有被污染的？她说倒也没有，只是防患于未然。

在我看来，区级图书馆的图书主要是为了"用"，而不是"藏"。印度学者阮甘纳桑（S.R. Ranganathan）1931 年首创的"图书馆五律"，其中第一条是"书贵为用"：图书馆藏书，最重要的目的是要用起来，动起来。

宁馆也许认为，馆内翻阅同样能发挥碑帖作用。她不习字，可能不太了解碑帖的特殊性。其他图书放在馆里的确可以读，但碑帖不同，碑帖主要是用来临摹的，一个帖子要连续临摹一两个月才有效果，如果读者不能把它带回家，它就发挥不了它的价值。我曾去过省馆市馆，那里碑帖不多，大都可以外借。我馆以碑帖区为特色，反而不能外借，那这个区就成了面子工程，贻笑大方。

宁馆听我这么说，有些动摇，她又提出别的方案：如果读者真的想习字，可以给他们复印几张带回家临摹。或者买一个电子书法机放在馆里，让他们来体验。

我说那只是临时动手玩一玩，趣味性的，不能替代真实的笔墨纸砚。她面露难色，我没再说话。这个馆是我们两个外行摸索着建起来的，我俩都不是图书馆专业，都不懂门道，意见分歧之时我得克制一下，我的看法也不一定对。

杨国庆告诉我，碑帖的版本非常重要。以前古董行称碑帖为"黑老虎"，这是说碑帖收藏"水很深"，一般人容易上当。他刚入行时也遇过赝品，几册古代墓志，买到时觉得有眼缘，回来查书才发现是清末民国时期翻刻本。好在，有时他又会幸运捡漏。《大秦景教流行中国碑》在碑林世界知名度很高，上面有古叙利亚文。1950年代碑林整修之后，这块碑体左侧贴墙无法完整拓印，现存完整拓片都是解放前拓制的，市价大约七八千，而他在一家卖日本画的网店里只花了三千元就买到了。

古代印制石经要好几步，先从碑上拓下来，再把它们剪成一致大小，然后装裱成册。《开成石经》中的同一块石头，他买了各种版本，一页一页地比较。几本清代小册子做工尤其讲究，内有橘红色衬纸——"万年红"，把蛀虫挡在书外。"万年红"是广东南海一代的发明，本纸为竹子纸，再用四氧化三铅加入添加剂和桃胶溶液，刷在纸张上，阴干而成，蠹虫都不敢靠近。北方没有这种装帧，南方也大多只在扉页或封里用两张。而这个版本用料奢侈，每一页都夹一张万年红，因此保存得特别完好。更珍贵的是，上面的字跟碑林现存的字不完全一样。明代大地震破坏了一部分石头，官方组织把缺损的字用统一风格补到另外的石头上，便于人们传诵经典。补的字虽然不是唐代人写的字，但是风格接近，仔细辨识能看见那么一点墨色差异。他在书房里给我展示这本"万年红"，手指很小心地翻动书页，这些微末的细节，让他摩挲不已。

我给图书馆买了许多碑帖，还不够，还需要增补。他说他会帮我开一个书单，避免买到低劣版本。如果不是他讲，我并不知道，拓工的手艺也重要，十个拓工会拓出十个样子。好的拓本细腻，字的边缘有立体感，能看到厚度，能想象刀刻的角度。许多石头已经不存在了，流传在世上的只有拓片。把这些拓片拿在手里，是直观的好。他让我上手摸一下，毛茸茸。他说："不需要深刻的理论，你只要懂一点点书法就能体会到它的品质，用心做的东西永远都好。一想到世上这样的东西越来越少，我只觉得不舍。"

好纸、好墨、好拓工遇到一起，共同营造一件美物，这是因缘际会。物质文化有时候传不下去，因为那种纸没了，墨也没了。尽管网上有那么多高清图片，稀罕的拓片展览依然会吸引许多人参观。他说："就是因为美感是有层次的，要看，要闻，要抚摸。这种美感是中国书法独有的。"当然了，在他看来，碑帖不能外借，是件遗憾的事。

邓兴玉拿着书去前台问工作人员："我这原来都能借，现在咋不让我借，是不是机器坏了？"馆员韩洋认出她来，开馆第一天，这位老人怀抱着碑帖开心的样子给他留下了印象。韩洋向她解释新的规定，邓兴玉说："害怕墨点点子掉到上面？不会的，我爱干净，保护得可好了。小伙子，麻烦你能不能给你们馆长反映一下子，碑帖这个东西是要练习，不是故事书。故事书我坐那儿看一下，看完故事了就走了。碑帖只看一下起不了作用。一本碑帖，我拿回去，要写可多遍的。王献之学了三年毛笔字，他爸爸在底下写了一点，又拿去让他妈看。他妈说，你就这一点还写着像你爸的，其他都不像。你看，人家王献之写三年都连一个点都没学成，我这坐在馆里看，怎么行嘛？根本不行。"

韩洋答应帮她反映，留下她的联系方式，说有消息就告诉她。

邓兴玉返回书架，放下那几本碑帖。又不甘心，打开几页，用手机镜头拍下来。回到家里，用手指放大手机里的图片，凑合着练习，但是究竟还是不方便。年轻人可以借助电子书法字典习字，但对老年人来说，太难，他们还是需要纸质书。

在邓兴玉为碑帖发愁的这段时间里，我也因为碑帖外借不外借的事征求了其他人的看法。

孟昆玉："我能理解宁馆的顾虑，不如带她去别的馆体验一下，再找一些书法爱好者和碑林里的工作人员大家一起来聊聊，除了外借还有什么更好的体验方式，能突出这个特色。如果滴上墨汁，污染严重，可以有惩罚机制，但我觉得不能因噎废食，该外借还是得外借。"

方黎明："你们如果外借很多的话，破损太厉害，补采更新不及时，确实影响在馆品相。复印是一个好方法，搞个公益平价复印，方便群众。但如果外借量不多，其实倒不影响，就让大家借去呗，反正不管什么书都有破损率的。"

徐燕茹："从管理的角度，碑帖不外借的成本最低最方便。也可能你们预算有限，馆长不想惹那么多麻烦。我在电视里看她压力大得失眠，痛哭，我知道她下意识会选最经济的做法。至于被投诉，你们作为区级图书馆，可以不必非要参照省市级，被投诉的话合理解释也过得去。但是我建议你们发个通告，碑帖区外借试运行，为期三个月。观察一下，如果预估破损率和丢失率能在可承受范围，就差不多。如果破损太厉害，再调整政策。比如增加押金，比如归还发现有墨迹，需要照价赔偿。"

长安区图书馆馆长："可以把所有碑帖汇总在一起评估，列一个详单：哪些是珍品，不外借。哪些是普通藏品，可以外借。我们馆就是这样做的。"

这些建议我全部反馈给宁馆。我尽量不独断专行，只提供参考意见。更何况，我已经快要离开政府机构回高校了。

过了段时间，邓兴玉又来前台找韩洋，韩洋不在。前台让她去图书馆北侧的办公室找找看，她走过去，看见韩洋坐在桌前，手里拿着一个仪器，"哔哔"闪着红光，正在扫书后面的条形码。这个小伙子戴着眼镜，斯斯文文的，态度一向很好，总是慢声细语地跟老年人说话，邓兴玉心里过意不去，自己又来麻烦他："小韩，你帮我问的那事，咋样了？今天能借不？"韩洋抬头见邓兴玉来了："哎呀，不好意思，还是借不成，又让您白跑一趟。"

邓兴玉个子不高，短发花白，穿着朴素的布衣裳，眼角里有笑。韩洋也知道她不是爱找事的那种人，她只是单纯想练字。邓兴玉转身打算离开，韩洋犹豫了一下，叫住她，小声跟她说："阿姨，您想借哪本书？我给您想个办法。您去翻到书后面，找到这个样式的条形码，拍照片发给我。今天我正好在系统里做书，可以帮您用权限借出去。您一定要按时归还啊，别跟别人说。"

就这样，她通过韩洋的帮助成功借到了碑帖。临到归还期限，她还没有临摹熟练，给韩洋发短信问他该怎么续借，韩洋又在系统帮她延长了两次。她感到非常抱歉，自己这几本书都是违规操作，以后不能给这个小伙子一直找麻烦。

她跟我讲："韩洋是个好娃子，我可不能因为我的事让韩洋受批评，我干脆再也不借了。"她又说："哎呀我还是想不通，政府花了这么多钱买这个东西，你总要让它外借嘛。弄个电子临摹台，我坐到那，来回的人看，我也尴尬，咋好意思写嘛。"

她再次来到馆里，归还全部书籍，退了自己的图书卡，取回一百元押金，去前台跟韩洋道了别。

"娟娟发屋"与"睡觉无聊"

我请杨国庆帮我编写书法类书单,他首先排除了大部头艰深专著。他认为,专业的书法研究者应该不会到区级图书馆来查资料。区级图书馆选书既要有经典性,也要让老百姓喜欢看,还得是近几年没绝版的,这并不容易。

蒋勋《汉字书法之美》通俗易懂,适合启蒙,周汝昌《永字八法》略深一点,更精准。关于碑林本身的书籍如《藏在碑林里的国宝》应该会有读者感兴趣,国外的艺术史专家:高居翰、方闻、白谦慎……也值得推介。白谦慎的成名作是《傅山的世界》,但在杨国庆看来,《与古为徒和娟娟发屋》更适合大众阅读。很多书法理论与老百姓离得远,而这本书融入日常生活里。白谦慎提出一个问题,平时随处可见的招牌:"公厕""娟娟发屋""王小二刀削面"……写这些字的人没受过专业训练,就算不上书法吗?普通人的书写和经典书写的界限,是否应该泾渭分明?

白先生曾在美国高校里教书法课,外国人写汉字完全不懂间架结构,但白先生却能在那些古怪的撇捺中发现书写者的性情。他回国旅行,偶遇一块破烂标识——"公厕",便走近揣摩那油漆下注的速度和飞白的关系。在乡下见到"娟娟发屋",他也从那"简单又土气"的逆锋运笔中观察出作者想写好的努力。他不用头脑中的规矩锁住自己,又不端专家架子,不拿章法压制异见,真是了不起的"无分别心"。

由"娟娟发屋",杨国庆想到儿子豆豆的一幅字。豆豆四岁拿起毛笔，随便写，有时临摹碑帖，有时写自己的心里话。有个假期，豆豆写了大大的几个字"睡觉真无聊"，杨国庆发到朋友圈里，大家都乐了。那时候豆豆才六岁，那是他的心声，运笔支腿拉胯，收笔里弥漫着疲倦，那个"聊"字像是小孩子坐在墙角噘着嘴懒得搭理人。那种神韵，杨国庆自叹写不出来。

小孩子创作就是这样，没有条条框框，容易超出秩序产生好玩的东西，这种无意识的创作每个人在童年时都拥有，长大了可能会失去。朋友们都夸豆豆，有人夸，豆豆就越发来劲，匍匐在地上，一张接着一张，从客厅东头铺到西头。豆豆很享受，他通过疯狂的书写得到快乐。

豆豆上二年级之后，写字退步了，因为他必须在"写得快"和"写得好"之间做出选择。学校老师在意速度，总是催促豆豆写快一些。他们认为豆豆字已经够工整，不用再关注字的好坏。如果老师耐心一点，让豆豆一次写好看，以后次次都能写好看，可是老师就是不允许，这损害了豆豆对书法的热情。

现在豆豆写字频率没那么高，规范意识更强，大多临帖书写，不是小时候那样"我手写我心"。杨国庆告诉儿子："你不要想那些规范。"豆豆做不到，他小时候那种未被文明社会格式化的天真，渐渐少了。"天真"的消逝让杨国庆感到遗憾。豆豆的变化像是当代人研习书法的普遍状况：书法与日常生活、与真实情感渐渐疏远。

古代有许多情意生动的手迹：王羲之《奉橘帖》惦记给朋友送些稀罕果子。张旭《肚痛帖》肆意狂飙，看着就痛。颜真卿《祭侄文稿》悼念为国捐躯的侄儿，那些涂改的墨疙瘩里全是他的震动。笔墨脱缰，造就不可复制的神品。而当代人习字，笔下往往不是自己撰写的文章，只是抄写现成诗句，情感隔了多层，很难飞逸。

康有为等人曾经大赞北魏"穷乡儿女造像"精神飞动兴趣酣足。

古物上面的镌刻，哪怕是不识字的工匠随便刻的，都有一股烂漫之气。汉代居延、敦煌等地出土的竹简木牍，许多是当地派驻官员的书信。竹简上用毛笔直接书写，由于不受流派束缚，那些字迹反而有了"无古无今"的活泼样子，在某些时候甚至超过书法家。

甲骨文出土，马上有人学；敦煌文书重见天日，也有很多追随者临摹。古代不规整的文字遗迹被当代捧得很高，当代的"娟娟发屋"以及幼童书写却被书法界排斥。为什么？假如"娟娟发屋"那张纸是古代的，混在敦煌经卷里，人们会不会视为珍品？

白谦慎提出这个问题，也回答了这个问题。他认为，当代书法界审美标准和另一个链条紧密相连：参展、评奖、出作品集、卖字赚钱……如果"娟娟发屋"和幼童书写被纳入体系，那不仅仅是趣味之争，还直接挑战了一些人的利益。今天，学院派的字几乎能写得像古人一样"好"。书法系专家们在技术上的研究已经非常精微，细节上几乎毫厘不差。但如果让他们写有趣的有原创性的作品，又有困难。

杨国庆也有这样的困境。临帖时最舒服，就像读书一样，徜徉在文字里面，在幻觉中接近作者，觉得和伟人同道是自己的荣幸。他买了无数碑帖，真品赝品都烂熟。学生作业里的字随便拎出一个，他都知道出自哪个帖。反复地锤炼，碑帖的养分进入骨肉，往出释放时，他提笔先想到大师怎么写。人们评价他的小楷"写得太好了，像印刷出来的一样"。这话其实让他焦虑，像印刷品意味着太规矩。若要抛开碑帖的影响凭空创作，完全素面朝天，玩出点自己的意思，他略微感到局促。

他很少参加书法比赛。比赛就得不停地磨，将一个小稿打磨无数次，请教大师提意见，修改。现在的艺术竞技场就是这样，一幅字尝试各种纸张，一张纸上淋漓尽致，探讨字与字之间的关系，刻意安排所有笔画。他试图做过，但又中途放弃，这种方式好像离自己最初喜欢书法的劲儿有些远了。

他也是三四岁开始写毛笔字。祖父家在太原的"满洲坟"，数百年前，那里曾是满族人的墓地，乱坟荒草，后来又成为流民聚集地。在20世纪80年代，它远不像今天这样繁华，街巷里游荡着"不良少年"。老人怕他出去被欺负，就带他在家里待着，给他写"清明时节雨纷纷""葡萄美酒夜光杯"，一张大纸两首诗。他玩着，背着，写着。每天下午他从爷爷手里拿到一张纸条"今日毛毛完成，大小仿各一张"，等着父亲来接他。有这个纸条，他才能回家。

七岁，祖父去世，再也没人教他写字。来家的亲戚感慨，这孩子以前字写得多好。父亲说："早不写了，爷爷一去世没人管了。"这句话刺在他心里，让他难过。做会计的母亲去青岛出差，问他要带什么礼物，他只想要一本字帖。母亲买回来"九成宫"，三十多年过去，他至今都记得那个封面。

那时候一本字帖都那么稀有。如今人们习字非常便捷，在手机App里输入一个字，就看得见历朝历代的写法，这在一百年前简直不可想象。平遥票号里的小伙计，不停歇地手写账单，要写得清晰明白。他们想苦练技艺，手头却没有字帖。看到哪个先生字写得好，或者哪个名人买了中堂回来，就带着薄薄透亮的纸，大老远走去拜访。在人家家里临摹，装订好了，回来慢慢学。解放后，他们顺理成章做了银行会计。其中的一位在20世纪80年代成为了杨国庆的第一位书法老师。

那是在交换业务名片时发生的巧遇，杨国庆母亲发现外单位的老会计是"中国书法家协会会员"，立即替儿子询问。

老会计姓李，爱好诗词，教杨国庆写《唐诗别裁》，写一首讲一首，讲诗的意境，也讲字的构成。空闲时，李老师把面粉放进水里，煮成稀浆糊。他用喷壶在字的背面喷洒水花，拿出一支大排笔，均匀刷浆，贴一张托纸，再换一只棕刷慢慢排扫……在小孩子看来，装裱字画太好玩了，也要一起做。他俩一起挑印泥刻石章。杨国庆开始喜欢逛古玩市场，古书古钱币古瓷器……凡是上面带有古代文字的东西，他都想琢磨。

从关心书法，到关心书法周遭的物质文明，这是他小时候走过的路。现在他教书法，也不愿意把书法局限在纸张上，他要带学生回到书法的原生环境。古代书法镌刻在什么样的器物上面？一起去博物馆吧。

在碑林博物馆，学生好奇这些字是怎么刻上去的。颜真卿写《颜氏家庙碑》时已经七十多岁，不可能趴在石碑上面写。那工匠怎么能保证镌刻得一模一样呢？工匠先用半透明纸蒙在原作背面，用笔蘸取银朱对字迹进行双钩。然后把整个石碑涂黑，打一层薄薄的蜡，再把双钩好的临摹纸覆于碑石之上，使银朱粘贴于碑面，然后按照银朱痕迹进行雕刻。这个过程等于拷贝了两次。为了防止碑上的字和原作有差异，有时工匠会把石头倒过来刻，保证不受自己固有写字习惯干扰。

宝鸡市的青铜器博物馆也值得一去，那里有许多酒器，觚、觯、角、爵……像规律的音阶挺立在玻璃展柜里。精巧的背后是严肃，其造型与官职一一对应。周朝礼制浩繁，端了自己不该端的酒器是大错，职位与尊严决不能随意僭越。周礼中的等级就这样明明白白地铺延在学生眼前。

大型青铜器上有钟鼎文，如果学生们能清楚地看见镌刻的刀痕，知道这些古朴的文字曾诠释了什么信息，以什么样的形态和载体在流传，文字就不再只是书法课上供人临摹的符号。

"仓颉作书，天雨粟，鬼夜哭。"文字的发明摇撼天地。在周朝，大型青铜器是政治家族财富的象征，采集矿物和冶炼难度使得它们只能为贵族所拥有，铭刻文字多是为了官方目的。在整个博物馆中，最耀眼的文字是"中国"二字，出现在镇馆之宝"何尊"的身上。

20世纪60年代，雨后的一天，在陕西省宝鸡县（现为宝鸡市陈仓区）贾村（镇）一个农家后院里，一位寄住在那里的陈姓农民走出家门，看见对面土坡上好像有什么东西反射着阳光。他走到跟前，发现雨水冲刷露出一块金属，找来工具挖出来，居然是个大家伙，于是带回小院清洗干净。这个大家伙厚实稳重，肚内宽敞，立刻被当作储存棉花和粮食的好地方。第二年陈姓农民回老家固原，把铜器交给另一个人保管。过了段时间，保管者在拮据之中变卖了铜器。此后，它便迎来了戏剧性命运。

它高一尺有余，重二十八斤，以"铜"的普通身份进入当地的玉泉废品收购站，论斤结算价格，为农民换来三十元的可喜收入。当时它灰头土脸，收购站也没当回事儿，就把它随便扔在一堆破烂玩意儿当中。后来，一个懂文物的干部在收购站发现它，知道是青铜器，买下来放进博物馆，但依然只把它当作普通藏品。直到1975年，它因外壁纹饰精美被选中赴日本展出，上海专家马承源用手在它的内壁摩挲，似乎有凹凸文字，猜测这件器物大概很不一般。

清洗沉积千年的铜锈，它的底部浮现一百二十二字铭文，详细记述了营建洛邑成周一事，最为惊喜的是四个字"宅兹中国"，这是迄今发现的"中国"一词最早的来源。自此，何尊跃升为国宝，被置于最明亮的聚光灯下，投影仪将"中国"二字成倍放大，美丽的铭文像飘扬的旌旗一般浮动在展厅里。

在杨国庆看来，参观文物的经验对书写十分有益，书法类书单也不应该只局限于书法内部，要把书法和相关艺术还原到历史情境里面，和物质文明串联起来。《汉字与文物的故事》，张光直《美术、神话与祭祀》都是如此，而扬之水先生的文集，涉及古代的家具首饰、《诗经》中的名物……研究生活中的美，对于研究书法来说也是非常好的视野。

杨国庆小时候并没有机会去博物馆瞻仰真迹。他中学时偶然看见同学姥爷的笔迹，大为惊叹。这位姥爷是赵铁山弟子——南有吴昌硕，北有赵铁山，这让杨国庆感到激动，写了一封信请同学捎过去。"姥爷"八十多岁，本已关门不收学生，见了信中的字，回话让他下周就来。他搭乘了很远的公交去，在"姥爷"家见到赵铁山真迹。"姥爷"问他："你知道，这个字，这种写法的源头在哪里吗？"杨国庆答不上来。在那个小小的书房里，老人为他展开古代金石碑帖，"我们一起找这个字的根儿，要在根儿上面学"。这是他的第二位书法老师，带他学习篆书以及碑帖。

十余年后，他博士毕业有了工资，最惦记的是买拓片。现在他的书房有点乱，卷轴和拓片堆叠在一起，占满了大桌子和大柜子，多出来的只能卷在花瓶里，挤在箱子里。他跨过木箱，打开抽屉，挑了自己喜欢的一块手工松烟墨，在砚台上研磨。数十圈就很浓了，磨出来的墨像重磅丝绸一样泛着亮光，闻得到清香。给学生送礼物应该用这样的好墨，写起来不滞。写行书，太快了些，是不是对学生有些敷衍？那就写楷书和隶书，写慢一点，各写两幅。不送给写得最好的学生，而送给态度最认真的学生。学生习字的态度在起笔落笔里，藏不住的。有的孩子哪怕写得丑一点，只要认真就值得奖励。这个学期他带了二百多个学生，到学期末争取送出一百幅礼物。"送一幅字，会有一点点人情在里面。学生大概会觉得，老师送我礼物了，我得好好写。"无论孩子还是学生，他都希望他们的书写不要有太多功利的考虑，不一定要成为书法家。在穷极无聊时，在人生的至暗时刻，能写书法，就是一种寄托。

他特别叮嘱我，碑帖书目不能依照网站畅销榜选择，尤其要回避太便宜的版本。古代碑帖因为没有版权，今人可以随便印制。小出版社就印得很糟糕，原碑还是翻刻也搞不清，随便就拿来印，这是最害人的。不懂的人常常就买了这种，因为定价低。还有一些出版社，找到很好的底本，印得却又很糟，总是很难让书法爱好者满意。以前卖碑帖文具有很多老字号，比如北京琉璃厂的荣宝斋，上海的朵云轩、南京的十竹斋等，口碑很好，现在也大都升级转型为"文物商店"，东西越来越贵，一般人也消费不起了。如果从实用的角度看，近几年的那套"大红袍"——上海书画出版社的《中国碑帖名品》，质量非常放心，可以整套购入。他为自己学生推荐的也是这套"大红袍"。

我去旁听他的课。讲台上放着一大桶墨汁，头顶有几个不同角度的摄像头。学生课桌上嵌着显示屏，老师拈笔的手指被放大，同步出现在这里。杨国庆在讲台上写，学生们在自己桌上看得清清楚楚，看见老师拇指甲上的月牙，看见狼毫的根部轻轻翘起一根不听话的杂毛。他送给学生的那几幅礼物，学生欢欢喜喜地领走。其他人"哇"地叫成一片："老师，我也想要，我也想要！"

武侠奶爸

早晨醒来，李亮看了一眼手机。七点半？难以置信。儿子出生这几年，他第一次睡到这么晚。李阿不这个孩子，"破坏"丁克计划，耽误爸爸写作，还总是闹夜。晚上，爸爸的大手必须放在阿不腰间，稍一离开，阿不就在梦中惊觉，攀上爸爸肩头，软乎乎的脸蛋贴住爸爸脖颈，严丝合缝。李亮偶尔睡个囫囵觉，已是谢天谢地。

我问李亮，有了李阿不，少写了好多作品，后悔吗？他笑："怎么可能后悔呢？儿子太好了。为了他，我头发大把地掉，也值。"

他曾经坚决不要后代。童年遇到的讨厌小孩霸在他心里，职高教书遇到的半大小子乱如羊群也让他头疼。更让他害怕的是，孩子会分走自己的写作时间，万万要不得。

写作是诱人的，他很早就从这件事中获得欢乐，中学写科幻，两次获得《科幻世界》全国征文一等奖，大学写武侠，后来成为《今古传奇·武侠版》杂志创刊以来发表篇数最多的作者。

1990 年代，读武侠是狂欢也是反叛。街边书店整一面墙都是"飞雪连天射白鹿，笑书神侠倚碧鸳"[1]，谁不读谁落伍。可在校园里这些都是违禁品，老师说武侠里的哥们儿义气危害思想，一经发现，立即缴没。大家只能在桌兜里藏着，和同学偷偷交换。李亮从废品店淘来一本残破的《天龙八部》，只有前三分之一。段誉回到大

---

[1] 这是金庸除《越女剑》以外的 14 部小说的首字合称，分别是《飞狐外传》《雪山飞狐》《连城诀》《天龙八部》《射雕英雄传》《白马啸西风》《鹿鼎记》《笑傲江湖》《书剑恩仇录》《神雕侠侣》《侠客行》《倚天屠龙记》《碧血剑》《鸳鸯刀》。

理，故事就断了。几年后他夜宿别家遇见全套，一夜读不完，只能直接读最后一本，奇怪，段誉去哪了？一个叫萧峰的人跑来跑去。他还没弄明白，窗帘已透出天光。

2001 年，央视上映《笑傲江湖》，金庸小说进入内地电视剧市场。同年，《今古传奇·武侠版》创刊，销量蔚然大观。彼时，大陆新武侠如同井喷，李亮跳进了这波浪潮，在 BBS 论坛里与同道过招。

多年之后，我在远方接连获知他出版新书、讲座、签售，虽不能到场，但从零星视频中听到他讲话，知道他一直没有转移爱好，非常享受创作。读者问我，碑林区图书馆可不可以增加一些武侠类书籍？当然了，能请他来列书目是最好的。他给了我一个长长的单子，又给我打了一个长长的电话，在人们都熟悉的金庸古龙之外，他特别推荐这几位作者：小椴语言典雅有古意；沧月能把各种材料做好吃；凤歌痴迷讲故事；步非烟用唐传奇的外壳写连环杀人案；时未寒的小说连载至今未完……他和这几位都熟，感慨说这些作品曾让某杂志一个月销量突破七十万册，并带来上亿影视版权收入，但如今，这些作者也写得不多，武侠的好时光已经过去了。

作为一个连金庸都几乎没有读过的人，我完全不了解武侠如何兴衰起伏，想听他讲一讲。我总记得他的青绿高领秋衣，领子松垮，土黄色外套背面巴掌大的蓝墨水从未洗干净。这身衣服贯穿他的大学四年，几乎没换过。他旷课，在餐厅二楼窗边摊开稿纸，喝啤酒嚼花生，写下的小说女主角都叫同一个名字，是他遥望而不可即的女孩。随后他选择到职高而不是普高教书，在他心里，能为写作让道的工作才是好工作。

以前我们同在话剧社团，"沧海一声笑，滔滔两岸潮，浮沉随浪，只记今朝……"这首歌，他唱了以后，别人就都不唱了。他嗓子并不出色，但那佯狂的样子得其神韵，谁都比不过。遇到疯疯癫癫的角色，必须得找他。他演《红楼梦》空空道人，用胯骨带动全身往前行走，大摇大摆，晃动头颅："世人都晓神仙好，惟有功名忘不了！古今将相在何方？荒冢一堆草没了……"他还被锁在柱子上扮演普罗米修斯，披挂着窝得发黄的床单，落魄模样。一俟破布掉落，他露出脸，看一眼观众，拿捏节奏，悠悠地把胸前大辫子甩到身后，邋遢又风骚，男生吹哨女生尖叫。去外校交流，别人讲话都是八股腔，只有他，张开五指凌空下落往桌子一抚："咱们这一回，就是要做一场大大的事儿……"大家使劲儿鼓掌。他像是一个真的大侠。

我料想他工作后一定轻松收获无数拥趸，然而并不是。他试图用趣味知识吸引学生，却被挫败。教室里的开放式讨论成了乱糟糟的集市，打架说脏话，酸酸乳瓶子在空中飞，互相撕裤子，见血见泪。拳脚之争加剧了他对青春期少年的排斥。他和学生聊起药家鑫杀人案①，学生说如果自己撞车伤人也会这么干。他感到寒冷，怎么去教育这样的学生？教条式地灌输会让学生抵触，包裹在故事里也许他们会看？

他注意到，这些少年其实很爱看书，两三天就能看完几百万字的网络小说。但那些小说价值观可疑，作者为了情节的"爽"而一味鼓吹自私欲望，掺杂歪风邪气。青春期读这些，污浊之念会影响未来。他回想自己少年时的价值观，就有一部分是从阅读里获得，书里的很多侠客是被动的，遇到难题只是按照善良的本能来选择，一个又一个选择堆积起来，到达高处。小时候的他，模模糊糊地觉

---

① 2010 年 10 月 20 日，陕西西安某高校学生药家鑫，驾车撞人后因怕伤者看到其车牌号引起麻烦，便产生杀人灭口之恶念，将伤者连刺八刀致其死亡并逃逸现场，将一场普通的交通事故变成故意杀人案。药家鑫被抓捕后，于 2011 年 6 月被执行死刑。该案曾在全国引发有关伦理道德的讨论。

得，如果道德可以拾级而上，那么普通人也就可以模仿他们。这大概就是武侠文学对于他青春期的意义。

他想扭转职高生的阅读风气，于是他持续创作侠肝义胆的人物形象，抱有一丝希冀，希望给读者（特别是给学生）向上的力量。这样的创作动机在别人看来有点迂。但他想试试，哪怕只是产生一丁点微弱的影响。

十四年追逐之后，遥望的女孩同意了他的求婚，他俩约定不要孩子，享受着让旁人羡慕的自由。他在地铁里挤着，傍晚只想尽快回到五环外的家，打开电脑敲击键盘。油墨印出来，我看到他的成就，但他说，书里暗藏苦衷：总是坐着不运动，他从高瘦变得胖大，血脂血压飙升，开始害怕疾病和衰老。北漂的他，既没能照顾身在内蒙古的父母，又没有孩子，向前向后看，生命好像悬浮，生死一再成为他思索的问题。他的《反骨仔》表面上是反对师门的江湖故事，实际是自己初涉职场的摩擦挣扎。《墓法墓天》开启盗墓情节：一个活人，要战胜多少死者，才能得到幸福？书的内核是他对死亡的恐惧。

我们一起谈论他书中的自我映射，他告诉我，写武侠实际带有双重意义，一重为读者（学生），一重为自身困境。一个写作者总是先应对真实生活，再塑造纸上的人物。那时他不停地写，不愿意中断，更不能想象一个新生命打破这种生活节奏。

可是，如果生活的困顿无法消化，写作往往也会受阻。有那么半年，他什么都写不出来，烦躁、愤怒、沮丧。妻子看他那样无助，偷偷帮他报名美国著名编剧罗伯特·麦基来中国开办的故事创作讲习班。讲台上的麦基脊背略微弯曲："我们为什么要写故事？不写故事又能怎样？我们是为了写出对人性的真实体察还是为了炫技？"麦基追问着这些问题，大喊着"爱"与"真"。耳机里同声传译的中文语气弱化，但依然有力："去写故事吧，任凭时光飞逝，沧海桑田，故事总会带我们回到最初的最初，给予疲惫的我们心灵深处的平衡。"这让李亮想起自己"最初的最初"：少年时代抓着公交车上的吊环看古龙小说，颠簸摇晃；在宿舍台灯下把温瑞安的全集翻到书页打卷；看《天龙八部》的那个夜晚，窗帘的颜色渐渐亮起来。

从讲习班回来，他做了一个反常的决定——当班主任，下沉到孩子们中间去。从前他专门躲开这些事，现在故意往这样的生活里扑。他不再急着下班回家，而是留下来聊天。这些放肆的少年群殴流血、恋爱哭泣、打工赔钱、破镜重圆……他们平时讨厌写作文，但他们真的无法写吗？写作的本质是什么？他试着从解放学生开始，一起回到写作的原始冲动。

作文课疯起来了，让孩子们写自己真正想写的东西，一万字随便写。玄幻修真，曲折情史，能交来的都欢迎。批改作文难免触碰到学生的深处，李亮停下来回想他们的面孔，再看看文字，有些嚣张的面具下浮现出脆弱，触动了他。他对这个群体开始有了好感。站在讲台上，他仔细观察学生的表情和语言，乐于记录学生斗嘴的鸡毛蒜皮。他以这个班为原型出版了一本青春文学，是送给他们的毕业礼物。学生们抱着他欢呼，翻开书页，急忙在故事里找自己。

也是在这时，武侠文学市场渐渐萎缩。书店和网络中的通俗文学区被玄幻、修真、同人小说占据。沧月的小说改编电视剧立项，诸多明星拒绝出演，理由是"武侠已过时"。李亮《墓法墓天》因为有盗墓情节，出版和影视都受阻。

我不太明白武侠为什么会衰败。他说，大概是因为节奏。张无忌跌落山谷多年，慢慢长大，令狐冲拎着破剑在野地上走，这种节奏是农耕社会的。当代读者在职场加班熬夜超载负荷，不愿忍受这样的情节。一个人掉到山谷底下掉了很久都没有改变，这读起来太不爽了。而玄幻小说里面的角色几天就能学会一个新技能，读者随之产生舒服的共振——被人欺负了，我要马上报复马上爽回来。

从"低武"到"高武"，反映出读者耐心的变化。"低武"世界的小李飞刀，一出手刀就在那，似乎是物理学里的零时间。但也有局限性，很难以一敌众。"中武"里的"元神"强大到可以对抗世俗世界。到了"高武"，时空逆转，长生不老，用肉身抵御核武器都很轻松。读者似乎只想快速拖动情节的进度条，把爽点伸到电极下，纵情欢乐。

一个网站投票讨论：小龙女跳崖，杨过等了十六年，如果是你，你等不等？只有不到5%的人投了"等"。一诺千金，为知己者死，这种故事，大家开始不相信了。

那么还应该继续写武侠吗？李亮看着自己出版的几本书，它们牺牲了一个孩子来到这个世界上的机会，然而这些书的分量是否对得起他（或她）的牺牲。原本笃定的信念开始晃动，他看见什么都能联想到那个尚未存在的孩子。新闻里无良父母虐待小孩，他在愤怒之外平添一股嫉妒："为什么这种人渣都能有孩子，而我却没有？"自然纪录片里奔跑的动物也陡然让他难过："物竞天择，优胜劣汰，我就要这样被大自然淘汰了吗？"

春节，外来人口返乡，北京的街头空荡荡，友情和亲情都比平日稀薄，再与其他事情叠加在一起，分外难熬。武侠小说光韵黯淡，那要不要彻底辞职做编剧去赚钱？电视剧甲方的繁琐要求不断干扰李亮的写作观念，往下走好像也很难。更要命的是，要不要生孩子？这个问题一拖再拖，炸开多次，已经快把他和父母妻子彻底撕裂。这些事情是时候作出决断了，但又很难决断。

编辑邀他写墨家故事《战国争鸣记》，展现墨家机关术的神妙。他在资料上做准备，读哲学史文化史以及《左传》《史记》，但他写不动。他分析自己，有反骨也有懦弱。可不可以写一个软弱的侠，探讨他最后能够干成什么事儿。墨家要求绝对平等的兼爱，当这个软弱的侠遇到爱情，他怎么处理爱一个人和爱很多人的矛盾。一个作不了决断的侠客，连一段亲密关系都担不起来，他最后能担起天下吗？

　　就在这时，他的生活发生重大转折。突然得知妻子怀孕，八年丁克的他，在地铁里没有忍住泪水。儿子降生之后，他接手了奶瓶和尿布，睡眠严重不足，一再向编辑致歉拖稿。他反复改了七八遍，换了五六种叙事角度、三四种风格，也没能顺利。

　　渐渐地，这个新生的婴儿改变了李亮和父辈的关系。以往，父辈对他的关爱太饱和，已经形成高压，漫过堤坝，让人难以承受。现在有了儿子，终于可以开闸放水，疏通淤堵。后来，长辈和晚辈带孩子观念有分歧，摩擦不悦，两代人又重新拉开距离。晚辈克服对长辈的依赖，形成独立生活节奏，迎接未知难题。在劳累当中，他体会着上一代人当年养育自己的艰难，突然有了新的创作思路。

　　以前他特别在意主角的叛逆性，塑造独立的"我"，坚守"我"的感受"我"的需求，不向周围环境妥协。主角往往是拯救者或捍卫者角色，向外释放，像小太阳，很少有情节返回身去看看别人怎么爱这个主角"我"。之所以写作中略去这些，乃是因为他自己也一直把"被爱"当作负担。从小到大，父母并没有强求他什么，这爱沉甸甸的，无法回馈。他想爱父母，但是没办法爱，多年以来不能让他们抱孙子，让他们很痛苦。

　　而现在他释然了，因为他爱孩子，所以他可以坦然接受父母对他的爱。他说："爱的河流通畅了。我有了孩子才明白，最大的'兼爱'就是你在爱别人的时候更加能够感受到别人爱你。"

　　再一次地，又是生活溶解了写作的疙瘩。他决心把《战国争鸣记》之前简单的正邪二元设定推翻，改写成初为人父时的慈悲心肠。带上不能上网的赶稿专用电脑，去咖啡馆整整写一天，回家之后，又在帮儿子洗澡、换衣、哄睡的间隙中写到凌晨。

二十年前，他曾突然剃光蓄了很久的乱发（舞台角色需要），在演出即将举行的时候彻底退演。他也曾在大路上奔过来紧紧和团友拥抱，为过去的事情致歉。那时他不爱说话，不喜社交，脖子略往前伸，独行在校园。现在他钻研着奶粉品牌和童书玩具，和院子里带孙子的老人们攀谈寒暄。

小小的婴儿总是说着"啊不，啊不"，像是英文里的"Oh, No"，也像是《反骨仔》的叛逆。他在大人司空见惯的环境中找到新的事物，咿呀叫着、摸着、闻着、哭着。为了回应他，李亮得顺着婴儿的目光去看。散步、逛超市、买菜这些微不足道的事情，都得跟阿不嗯嗯啊啊的交流，李亮有了奇异的发现，以前看不见的生活细节，现在咕嘟嘟地往出冒。这种感觉有点像是做班主任那一年，沉到学生的生活里去，重新获得写作激情。而这一年，通过李阿不的眼睛，李亮打开周遭事物的另一个平行宇宙。

四年，他出版了五十五万字的《战国争鸣记》，这比他从前的写作速度慢了很多。但这四年他还养出了四十斤的李阿不。

我们坐在一起喝茶，他头顶有些稀疏，头发花白。在他这个年龄，白得有点早了。可他说他不再害怕衰老："阿不打通了我的生命，将我的时间向远方延伸开去。衰老对我来说突然就不是事了，有白头发算什么，我还有儿子呢！人类追求了千百年的长生不老原来一直都存在着，只不过换了个名字，叫做'生育'。"

他继续跟我推荐书目，金庸、古龙、温瑞安……在他看来，金庸写的是人间，主人公无论武功多高，最后依然面临"她的妈妈不爱我"或者"我该爱谁"的问题。温瑞安写的是庙堂，衙门里的四大名捕以及受朝廷管制的武林帮派。古龙写的是江湖，武林人气场殊异，风雪天独自漫步，紫禁之巅拔剑决斗。他说，金庸对于"恶人"的宽容殊堪玩味，"妖女"和大反派往往受到偏宠。而古龙思想要现代一些，尊重卑微的小人物，男女主人公不仅纠缠于家长里短，更具备命运主动性，李寻欢为梅花盗而入关，陆小凤为武林安危潜入幽灵山庄，侠者都在承担自己的社会责任。

但是，武侠都只是外衣，说到底还是人心的故事。农耕社会里，武侠反对恶霸地主或者官府管理，形成一种民间自治文化。现在读者的需求变了，人们可能需要反抗的是资本和其他权力。有时候李亮也担心，李阿不这代人以后会不会变得更孤独，会不会整日戴着VR（virtual reality，虚拟现实）头盔，在虚拟世界里接受定制的情谊？他们还会有不期而遇的心动吗？还会理解为一个人等待十六年的意义吗？

李亮并没有完全失去信心。2023 年 2 月，《今古传奇·武侠版》停刊，他在媒体上受邀回答，他愿意在这里"守着衰败的武侠空城，守着光辉灿烂的武侠理想国"。在任何时代，都需要济弱扶倾，打破环境桎梏，这是侠客精神的本色，这样的精神永远不会进入故纸堆，他将继续写下去。

在脂肪中寻找肌肉

读公文是我的必修课，人们也许以为此事苦在严肃枯燥，其实不然，行文的冗余才是阅读的重担。在同义重复中提取真正的主旨，就像在层层堆积的脂肪中寻找有限的肌肉。写稿者多支出一部分无用功，阅读者再次耗费一部分时间，一重低效叠加另一重低效，每一天，我的目光就在这样的句式中徘徊：

为保护好、传承好、弘扬好黄河文化，努力推动黄河文化创造性转化、创新性发展，推动黄河流域精品力作，以艺术的方式讲述黄河故事，进一步丰富城市文化内涵，拓展文化深度、广度和影响力，扩大文化旅游消费市场，提升我市文化、活力、时尚与魅力指数，引导市民及游客感受文化魅力，体验黄河文化氛围，定于某年某月某日开展"黄河之行"民间艺术回顾展活动，制定活动方案如下：

一、指导思想

以新时代中国特色社会主义思想为指导，全面贯彻落实关于黄河流域生态保护和高质量发展的重要讲话精神和"保护、传承、弘扬黄河文化"的要求，深入挖掘黄河文化蕴含的时代价值，用艺术的方式讲好黄河故事，牢牢把握社会主义先进文化前进方向，坚持创造性转化、创新性发展，坚持以人民为中心的创作导向，深入挖掘黄河文化蕴涵的时代底蕴，讲好"黄河故事"，延续历史文脉……

这是小李提交给我的文件。眼前这页纸上，核心要点周围簇拥着大段说辞，段落与段落之间高度相似，互相复制词汇和口号。空浮的意义像浓雾一般升腾起来，包裹着草木房舍，让它们面目模糊。我得一行一行地扫视，花大力气拧去毛巾的水分，才能获得干货。

套话为什么这样流行？威廉·津瑟在《写作法宝》中说："管理者一旦上升到一定的高度，没人再去向他指出简单陈述句之美。"我承认，"不懂文字之美"也许是一部分原因，但"故弄玄虚"恐怕是更深层的心理需求，越玄虚，越没有破绽，就越安全。有关这一点，影评人梅雪风说得很清楚："套话的核心要义就是不负责任，所以不敢指向任何实际的问题，永远都只是在言语自己的迷宫里自我繁殖，用一种铿锵有力的空转作为行动的证明。"

我把小李写的这两段压缩成三五句，接着批改宁馆交来的几份文件。第一份是宁馆为领导拟的讲话稿：

今天我主要讲三点：

第一点，提高政治站位……首先……其次……再次……

第二点，落实服务措施……首先……其次……再次……

第三点，狠抓安全生产……首先……其次……再次……

多年前的夏天，我生活在部队家属院，主力军队去外地执行特殊任务，只留下姓曹的副团长和一些哨兵在院里。曹团长隔一阵就要给军嫂开会，统一思想认识。他一个人坐在大礼堂高高的主席台上，军嫂带着孩子们来听讲。台下热热闹闹，有给怀里婴儿哺乳的，有织毛衣的，几十个小孩在椅子底下爬来爬去。哨兵维持秩序也没用，孩子哇哇叫，军嫂的手叭叭打在孩子屁股上。曹团长气坏了，声音越说越高："下面我讲第四大点的第六小点，你们每个人都拿笔记下来!"

我给宁馆讲这个故事，她笑着揉我一下，说那就删掉几个"首先其次"。

宁馆交来的另一份文案是"你选书，我买单"活动宣传海报。这份文案有四五百字，对于海报来说有些长，难以突出有效信息。我保留了必要部分：活动时间、地点和具体规则，删去我认为不必要的部分：

活动宗旨：为激发市民阅读热情，营造全民阅读良好氛围，进一步提升城市文化品位，通过创新探索，努力寻求图书馆服务和读者需求共赢的良好模式，在扩大读者队伍的同时提升图书馆的社会影响，进一步推进品质碑林建设……

宁馆说："你确定要删除吗？真能删吗？"她不太敢删。从前我给宁馆改稿，比较坚决，就像批改学生论文那样不留情面。后来我发现，每当我拿着笔删去她的官话套话，她的表情像在高空中被解去了安全索，"可以吗？真的可以吗？"我就犹豫了。我改得太厉害，和别人格格不入，她会为难。

这还只是一篇短文，过了段时间，她收到一篇长稿子的邀请，更是拿不准。全国图书馆联席会议请她做代表发言，与同行交流建馆经验。会议级别比较高，出发之前，她把稿子改了又改。坦率地说，她明显进步了，主干部分写得不错，点明我馆特色，罗列选书之难，行文清晰简洁。在几条扎实的建馆经验之外，她又习惯性地加上这样的文字：

为深入贯彻公共文化"一法一条例"，完善公共文化体系建设，积极推动公共文化均等化、品质化发展……在省文旅厅和市区文旅局的支持下，在省市图书馆的指导下，我们积极开展实地调研，组织业务学习，强化实战演练……为进一步促进政府职能转变，完善现代公共服务体系，实现公共服务的总体目标，本馆在建设过程中坚持功能完善化、图书精品化、服务优质化的理念，在馆藏布局方面，有读者服务台、自助借阅机、少儿阅览室、视障阅览室、电子阅览区、期刊阅览区和一般阅览区等，力争为群众提供高品质多样化的公共文化服务……

"均等化、品质化、完善化、精品化、优质化、多样化……"我明白她想要拔高的努力，但又替她可惜，这些词汇像是学者江弱水所说的"文字的义肢"，遮挡了她真正有价值的段落。同一个会场里，有数十名图书馆馆长陆续发言。如果大家都这样说话，人们不会记得你说过了什么。

结尾部分，我建议她不用那么正襟危坐，可以试着加入文学性的词汇，比如书香啊，乐而忘返呀，活泼律动啊，或者来点人情味，说些平实恳切的话。威廉·津瑟讲过一个让公文变得温暖起来的办法，就是"找到丢失的'自我'。'自我'是所有故事中最有趣的因素"。我跟宁馆说，几乎所有人都欢迎"人情味"，厌倦套话。你在写作（讲述）套话的时候，你快乐吗？你不快乐。你不快乐，读者（听众）怎么可能快乐？你应该想办法让读者（听众）舒服，不要害怕露出你自己的个性。

我在部队家属院时，有个李团长讲话很受军嫂喜欢，因为他不拿稿子，说的都是家常话，暖人心。我们是不是也可以用类似的话调节会议的氛围，让听众放松："在诸位前辈面前，碑林区图书馆还只是一个小小的幼童，还在咿呀学语，蹒跚学步……"

宁馆一向谨慎。的确，在政府里，难得有放下规矩的松弛一刻。前段时间的一个傍晚，市政府在北郊运动公园举办露天演出，徐副市长落座在第一排中央，我在他右后侧不远处，我身后的椅子满是群众。场地四周拦着绳子，总有小孩想要钻过来看热闹，保安不让。副市长朝小孩那边张望了几眼，向左侧处长耳语，处长走到保安身边要解开绳子请孩子们进来，另一位处长从外围赶过来，拦住说这怎么能，孩子进来乱套了。第一位处长回身指一指徐副市长，第二位处长将信将疑，手依旧捏着绳子。副市长站起来招手示意，说："是我说的，让小孩来坐在我前面。"哗地一下，一群背心短裤花裙子小孩涌进来围在市长脚边上。节目开始了，水泥地还略微有些热，小孩并不安静，窜来窜去，副市长的侧影笑眯眯。

因为恭敬的氛围整日笼罩，所以我总是对这些旁逸斜出的时刻特别留心。开会时，听见生动的句子，我记下来：

省委书记在讲安全生产时说："宁可听骂声，不可听哭声。"
市委书记补充说："我们不要带血的 GDP。"
统计系统开整改会，副省长说："局部生病，我们全省都要一起吃药？但我们应该来一次立正稍息，向右看齐。歪风邪气打下去，清风正气树起来。"
……

可惜这样的片段稀有，大部分会场里只有雷同句式。我想起维特根斯坦所说："语言的边界即世界的边界。"空洞的语言背后是什么意图，刻板的语言背后又是什么意图。在这里，千人没有千面，人们把自己的个性和情感隐藏起来，再用格式化语句制造统一外表。这也许便于管理，促使内部秩序稳定步调一致，但这种语句很难获得外面的读者和听众。我局微信微博号每日推出政务新闻，年度运营费用十万元，每篇文章阅读量两位数或三位数，大半读者来自单位内部。

每个单位都有网宣支队，突然之间传令要求成员转发某个帖子，或者要求在某条时政文章下方以某个立场发言并截图反馈群里以证明自己完成任务。我想试试我的挂职身份能否让上级对我睁只眼闭只眼，让我免于这类义务。我成功了，我在网宣支队里是唯一的沉默者、安全者。可是宁馆若是不及时转发跟帖，就会招来批评。相比高校，政府人员的朋友圈内容都比较官方，一眼看去全是政务新闻，很少表露私人喜怒哀乐，但这并不意味着他们的内心也如此整齐划一。

所以，现在我往往只是给她建议，不给她定论。我带着另一套行文习惯来到这里，我头脑中积累的好文章标准在这儿不太管用，很多次我和上级的意见都不一致。曾有科长这样提炼工作要点："1个主题，2场大赛，3次培训，4份文书，5次整治……"我觉得不太好，但是上级觉得挺好。又有一次，旅游科请来一位专家教授协助撰写"十四五发展规划"，造出许多名词。其中一章名字是："文旅+"和"+文旅"。我尽量忍住，念了两遍还是想笑，这绕口程度堪比李泽厚讲康德——"批判哲学的批判"，谁能搞得清楚，可专家说上级就喜欢这种名词。专家还为民宿规划未来方向，比如建议与咖啡、演出结合，等等。其实，咖啡与演出在"一夕"民宿里早已实现，还衍生出更多有趣样态，只是专家不知道。我从他的文字想到自己从前和社会的脱离，高校里的人得多出来走走，才能避免纸上研究落后于实地发展。

为申报"全域旅游示范区"，几个科员专职修改资料，分类入盒贴上标签。他们忙了整整半年，文件不断膨胀，地面上堆不下，弥漫至沙发上，据说这样可以助力旅游发展。我们根据申报要求递交短视频，受到上级批评："完全瞎拍。不懂汇报片的拍法，打回去重拍。"接下来的一个月里，我找人重拍重剪，见识各个流派。

第一家视频公司风格淳朴。太阳从钟楼飞檐一侧冉冉上升，护城河旁一群长衫悠悠打太极，广场上的老人手持拖把自桶中吸水，一撇一捺书写在地面上，风吹动他的白胡须，字迹叠化成一栋亭子，上书"碑林"……上级说："没有特色。"

第二家团队来自高校，领队者穿着利索的夹克和牛仔裤，用一个轻巧的笔记本电脑为我们展示炫酷科技。透明地图拔地而起悬浮空中，地铁巴士线路形成动感抽象光带，几大板块如地壳运动般错落摩擦，知名景点与地标建筑以微缩符号闪烁其间……上级说："太商业了，不适合政府。"

第三家常年拍宣传片，有丰富经验。导演姓秦，比较耐心，来办公室和我谈了几次，决定另辟路径，用多种声音串起叙事线条。他将声音分为传统和现代两个部分，传统的声音有：小雁塔的钟声、西安事变纪念馆开门的声音、泡馍馆把肉汤浇入馍粒的声音、公园里下棋落子的声音、书院门里吹埙的声音、省戏曲研究院排练唱戏的声音、八仙宫庙会的声音……

现代的声音包括：环卫工人扫地的声音、环城路跑步的声音、城墙上自行车骑行的声音、顺城巷小孩嬉闹的声音、西工大学生做航空航天模拟实验的声音、湘子庙街酒吧里调酒棒轻触杯体的声音、省体育场球赛的欢呼声、SKP商场欢迎顾客的声音……

我在他的方案里加了几句：相声剧院和脱口秀场里观众大笑的场景，民宿主人在石榴架旁抖动晾晒衣物的声音……

这版方案依然未能获得上级肯定，我只有拿着纸和笔去上级办公室，听从领导具体指示。这位处长刚刚健身回来，头发的根部还

有着汗迹。他按捺着他的恼怒，用食指关节轻轻叩击着桌面："你们怎么就是不能领会上级的意图呢?"他一边说，我一边记:

1. 片名要彰显地位，建议改为:世界级旅游目的地——西安市碑林区。

2. 要突出模式和特色，对标南京秦淮区，核心宣传语改为:文旅商科融合推进的全域旅游碑林实践。

3. 增加一句:西安市文明核心单位

……

处长指出汇报片和宣传片的差别:汇报片是给评委看的，不是给群众看的，不要那么诗情画意。记住:我们的目的不是动人，而是得分。每帧影像内容必须明确，要让评委对照手中打分表一项一项画钩，不能得分的画面是无效画面。随后他推荐一个常年拍汇报片的公司帮我改造提升，并划定最后期限，一周内如果还不能将视频修改完毕，就取消我们的申报资格。

几天后的修改版本扰乱了我的审美观念。其实我第一次见到剪辑师时就有不良预感，她大概五十岁，言语迟缓，观念老套，毛衣宽大变形，裤子是旧款式，和旅游鞋不太搭配。最终她提交了作品:片头依次增添省领导、市领导、区领导到各个景区和街道视察画面，紧接着一个蒙太奇，五份红头白底黑字长方形文件自画面上方依次落下，呈扇形叠放，布满全屏。顶部跳出八个大字"组织得力，制度规范"……

和我一起观看视频的几位科员张嘴愣住，无法相信最终版本是这种风格。然而期限已到，我别无选择，只有提交。上级看过以后很满意，夸这家公司妙手回春，完美弥补了我们之前的过失，汇报片就应该这么拍。

局长对我说:"按理说你以前是教美学的,应该水平够啊,你怎么总是理解不了上级的审美要求?"我无法回答这个问题,于我而言,院子里的体系是一个全新的审美评价体系。

晚间,我收到外国朋友 Dane 的求助。他在云南大理的一所国际中学教英语,平时借助翻译软件理解各项公务通知。这天,他的学校下发了一段文字要求背诵演出:

绵绵细雨,轻柔地落地,带着呢喃。穿行在旖旎的羊肠小径,微风拂面,一阵寒意,抵不过心底喷涌的暖流,那是心的共享,情的温存,飘在大山的心窝。就这样,走进了帮扶的旅程,伴着泥土的呼吸,耕耘的馨香在红旗下揉捻,还有那不知名的狗尾草,疯狂地向上蹿动,触碰温暖的手心,横在田野,留下不屈的容颜。秋风扫过,树挽留不住叶子,长征之精神永在,藏在你温润的双眸,一眨眼,感动一片,贫困,不再是一个孤单的影子,因为爱,把心织在一起,汇聚致富的康庄大道,把美丽的中国梦传递。握在你的手心,愈紧愈坚。

Dane 试了几种翻译软件也看不懂其中的意思,只有请我帮忙。我也只能说声抱歉,这完全超出了我的翻译能力。

这一幅里没有爱情

我的邮箱陆续收到书目。《童话世界》杂志主编白海瑞精选了最新绘本，出版人方黎明推荐一套民国经典名著重印版：鲁迅《朝花夕拾》、张爱玲《流言》……按照当年问世时的排版原模原样复刻，封面多是茶色，装帧古朴，薄薄的小册子惹人喜欢。

福建师大章文哲老师列出电影学书目；天津大学王博老师专攻计算机与人工智能书籍；编剧范胜震主推趣味历史和西方诗歌；媒体人阿九的推介偏重于法律和政治；大专老师潘瑾力荐非虚构作品——梁鸿的梁庄系列和何伟"中国纪实三部曲"；独立编辑孟昆玉偏爱奇幻题材，山白朝子《胚胎奇谭》、梦枕貘《阴阳师》等东方故事是她一贯兴趣所在，新近她又发现了英国作家多丽丝·莱辛《裂缝》，一个单性繁殖的女性族群抛弃偶然生出的男婴，后来男婴在老鹰帮助下成长为对立的男性族群。

有一份书单略微异样，来自陌生的发件邮箱，打开来看，是繁体：

书單標準
1. 80%以上爲豆瓣評分 8.5 以上
2. 好讀有趣的入門書籍爲主
……

这份书单一共一百八十种书，分为十四大类：自然科学、社会学、历史、学科史、传记、哲学、心理学、小说、西方小说、东方小说、人类学、伦理学、商业、经济、文学评论。这些书里，有科普入门：

《現實不似你所見》
《果殼中的宇宙》
《給忙碌者的天體物理學》
《上帝擲骰子嗎？——量子物理史話》
……

有艰深的哲学原典：

《純粹理性批判》

也有难度适中的社科名著：

《二手時間》
《囚徒的困境》
《天真的人類學家》
《洞穴奇案》
……

中文小说包括白先勇、王小波、莫言、余华和钱锺书，西方小说首先出现的是毛姆，这是很多文学爱好者的必选项，相对轻松易读。毛姆旁边是福克纳《我弥留之际》，意识流中有着呓语，十五个叙事者的五十九段独白挑战读者阅读习惯。更为复杂深刻的陀思妥耶夫斯基《卡拉马佐夫兄弟》紧随其后，为书单增加重量。

　　书单编写者并不认识我，只是在微博上发现我在建图书馆。我给他打电话，听见一个年轻的声音。他叫唐金，籍贯台湾，在大陆长大，习惯用繁体字。这个书单是他几年前做好的，那时他在澳大利亚墨尔本学习数学和数据科学，日常生活多用英文，有时想读汉语书，于是创办华语读书社团"素心文会"。他们几个创始人来自不同专业，分头行动，参考书评网站榜单和评论筛选书籍，花了几周时间推敲书目，制定阅读计划和主题，又依次找到电子书，分发给社团成员。对这件事感兴趣的有学生，也有当地职场华人。他们每月交流讨论，在墨尔本一共举办过数十次活动。这个书单虽小，但其趣味和难度挺适合区级图书馆，是我的意外收获。

　　好几个朋友推荐同一套书《那不勒斯四部曲》，方黎明说它写的是少女之间的吸引、嫉妒、竞争、同情，相互羡慕又彼此伤害的过程，二人命运在漫长时代中的对位与纠缠又不仅仅是私人恩怨，"而是一部从女性个体角度来书写的意大利近代史"。席沛瑶的推荐理由更私人化，她在怀孕期间一口气读完四本，眼看着主人公莉拉长大，熟悉莉拉少女时期的情事，目睹莉拉婚后的不幸，感受莉拉做母亲的欢欣，又突然得知莉拉的孩子失踪……看到这儿时，席沛瑶正好临近生产，膨大的腹部皮肤有时像波浪一样涌动，胎儿在其中伸展，她强烈体会到书中母亲失去爱子的痛楚。贫民区的莉拉从小勇敢地对抗身边的男性环境，生产的过程也是和自己身体搏斗的过程，最后她爱的孩子丢了，她也走了，没有人知道她到底去了哪儿。与这套书相伴的数十天，沛瑶时常想起自己的少女时代，现在自己要当妈妈，角色的转变过程当中，自己丢失了什么，又可能获得什么新的力量？那不勒斯的莉拉，其力量似乎没有上限，沛瑶也想象着自己在未来如何攀越高坎。

我找来这本书看，版权页上写着"第14次印刷"。它被一些人批评为"太像日记，节奏太慢"，但我相信，这也正是另一些人狂热喜爱它的原因。其叙事速度之匀之耐心，会让读者觉得自己在被陪伴，而不是被牵引。它对两个心灵之间漫长互动的描述，缓解了读者的孤单。而且，它选择了一个"不那么天才"的女孩的视角，也更让读者亲切，而不是自叹弗如。它的结构像玉米发糕：松，软，家常。

沛瑶推荐的另一本畅销书是萨莉·鲁尼的《正常人》。在此之前，我只知道同名英剧，并不知道原著。这又是一部和青春成长有关的故事：一对恋人曾像屋檐下躲雨的小鸟一样抵着头互相温暖，后来天各一方。作者萨莉·鲁尼出生于1990年代，出版此书时只有二十七岁，擅长用琐碎对话描写青春的疼痛，既被誉为独具才华的新生代作家，有时也会受到"太絮叨""太矫情"的批评。《那不勒斯四部曲》和《正常人》的畅销，让我看到了曾被我忽视的庞大群体需求，它们确实应该进入我们的书库。

沛瑶约我喝咖啡，送我一副软陶耳钉。我没有耳洞，把这两朵小花钉在我衣裳上。她和我说起童年的害羞往事。大概五年级时，她在爸爸书架上挑中村上春树《挪威的森林》，人生中第一次读到与性有关的段落：直子、绿子……那些朦胧的描述让她惊诧。那是五月的初夏，天气升温，她躺在床上悄悄翻动书页，脸红发烫，心脏乱跳，不敢让家人看到。随后，她就一本接一本地读起了村上春树。

在我收到的书目里，"村上春树"是高频词汇。我的学生，设计师王一帆也对村上君寄寓着特别的情感。他第一次接触村上小说就感到一种奇异魅力，《海边的卡夫卡》中主人公田村卡夫卡做的每一步选择，正好就是王一帆内心的选择，这让他亲近又恐惧。田村卡夫卡背负俄狄浦斯式的诅咒，被预言将来会弑父恋母，于是拼命想要逃离这个预言。在这样的情节中，王一帆慌乱地感到内心的折射，发现自己潜沉的欲望。合上书页时，他似乎看见自我的形状从雾翳中凸显，像雨后的枝叶一般疯长。此时他再环顾同龄人，突然觉得自己成熟，别人幼稚。他和周围的人好像疏离开来，反而和小说中的人是一个时代。阅读村上是他成长的重要节点，将他一下子揪起来，离开从前的混沌，敲醒内心的孤独。《海边的卡夫卡》之于他的青春期，不亚于喉结与胡须。

三年后，这本书又在他生活里划过一道甜蜜痕迹。高中放学，校门口咖啡馆里坐着一个穿校服的女孩，手中拿着《海边的卡夫卡》。第二天放学，王一帆拿着同样的书去咖啡馆，那女孩也在。他故意没带钱，携着书去女孩身边试探性地问，能不能借一杯咖啡的钱。女孩看了他书脊一眼，他说："如果你能借给我两杯的钱，我希望我可以请你喝一杯。"女孩点点头。两人一边喝咖啡一边聊村上春树，话题抵达深处不免对视，心里明白，有些事情要发生了。

村上的书籍出现在中学生书架上，在王一帆的父母看来不合时宜。父母不允许他看任何娱乐性书籍，只为他购买"中小学生必读书目"，强迫他看，他抵触万分，翻开一页就停在那里，根本不动。甚至在十多年后的今天，任何书籍封面上出现"学—生—必—读"几个字都会让他感到烦躁。中学时期他偷偷去图书馆或书店看"娱乐书籍"，把腿都蹲麻了，瞒着父母读完村上春树被译成中文的所有小说、游记和散文。有一次，书看到一半被人买走，他很着急。直到有一天他有了自己的淘宝账户，可以用零花钱自由买书，异常幸福。

他说村上不是一流作家，但村上作为一个跳板，把读者引向高处。离开这个跳板，他可能不会信任别人的推荐。村上春树和指挥家对谈的《与小泽征尔共度的午后音乐时光》是王一帆在古典音乐方面的最初启蒙。此前他只是按照父母的安排学习钢琴，不太理解音乐，也厌烦曲谱。但这本书使他一下子来了兴致，把书中提到的碟片买来，先听，再看村上对谈的文字。时不时地，文字跟他自己听的感受有一点重合，推着他往前走，他将乐章乐句来回对比，听觉变得更精微。听说巴赫当年慕名去听管风琴大师演奏，自己穷到身无分文，这样的故事让他动容，他开始追随艺术的至纯理想，也渐渐成了古典音乐迷。我家里的几张 CD——古尔德、斯塔克、傅聪，都是从他那里来的。

"老师你没有听过这张？那我一定要送你。"他一向乐于分享自己喜欢的东西，发来的书单也处处细致。这么多邮件里，唯有他专门填写"出版时间"这一栏且精确到月份，也唯有他列出每本书的ISBN 号，13 位数字。输入阿拉伯数字是件繁琐的事，我本来要自己来做，但他就是这样的人。有一次我邀请他们几个学生来家宴，他提前一个月就开始准备，问我家里有没有冰格、喷枪、高脚杯，有无香氛物品，具体什么味道。又问我家楼下菜市场有没有欧芹碎和烟熏甜椒粉，芦笋是白秆儿还是绿秆儿。雪花和牛要什么等级？羊排是否需要新西兰的？他人在杭州，全都一一买了寄来。

他白天在公司上班，晚上帮我摘取优质书籍做书目，一共推荐了一百三十二本书，基本是设计类书籍，其中七十七本外文书，大多来自香港 Victionary 出版社和德国柏林 Gestalten 出版社。这些书得用外币买，上大学时他曾和同学凑份子买来轮着看，像是好奇地钻进山洞，在里面寻找有趣的创意。现在既然图书馆要采购书，他默认我们有足量资金，可以不计成本大量购入。

Gestalten 这个词来源于 Gestalt（"格式塔"），寓意"整体不等于部分之和"，官网宣传语"我们的愿望是：相互启发"。该出版社专攻视觉艺术，在业内享有盛名，出版过全世界最小的书，绿豆粒大，全彩、皮套，共二十四页，不是闹着玩，是真的可以用放大镜阅读。我见过 Gestalten 的《蓝色血脉》，记录痴迷于牛仔文化的群体，封面斜裁了一块真正的牛仔布，衬着人像摄影，构图和质感双重美妙。Gestalten 策划的选题有小众生存方式《新游牧民》《隐士建筑》，也有都市生活美学《咖啡厅、餐馆内景实例》《如何建造美好家园》。王一帆特意推荐了比较时尚的书：Gestalten 与瑞典"宜家"（IKEA）品牌合作的《理想城市》以及和伦敦杂志《单片眼镜》（*Monocle*）合作的系列《让房子与你的灵魂契合》《完美店铺设计指南》。这些书籍不像奢华杂志那样闪亮，它比较含蓄，采用亚光纸张，大豆油墨印刷，质感细腻，运用迷人而复古的衬线体，页面排版设计精致，读来舒适。

有点麻烦的是，Gestalten 官网复制不了文字，而王一帆又特别喜爱这个出版社，于是他耐着性子把一个个字母敲进我的表格，再校对一遍。

我看着这份书单，感到尴尬，不知该怎么回复他。一百三十二种书籍中的七十七种外版书全都不能采购。责任在我，我事先并不知道他会开出外版书目，所以没有告知他。上级曾建议区级图书馆不必买外版书。我去争取过，但这类书籍审批流程很长，而我们这次采书时间紧，暂时无法考虑。

这样一来，他的书单就只剩下一些中文译本，比如原研哉《设计中的设计》、柯布西耶《直角之诗》、杉浦康平《文字的力与美》《造型的诞生》……

我说："我用一顿家宴弥补你显然是不够的。"

他一声长叹。

早晨，夏目比平时早一个小时到店，打开蓝色卷闸门，把几盆花搬到门外晒太阳，影子还长。绿色嫩麦穗养在花瓶里，麦穗缝隙中掉了一颗咖啡豆，嵌在那儿倒像一枚棕色麦粒。这个瓶子从冬到夏少不了野枝，朋友们知道店里的习惯，总会捎些来做礼物。春天的樱花刚刚在吧台热闹过，过阵子可能会有袖珍绿石榴。秋天有枫叶和柿子，红红地悬在玻璃瓶口。

夏目把自己家的成套漫画书搬来店里，摆放整齐，免费给顾客看，这个店于是吸引了好多漫友。万圣节大家玩起 Cosplay，戏服晃荡在马路牙子上拍照。夏目也尝试了长头发，朋友们起哄，让他穿裙子。

我在这喝过几次咖啡，注意到这儿浓郁的漫画圈子，猜到夏目是内行。最近读者呼吁我馆增补漫画，但我自己不熟悉这些，也许我可以请夏目帮个忙？他不怎么笑，似乎是个羞涩的人。我不知道怎么跟他开口，会不会冒昧，后来通过熟人给夏目打个招呼，他同意了。

今天他来得早，是要跟我讲讲漫画的门道儿。去年我查阅经典漫画榜单，把《灌篮高手》《名侦探柯南》这些纳入图书馆，但还缺少最新动漫的消息，也一定遗漏了优质小众作品。

他走出门，在花盆里掐了两片新鲜薄荷叶，又回到桌前切了一片柠檬，放进水里递给我，坐下来跟我聊。

他告诉我，好的漫画故事一般会有多个版本，合在一起简称 ACG 或者 ACGN——Anime（动画）、Comic（漫画）、Game（游戏）、Novel（小说）。早在 20 世纪中期，欧美和日本就有了稳固的漫画消费群体，而中国漫画经济的兴起则是 1980 年代以后的事。从 1980 年代的电视、图书到 1990 年代的录像带、DVD，再到 2000 年后游戏机、电脑和网络的普及，媒介的一再更新使得全球 ACG 市场骤然增长，日本京都精华大学甚至专门开设了漫画学科。

漫画和动漫都是由二维线条构成，人们称其为"二次元世界"，真实世界则是"三次元世界"。夏目常去的几个"二次元"网站累积了稳定用户，这个庞大而年轻的群体为汉语世界创造了海量俚语。对于年长的人来说，也许需要借助流行语辞典才能明白其中的意思：

萌妹：可爱温柔的女孩。
腹黑：表面友善实则城府很深。
中二：像中学二年级学生一样幼稚，比如走着走着做出投篮球的姿势。
……

漫友们还总结了漫画剧情走向规律：

萌即正义
十一集回忆定律
正派胜于嘴炮，反派死于话多
……

漫友聊天常用行话，比如《银魂》，你能从中看出来多少暗藏的小机关，就能证明你有多资深。书中埋伏了不少经典漫画场景：《圣斗士》《海贼王》《死神》《死亡笔记》《火影忍者》《幽游白书》《七龙珠》《高达》《犬夜叉》《网球王子》《棋魂》的桥段都糅合到书里以恶搞方式频频出现。在店里叽叽喳喳交流这些段子，是朋友们的一大乐趣。

我找夏目看来是找对了，我搜寻漫画的方法太业余，夏目的信息渠道和我不同。真正的漫友总是定点蹲守在"二次元"网站，第一时间获取每月"新番"。他们只看一个版本根本不过瘾，遇到喜欢的作者就一定要深挖考据，探究虚拟世界深处的蛛丝马迹，勾连起来获得巨大的兴奋。譬如一个故事，讲的是人类被带入游戏中，从第一层打到第一百层。动画版比较短，有那么几十层一掠而过。小说版就很详细，每一层的人物心理都充分展开。夏目把动画、小说、漫画三版全部看完，得到一个更加完整的主角，好像陪主角走过了三重人生。

小时候夏目害怕黑夜和鬼魂，但是一些漫画把妖怪刻画得特别可爱，变成身边的朋友，说话还有口头禅，挺逗的。慢慢地，夏目就不再怕黑。他给图书馆推荐的《夏目友人帐》就是这样温柔的作品，他的网名也自此而来。一个小男孩从外婆那里继承了神奇的账本，上面记录一些妖怪的名字。有这个账本在，妖怪就必须听从男孩的命令。妖怪来找小男孩要回名字，想恢复自由。而男孩想倾听妖怪讲述他们跟外婆之间的点点过往，一个名字开启一段小故事……后来我回家看了动画版，水彩鲜润，那样的庞然大物坐在林荫中的小凳子上，噘着嘴撒娇，有种反差的喜感。小朋友们应该会爱上这部漫画吧。

夏目一边做蛋糕一边给我科普：漫画可以分为热血番、战斗番、穿越番、恋爱番、体育番、日常泡面番……恋爱番，青春期的孩子比较迷这些。比如《冰菓》，男生女生的青春校园，一把伞，一场雨，都能催泪。《月刊少女野崎君》充满搞笑日常，够甜。体育番里《灌篮高手》地位稳固，随后《网球王子》《黑子的篮球》也都风靡过，但情节略生硬，拼到最后都是超能力：球会拐弯，打到空中满都是球，完全不理会牛顿力学。这就像电影编剧常诟病的"天降神兵"一样，逻辑薄弱。但是《排球少年》不一样，这也是夏目更希望我能采购它的原因——它老老实实讲故事：主角一开始接触排球也很懵懂，磕磕碰碰，和团队伙伴慢慢磨合才强大起来。情节步步铺垫，全程没有超能力也没有刻意的戏剧性，只是展示一个人物的成长。网站弹幕里纷纷表白自己的死忠："我八刷""九刷在此""我已十六刷"。

夏目让我挑选咖啡豆，他做来给我喝。我选择了最长的标签"百香果乳酸菌发酵水洗"，听起来奇异，闻起来有明显的果香。我问他为什么痴迷漫画，他说小时候第一本看的是《宠物小精灵》，扎进去就觉得漫画似乎是一方净土。大人的世界太复杂了，人性那么难防，而漫画角色性格特别鲜明，单纯，不世故。那种口袋本漫画五块钱一本，对一个小孩的存钱罐来说还挺贵的，可他买起来就是刹不住。

渐渐地，漫画把他带到新的领域。比如《四月是你的谎言》，男钢琴家跟女小提琴手的故事。很多漫友的古典乐启蒙是源自这部漫画，大量古典音乐和剧情紧扣，看完忍不住想要去了解曲目，体会其中包含的感情。还有《文豪野犬》，全球文豪集结在一起，各有各的异能：纪德的异能叫"窄门"，通过"窄门"能够预见未来并进行修改；玛格丽特·米切尔的异能叫"飘"，可将物体风化；霍桑可以将自己的鲜血变成"红字"；麦尔维尔轻松召唤一只在空中畅游的"白鲸"；而斯坦贝克在宿主身上种植葡萄，连接树木，用"愤怒的葡萄"束缚敌人。[1]这些异能很容易让读者产生好奇，这跟作家原来的作品是否有关系？接着就去找原著看。

夏目平时收藏手办人偶，放在操作台边的有三五十只，大长腿的美少女战士簇拥着装满咖啡豆的玻璃罐，这样的环境让他感到舒

---

[1]　漫画的这些情节设置用诙谐的方式化用了文学名著，《窄门》《飘》《红字》《白鲸》《愤怒的葡萄》分别是纪德、玛格丽特·米切尔、霍桑、麦尔维尔、斯坦贝克的著作。

适。最精致的那个人偶放在高处，是他从海外淘回来的，我问了问价钱，吓我一跳。

流行语辞典将典型漫画迷称为"御宅族"，特征有：

1. 痴迷 ACG。
2. 疯狂购买和动漫有关的产品与服务。
3. 有小众爱好，不太善于与外界交流。

这三条夏目好像全中。"宅男＋漫画＋咖啡"这三者搭配起来特别稳固。

有些漫画夏目不太舍得推荐，想私藏，又思忖着告诉了我。比如《虫师》，和别的漫画相比，它的故事很淡，不煽情，轻声叙述。独眼虫师出现在山峦当中，旁观人们如何面对自己的贪嗔痴，宿命如何难逃。画面清静而孤寂，在水墨般的笔触中晕染情绪。观众的情绪也就没那么激烈，不会大哭大笑或者热血沸腾。看这样的漫画需要年龄稍微大一点，大概才能品尝那份冷吧。

从前夏目在酒店后厨做甜点，不和顾客直接接触。待太久了仿佛与世隔绝，想出来和人聊聊。但他又不喜欢过于热闹的地方，这个小店的面积就刚刚合适。店面装修并没有特别粉饰，从外面看起来甚至像个修理铺，保留着旧屋的痕迹。门口有个招牌，写着店名"北方小咖啡馆"，底板肌理整齐，是一块搓衣板，那平行的凹凸纹路利用得恰到好处。店主把门口的水泥台阶往右延展几步，铺了简单的木板，你说它是个座位，它就是个座位。这样不矫揉做作的气质吸引了性格相投的人们。

隔壁是精酿啤酒馆，有时候，情伤的姑娘哭泣，混合着咖啡和酒，诉说到天明。夏目也就陪着，不能打烊。夜里的巷子热闹，客人从门里蔓延到门外，坐在台阶上，端着咖啡，吹着晚风，聊到夜半，倒像是个大杂院。

咖啡馆前台装框挂起来的几幅手绘漫画是一位姑娘伤心的源头。她花了很长时间，画了《火影忍者》和《海贼王》，约了喜欢的人喝咖啡，送给他，慌忙离开。过了几天她再来咖啡馆，发现两幅画靠在角落。那个男人没有接受她的礼物，离开的时候执意把画留在店里。

"火影、死神、海贼王"，民间俗称"三大漫"。那个姑娘哭到凌晨三点，夏目说："你干脆再画一幅《死神》吧。凑齐三大漫，我们挂在店里。"

现在这三幅齐了，中间那幅画工似乎略差。我不认识人物，我问夏目，中间这幅是不是《死神》？

他笑："是的，区别挺明显。你一看就会发现，它没有其他两幅那么精细。"

我大声说："因为这一幅里面没有爱情！"

书房里， 你不是孤身一人

小吕的身体蜷起来钻在一辆图书拖车里，脖子弯着，头往前探，手上拿个相机，大长腿缩在小地方挺费劲。我一进馆就看到这一幕，问他在捣鼓什么。他说在拍短视频，有些运动镜头手会抖，馆里没有滑轨设备，他发明了这个办法，拖车上面再架个三脚架，还挺稳。正说着，韩洋来了，拉着小吕的车往前走："杨局，瞅瞅我们这运镜，专业不？"

我来馆里是为了找小吕一起编目。第一步是查重，朋友们发来的书目，可能和既有馆藏重复。小吕有书库管理权限，可以批量查重删减，节省时间。第二步是确定 ISBN 号。ISBN 相当于书籍的身份证号，每版书的号码独一无二。我收到的书目都是朋友业余编写，绝大部分没有 ISBN 号，只有书名和作者。若是涉及不同版本，就得我来甄别。古代文学和外国文学最容易出现这种情况。比如明清小说，一些小出版社把价格压得很低，打着"少儿版"的旗号随意删改。我顺手搜了一版《红楼梦》，艳红翠绿的衬底，林妹妹形象是简笔涂色而成，颜色平铺，脸歪着，整本书不过一指厚。丹纳的《艺术哲学》有二三十个版本，译者都是傅雷，有的无图纯文字，有的配黑白插图，有的配彩插。彩插数量各异，排版也有美观与敷衍之分，得去售书网站查看图文示例再做决定。

《安徒生童话》版本就更多了。其中一篇《海的女儿》，叶君健译本的开头是这样的：

在海的远处，水是那么蓝，像最美丽的矢车菊花瓣，同时又是那么清，像最明亮的玻璃。然而它是很深很深，深得任何锚链都达不到底。要想从海底一直达到水面，必须有许多许多教堂尖塔一个接着一个地联起来才成。海底的人就住在这下面……

另一个版本的开头：

海王有一个美丽而善良的女儿小人鱼。她常常到海边玩耍……

小吕站在我右侧，看着电脑屏幕上出现这样的文字，大为惊讶："我都不知道，版本之间的差别这么可怕。"

这天我收到赵文的书目，共三百多册，数量居首位。前半部分多是哲学：亚里士多德、弗洛伊德、荣格、斯宾诺莎、阿甘本……后半部分庞杂：《剑桥科学史》《地球编年史》《私人生活史》《劳特里奇哲学史》《上帝掷骰子吗？——量子物理史话》《山川悠远——中国山水画艺术》《黄泉下的美术——宏观中国古代墓葬》……

这张书单如同东西南北菜系，摆得满桌满眼，倒也符合我对他的认识。赵文是北京大学博士，学文艺理论出身，有人评价他："赵文人如其名，说话做事都是那么斯文。"我忍住笑，没有说话。我所熟悉的赵文外号"赵神"，精通领域包括：电视剧《乡村爱情》、相声曲艺、恶搞弹幕、种田网文①以及福柯和斯宾诺莎。他喜欢喝酒，微醉时唱秦腔和京剧，更拿手的是一首《博士泪》，绝活儿，天底下除了他没人会唱：

---

① 一种网络文学流派，主角在一片土地上逐步发展农业、科技及军事制度，强大之后打败对手。

伦巴恰恰恰，

啦啦啦啦啦，

一步踏错终身错，

考上博士为了生活……

此曲原名《舞女泪》，满是缱绻柔情，20世纪80年代颇为流行，歌词里所有"舞女"都被他换成"博士"。他装出沉痛的样子，继续抒情：

博士也是人，

心中的痛苦向谁说，

为了生活的逼迫，

颗颗泪水往肚吞落

……

他双手捂在胸前如西子捧心，逗得我们大笑。第二天酒醒后，他又变成了那个"斯文"的赵文。

多年前我认识他时，他是个戴着眼镜的大胖子，后来突然瘦下去三分之一。我好奇他怎么减的，他说："给我一张A4纸那么大的地方，我就能减肥。"对着《乡村爱情》电视剧，他站在原地做运动，减下来三十公斤。

他总是有独特的经验。教育孩子，我问他侧重什么，他说："身体性比书本性重要。"我想知道他管理时间的方法，他看了那么多网文，发了那么多弹幕，怎么还能一年译几本书。他说："很简单，我的秘诀是：五个一小时。这五个一小时里，你要绝对集中精力，排除一切干扰。其他时间你随便玩。真的，每天五小时高效工作，足够了。"他平时也教书法，我问他为什么我的捺和钩总是写不好。他指指脚后跟，说："写字时手指要捻管，但捻管要从脚后跟发力。"我噗地笑了，他不笑："真的，我小时候跟石宪章老师学写字，他就这么说的。"

我想让他给我讲讲为什么推荐这三百多本书，于是去了他的工作室。蛛网结在窗帘和窗框之间，桌上的书四仰八叉坐卧不宁，只余下一尺见方的空间。

我们首先从历史类和传记类聊起。在他看来，人文学科中，除语言学之外，历史学最接近科学思维。它的对象是有规律性的，展示力量的对比、走向、结果。而传记就是榜样，人物细密的生活史会激发读者对未来的憧憬，努力突破自身的局限。譬如莫洛亚的几本作家传记，写普鲁斯特的，拜伦的，都精彩。布莱希特《伽利略传》展现真理与谎言的斗争，古留加《康德传》梳理思想脉络，从问题出发去理解大师，而格林布兰特写莎士比亚的《俗世威尔》复原了时代的风土人情。

他给我举例，传记能给人带来什么样的动力。他十八九岁时读了《巴尔扎克传》，于是立志读完《人间喜剧》。九十六部小说背后是巴尔扎克的宇宙，人物众多，繁而不乱，构成全景式的宫殿，他花了一年多时间沉浸其中，就是因为当初那本传记的引子好。

最近他正在翻译《斯宾诺莎导读》，在 17 世纪的知识质变中，斯宾诺莎非常奇特，一个献身知识的犹太商人，白天磨显微镜，晚上研究哲学，好像隐士，跟周围的人没有太热烈的交往，但他和全欧洲的人在隐形对话和通信。他的朋友、学生、面包师、葡萄酒商，在向外拓殖的热潮中沿着海岸线传播他的思想，又把外来思想反馈给他，他吸收之后转化为无懈可击的东西。他终身未婚，知道什么是幸福。罗素说过："斯宾诺莎是伟大哲学家当中人格最高尚、性情最温厚可亲的。"谈到斯宾诺莎的《伦理学》时，赵文稍微有些激动："一共五个部分，从任何一个概念进去，内部都是一个系统，一个概念通向一个概念，美丽的网状，非常缜密。黑格尔说，要么你做的哲学是斯宾诺莎式的，要么你做的就不是哲学。"

"赵神"手上没有拿任何资料，空对着我，讲了一下午亚里士多德、斯宾诺莎、荣格并清晰复述《伦理学》每一章节的内容，叮嘱我要按34251的章节顺序去读。我脑子里滋啦滋啦像电焊般频闪，手指快速地记。这样密集地接收陌生知识，我又累又饿。"赵神"被老婆电话叫回家吃饭，哼着戏曲跟我说再见。

几天后，我开始阅读《伦理学》。讲伦理，斯宾诺莎不是从空中抓一把就讲，他用几何学和物理学的方法拆卸、组装、延展，如同多米诺骨牌那样逐一推导这些词汇的定义："愉快、欢乐、耻辱、懊悔、懦弱、轻蔑、谦卑……"他像是在砧板上日以继夜地捶打，手下铺展开来的银条宽阔又柔韧，找不到漏洞。

与赵文的交谈让我意识到，请教书目的事，如果能当面聊，就不要只是打个电话。接着我打算去陈越老师家里，陈老师发来这样一段话：

2号线地铁某站下，A口出，人行道上逆行往回（北）骑行，到某路（某大学西门外玻璃天桥处）向西（左）拐，一直过两个路口（某某路，某某路）就到了，给我打电话。

我笑了，目光来回看着这几个括号。它们如同轻轻摆动的摇篮，让我做回孩童，停在里面享受照顾。

我在他小区里寻找楼号，远远有人叫我名字，高处阳台上他朝我挥手。一进他家房门是张书桌，透明塑料文件袋里摊开一本法语著作，袋子的按扣合拢，像固定一只蝴蝶标本一般把书轻轻拢住。书只能老老实实撑开在那一页，胳膊腿儿动弹不得。这是他发明的妙招，他常年翻译，驻留在原著中逐句琢磨，又怕油污折损，试来试去，这个简易袋子比复杂固定架好用，尺寸刚好容纳，透明直视、防灰防水还便携。"这样的话，一本书译完了，纸张还是干干净净。"

他对书的珍视大约从十三四岁开始。1980 年的春节，大年初一他起得很早，天还有些冷，他用馒头夹了辣子，又从桌上抓了几片脆黄的炸麻叶，匆忙吃了几口赶紧出门。当时的书店有一条不成文的规矩，攒在春节卖绝活书。所谓绝活书，就是刚刚重印的古典小说之类，四大名著，《东周列国志》《儿女英雄传》，还有《古文观止》《唐诗三百首》，都紧俏。

北大街新华书店在当时只是一栋二层小木楼，不知道几点开门，也不知道当天究竟卖什么，大爷大妈穿着棉袄站在寒风里等着撞运气，陈越庆幸自己排在第三名。队伍的尾巴越缀越长，蜿蜒在街头，人们议论着今天可能买到啥。哗啦一下，门开了，桌上地上都是书，好些没听说过的名字。他是队伍里为数不多的小孩，兜里没什么钱，只敢向售货员说句"我要一套《三国演义》"，高高兴兴抱回家。那个春节，那套书没有离开他手边，走亲戚一直带着，在哪间屋子里都能随时打开一份快乐。他开始觉察到书的神奇。家长照例在医院岗位上忙碌，从前他觉得孤单，有了书之后，无人的房间也似乎充盈着什么，那不可见的力量扩张开来，成为陪伴。

他上大学时物流还是很慢，一本书从出版到读者手中需要一段时间。坊间飘来各种各样书讯，他打听着小道消息，从北大街新华书店出来，再进入解放路新华书店……计划经济是配额制，每个书店分几本，读者之间比拼逛书店频率，渔网细密才能捞着鱼。如果碰巧遇见心中所好，不管打不打折，他不再货比三家，立即拿下，怕被别人抢走。

附近书店老板都和他熟，这个圆圆脸的年轻人每天都来，还会带来书讯，老板们尤为欢迎。后来陈越自己做了大学教师，受邀在东六路的一家书店兼职划书单，手持出版社印制的书目，拿一支笔打钩，建议老板哪本书进多少量。

1994 年，西安南门外的体育馆举办全城书展，适逢陕西小说界热浪，别家店铺摆满了《废都》《最后一个匈奴》《白鹿原》，不免雷同。陈越所在的书店偏偏不一样，几乎全是学术书，三联、商务、社科、西方现代学术文库、尼采、海德格尔、本雅明、萨特……都是他挑的，店里一下子围满了人。这家书店随后也因为选品独特而名声大噪。

他挑书经验丰富，把书当做宝贝零零星星攒起来，攒到快结婚的时候，挺大一个书柜一直顶到天花板。婚后第一次搬家，书装满三十个纸箱。第二次搬，一百箱。现在又要搬家，得三百个箱子。

他坐在沙发上和我说话，沙发的盖布是家里的毛巾被做的，凸凹不平的浅黄浅绿割绒图案，圆形波点挨着长条纹路，是二十年前常见的花色，绒毛纤维已经磨短了，稍稍有些发硬，但是洁净平展。这两年他病休过一段时间，头发的发丝比从前细，茸茸的感觉，少了些亮泽。他的脸色透出深红，颜色不均匀，有血丝浮现，耳垂上有折痕，可能是高血压的症状。他经常劝我要以他为鉴，年轻时不要熬夜。我说老师那你现在也别熬夜啊，他笑："我是没办法，褪黑素起不了作用，睡不着，只能继续工作。"

他的书房里有几个玻璃书柜，前排书挡住后排书，地上的书又挡住柜门，还有未拆封的纸箱，半墙高，勉强让出一条窄路，容单腿通过，去找一本书得翻越重重障碍。他的书多，却不乱，从古希腊的柏拉图、亚里士多德开始，按年代顺序依次排列作者。大量套装并排而立，给人舒适感，细看书脊又是新旧杂陈。原来，套系中缺失的单本，是当年众人企盼的尖货，印量少，他第一时间没买到，就想方设法在二手书店补齐。我在他书架上见到列维·斯特劳斯四本《神话学》，是繁体字版。那是 2000 年，当时香港西洋菜南街的那些楼上书店都没有全套，为了把一套凑齐，并且找到合适的价格和满意的品相，他一下午爬上爬下，把各个书店跑了几个来回。

从前逛书店方便，小书店到处都有，20 世纪 90 年代的师大路有七八家书店，每家的社科书架他都熟悉，上下打量一遍就知道增加了什么减少了什么。现在的师大路有着明确的口号"保护文化"，却没有一家书店。他也几乎不再在街头买书，很多网红书店桌椅美丽，又有绿植咖啡和手工布艺，衣着鲜亮的年轻人四处寻找背景拍照，但是书放得极高，人根本就够不着，叫服务员也叫不来，去一次就灰了心。城市南边的汉唐书店、曲江书城，北边的万邦书店，规模都比较大，可是他长期不去就对格局不了解，站在书架前，往日那如数家珍的感觉消失了，满目都是走错了营地的士兵，找书要费很长时间。这些麻烦渐渐在内心叠加为排斥，他索性全部网购，微信公众号和朋友圈的书讯都及时，不会错过好书，但是拿在手里又觉得这比从前还是损失了一些乐趣。街上买来的书自然带着街的印记，在哪儿淘的，和老板怎么说的，看着书脊和封面，当时的场景都能在头脑里重现。网购书籍没有承载这些，它们脱离了街巷之间的气息，从一个没有生命的电子页面来到自己的书架上，有时候他会疑惑："这是我买的书吗？"更让他遗憾的是，从前对书的那种渴求感也随着网购而消逝。没有网的年代，他对书朝思暮想，夜里惦记得睡不着，白天满街去寻。现在再也没有紧缺，便再也难有渴望。

和陈老师认识二十多年，我是最近才知道他兼职做过几年划书单工作。在编书目的事情上，他比我懂行得多。后来他不再兼职，但有的书店"划书单"时还是主动询问他的意见，他们说："陈越的眼光不会差。"

去年第一次编书目时，陈老师提醒过我，为图书馆采书要兼收并蓄，不要被某些倾向或趣味带偏。那时他只是简单说了几句，现在我有机会坐在他家的沙发上，听他多聊一会儿。他说，读书是社会精神生产和生活的一部分，"自由阅读"和"独立思考"一样，是难乎其难的事情。其实世上没有什么精神生活不被引导、诱导或误导，尤其对那种打着"自由阅读""独立思考"旗号的引导，要警惕。他喜欢看豆瓣上"请让我看看你的书架吧"之类的话题，就像到了朋友家喜欢徘徊在人家的书柜前。玩豆瓣的大都是爱读书的文青，热爱风雅，很想做一些不合主流的思考，自然或刻意地表现自己的卓尔不群和批判精神。但其实呢，他们的书架构成往往非常相似，尤其是那些崭新的、漂亮的、大套大套的网红丛书、品牌出版和"公共知识分子读物"，更像是在时尚街的一次次打卡，而不是时间、经验和知识的积累。"我说这些并没有打击年轻人读书热情的意思，但很想告诉人们，阅读并不是想象中坐在漂亮台灯下品着咖啡就可以实现的精神自由，而是一件苦事和险事，也很容易被一些'看不见的手'操纵。做一个真正的读书人，需要孤独，但不是一种表演的孤独，或自恋。"那么怎么才能在阅读中获得一种真正的自由呢？他想了想，然后说："还是兼收并蓄，只能多读，啥事情都是见多不怪。"

他向碑林区图书馆强烈推荐《剑桥科学史》，这套书出版周期很长，大概十几年了，才出了四卷。我想起来，赵文也推荐过这套书，不过当时我没见到实物，现在在陈老师家见到，每一本都比砖头厚。我翻了一下封底定价："四百八十元一本，太吓人了。""所以应该图书馆来买呀。"我问陈老师是对自然科学感兴趣所以才买这套书的吗，他说不是。这套书更像是写给文科人看的，何况里面有一卷"现代社会科学"呢，这其实是一套当代人反思人类知识发展的"知识史"。像他这样研究文学的，由于自己从事的学科有点"发展过头了"，时常会陷入困惑，所以必须从整个知识史的运动和变革来理解它，才不至于做现代知识分科体系的井底之蛙。我打开目录，看到了这样的章节："自然知识中的女性""心理主义与儿童""哲学家的胡须：科学研究中的女性与性别"……

他又拿过来一套《欧洲大学史》，四大卷，又是四块大砖头。陈老师说：我们都是在高校吃饭的，应该看看这套书。我们的大学开哪些课？老师应该怎么教？以什么样的方式能实现所谓"大学的理念"？大学不是一种空洞的精神，而是和国家、社会制度一样的一种建制。从中世纪后期开始，神学院、文学院、法学院、医学院是怎么构成的？讲课都讲些什么？教师是怎么构成的？学生是哪里来的？他们毕了业干什么？大学在社会各种力量对比中处在什么位置？最终它怎么变成了我们今天的样子？现代人太喜欢像孟德斯鸠说的，把我们时代的观念运用到过去，"这是产生无穷错误的根源"。

《剑桥科学史》《欧洲大学史》，我从陈越的推荐中看到他对那种过于微小偏狭的意识形态的反驳，提倡把我们的阅读放在人类的知识生产史中去理解，减轻对自我的过度关注。

读书是私人的事，陈越有自己完整的思路，很少去追逐学界热潮。单位的职称项目，各种复杂人际，他也觉得和自己没什么关系。刚刚留校任教时，面对前辈和领导，陈越总感觉隔着点什么。"你们在说大人的事。我是小孩，我不掺和你们。"这种心理一直延续至今，他笑："可是我现在都是个老头了，总不能跟别人说'我是小孩'。但其实我就是这样。"

他确实像是"小孩"，只喜欢自己认定的宝贝。在人们都以为阿尔都塞是冷门时，他被这位法国哲学家精准明晰的语言迷住，毫不犹疑地翻译下去。是阿尔都塞教会了他写作，在学术论著中散发文体美感。在尤里姆街，在巴黎高师，年轻的阿尔都塞曾为人所误解，但阿尔都塞说："在我的书房里时，我不是孤身一人。"在陕西师大，在陈越的书房里，他感到了阿尔都塞的热烈指引，当然也就不再是孤身一人。最初的安静中，陈越的翻译像是冰原上一柄小小的冰镐，身形寂寞，如今他的身后聚拢了许多师友和学生，他们一起开凿出相当的体量。

白天，他大多在书房工作。晚上家人进门，他就把书和辞典挪出来，挪到客厅桌子上，一边看妻子和孩子走来走去，一边翻译手边的东西。"其实会分心，但我就是喜欢这样。哪怕听他们叽叽喳喳拌嘴，也是家的感觉。"他不是那种只顾着做学问的人，他家的厨房，他比妻子进的次数更多一些。儿子小的时候，他给儿子朗读完了全套《哈利·波特》。

很多年前，我在迷茫的时候求助于他：比爱更重要的是创造力吗？我们要努力为这个世界创造点什么吗？他说是啊，欲望的指向有时是空洞。而且，关系有可能是脆弱的，你必须求诸自身。

我每次问他最近在做什么，他总是说，在翻译啊，这辈子也翻译不完这些书。然后他就笑："吾生也有涯，而知也无涯；以有涯随无涯，殆矣。"他主持了一个浩大的出版工程——一套旨在译介国外思想家著作的"精神译丛"，书脊上的 Logo 是一个六边形，内嵌三个罗马字母 R，寓意对当代精神生活的"反思、重建与再生产"（Rethinking, Reconstructing, Reproducing）。书末附有一个长长的书单，最新的一本上已经有六辑，也就是六十种，标上星号的是已经出版的，未标星号的还在翻译中。我乐于在书评网站看见读者称赞这套书，可惜我不会法语，否则也许可以和老师一起做事。陈老师说："你可以自学法语呀，你一定能学得好。"

我清楚地记得他翻译的第一本书的后记："这本译作是合作和友谊的结晶，但作为编者，我翻译或校改了这里的每一个字，因此，我对译文的质量负责。我不为译文里任何可能遗留的错误请求读者的原谅，因为这不属于译者的权利，而且，实际上从来没有任何读者原谅过这样的错误，更不要说作者了。"

我知道他三十多岁才开始自学法语。我问他："翻译的秘诀是什么？"他说："是慢。还有，你自己觉得不对劲的地方，一定是不对的地方，千万不要糊弄读者。"

小砝码

　　小全是文化科最年轻的干部,我来了大半年了,他每次和我打招呼还要微微鞠一下上身。这几天他有些异常,走路一闪一闪跟小波浪似的,嘴里哼着小曲,见我也不鞠了。

　　"不对啊,小全,你怎么突然变了?是不是因为咱们这新来了几个实习女生?"

　　小全说:"当然是啊!"

　　这些实习生来自我校播音和编导专业,辅导员推荐来的,我并不认识。刚来的第一天,我们围坐在长条桌旁开个短会,我给他们倒好水,他们从始到终没碰过杯子。依我从前的印象,播音编导专业的学生比较活泼,没这么害羞。我说:"别那么拘谨,咱们都是一个学校的,叫我杨老师就行,不必叫杨局长。"他们只是点点头。

　　很久以后,他们告诉我,那天是第一次进入政府单位,心有敬畏。体制给了他们一种距离感,不敢接近,不敢说话,也不敢喝水。

　　年轻人在政府里都是这样小心翼翼。有天早上,大厅柱子后面有一条鲜艳的裙子在躲我,接着露出一只眼睛,是旅游科的樊雨,刚毕业的大学生。她看见是我,笑嘻嘻走出来:"吓死了,我以为是局长,我今天起晚了。"平日里只有局长一个人穿细高跟鞋,笃笃笃的声音非她莫属。这天我也穿了,樊雨听岔了。她迟到了十分钟,以为要挨局长批评,发现是我,捂嘴笑着跑进办公室。我推开她的门,说:"我以后不穿高跟鞋了,免得吓着你。"

　　樊雨以前和我说话很恭敬,最近变成"宝贝儿局长签个字呀",

语气有点像我的学生。可我学生常常叫我素秋，这里没有人叫我素秋。一个科长是我闺蜜的好友，我对科长说，你和我闺蜜那么熟，就不要跟我太客套，私下没人的时候你叫我素秋就行。她不，她始终叫我杨局。

我想起国外学校官网的一些"领导"照片，院长站在灶台旁拿着烘焙夹，往银色花纹的大盘子里盛放松饼，身旁立着一条金毛犬。侧旁文案描述他的学术成就，并叙说他对厨艺的热情和对家的眷恋。在工作形象中流露私人爱好对他们来说好像是加分项。

我们这里不会这样。"副处"是一个坎儿，从这个级别起，人的面孔需要变得严肃。领导的公开形象不苟言笑，私人生活的部分被擦除，不能和下属嘻嘻哈哈。

我去南门"永宁里"开招商会，一个姑娘问我，碑林图书馆能不能办电子借阅证。我打开手机程序慢慢给她讲。她说："以前开会遇见你，没和你说过话，以为你很高冷。今天一接触，发现你，哎呀，一点都不高冷，很那个什么。"

"很矮暖是吗？"

"？"

"我，又矮又暖，不是吗？"

她笑出声："你真的不像领导。"

我可能太不像领导了，所以我被误骂过。我局组织群众歌咏比赛，某工会领导上台颁奖时皱着眉板着脸，群众纳闷地看着她。散场后，她大概以为我是普通科员，训斥我组织不到位，场面不够好看。其实我职务和她平级，但我觉得没必要向她表明这一点。我愿意承认不足，请她谅解，下一次我们改进。我在试着体会普通科员的处境，即便无官无职，一个人这样认真地道歉，对方是否可以对我有基本的礼貌和尊重？我说了几声对不起，她没有缓和，关车门的动作很重。我招手说"再见"，她不理我。

过了几天她在路上遇见我，低头躲闪，大概有人告诉过她那天骂的是谁。看样子，她很擅长把笑容和声调放在带刻度的容器里，面对上下级，精确地进行度量、增添、分配。

一次简餐中，领导这样将我介绍给别人："今天专门安排了美女来陪您。"专门，安排，美女，这三个词被涂上一层蜂蜜，亮晃晃的，我不喜欢。没有人提前通知我，我的脸就突然被施加了一项任务。工作能力此时不重要，脸和性别重要。

我刚打过疫苗，确实不能喝酒，领导依然让我喝："疫苗过敏能有多大事儿？你如果不喝，就是没把我放在眼里。"他在测试我的服从度，我反复推让，他斜看了我一眼："你这个人，不懂规矩。"

聚餐时栗主任一向吃得很少，他观察每人杯中余量要不要再添，用手指旋转桌台，把菜品停在合适的人面前。党建活动参观解放战争旧址，完了大家都饿了，上来一盘当地特产饸饹，比西安的饸饹好吃得多。栗主任拨动桌台走走停停，确保每个人都挑上一筷子，转到他面前时，汤汁上只漂着几粒芥末。我请服务员再来一份，恰好没了。栗主任没吃上，这事儿我没忘。

那天还发生了一件难忘的事，就是：我膨胀了。因为忘带身份证，革命景区不允许我进。同事们说："这是我们领导，她必须得进去，党旗下宣誓她得带头念誓词……"我着急，也顺着话头说了起来："我是领导，让我进去吧……""我是领导"，这四个字是从我嘴里说出来的。我是要以这四个字为特权，让别人顺从吗？这虚荣狂妄的瞬间。

实习生们开始了每日通勤，比平时起早一些，乘坐一个小时公交和地铁，从城市北郊来到市中心。李慧彤和张彤彤去文化馆上班，负责信息录入，分类整理各级非遗传承人的信息。在那儿，她们认识了"张氏风筝"传承人张天伟。

张天伟八十多岁，头发斑白，总是戴着老花镜绘制图纸。他年轻时是专业机械师，练就独门武功——在风筝里暗藏机关。别人家的风筝只是原模原样在天上飞，张天伟发明了风力机械传动装置，让风筝在空中做出高难度动作——公鸡相啄斗架；仙鹤昂首啼鸣；猪八戒边走边吃西瓜；龙的眼睛骨碌碌转，胡须随风起舞；秦俑车马组成方阵，空中威严踱步。

他不做重复设计，梦里都琢磨着怎么在一两毫米的细小空间里变化创新。在风筝背面，他用竹篾和铁丝编织无数精细的齿轮。我凑在跟前轻轻吹口气，曲轴和连杆立刻来回穿梭，转动欢快。实习生们拿着摄像机去给他拍短片，他展示了巨型作品，又拿出心爱的袖珍装置，小蝴蝶小蜻蜓栖在他掌中央，是他的小宝贝。

非遗传承人里，又有捏面花儿的，做布糊画儿的，雕刻葫芦的，都擎着自己的作品让实习生拍，特别开心。一开始，实习生们觉得"传承人"这个词有着官方认证的庄严，需要仰望。熟了，他们听见"传承人"闲谈街巷琐事，有些意外，又有些卸掉包袱的轻松感，距离一下子就近了。

李慧彤和张彤彤喜欢拍摄和剪辑，不喜欢做归档工作。打开excel和word，把每周的事项撰写为工作报告，装订成册以便检查之需，这对她们来说太枯燥了。在图书馆工作的王荣杰、杨雨诺、李欣怡的感受也差不多，来这里之前，他们以为图书馆管理员是世界上最清闲的职业，书乱了整理回去就行，没想到还要填那么多表，办那么多活动。

杨雨诺第一天做了十二份表格，先摘录每月大事，列出主题内容，标注哪些日子办活动，哪些日子推公众号文章；再摘录微信公号的文章，填到四方格子里；然后整理本月新闻媒体报道，向市级图书馆上报；最后汇总活动，阐发其正面意义与社会效应，整理进入"我为群众办实事"的文档。

和电脑文件打交道总是沉闷，况且还得编出不重样儿的文字来描述那些原本相似的活动。还是和活生生的人打交道更有趣，他们更愿意站在前台为读者解释预约程序，或者到馆里多巡几圈，去编目区帮忙粘贴条码，去安全通道检查消防器材是否完好，把刚刚归还的书放到消毒柜里。总之，要动起来。

馆里组织少儿朗诵大赛，他们正好大展身手，陪小朋友练声、纠正。策划阅读活动，要分主题分年龄段，三到六岁的孩子喜欢什么，六到十二岁可能又是另一番兴趣。坐到儿童区去读绘本，讨论怎么改编成有趣的周末主题。这些书从前根本不会进入他们的视野，也许以后做了父亲母亲才会去看。现在他们翻翻拣拣，很快找到播音专业拿手的事儿，挑选喜欢的绘本朗读，录制上传到音频网站，做成碑林区图书馆有声书专辑。一摞儿一摞儿音频文件码上去，就像农民捆麦穗一样，一扎儿一扎儿立在原野里，清清楚楚看着，有成就感。

刚来的时候，他们抱怨通勤太远，起床太早。没有哪个实习地点是完美的，文化科填表和文件太多，文化馆电脑配置太陈旧总是死机，图书馆整栋大楼中央空调统一温度，地下这层就显得过于冷。后来他们适应了，每天上班的表情挺明媚。有天可能太过放松，一下子没把握住度，破洞短裤和露脐 T 恤一起出现在前台，十分不妥。这里毕竟是政府部门，我提醒他们，他们没有再犯。我问他们以后想到政府部门工作吗，他们说，只有一条不适应，公文太多，其他都不错，最喜欢周末搞活动，热闹。

是啊，热闹。这几个年轻人的到来，把原有的年轻人也带得热闹，甚至发烫了。

我排队打饭，小全晃着小波浪过来，碰了我一下："你房间里的童话书打开了，对不对？"

"？"

"一定是你房间里的童话书打开了，要不然，你怎么跑了出来？"

"你在说啥哟？我办公室最近没放童话书，放了一本《西南联大国文课》，不信你去看……"

小全叹气："唉，我学了一句土味情话，想先在你这试一下能不能听懂，再去给实习姑娘们说。你这个人，唉……"

我："……"

小全跟我说，等会他来我办公室敲门，一起打车去高新区开会。

我等啊等，一直没人敲我门。

小全打来电话，连声道歉。他和几个实习生已出发好远，把—我—忘—了。让我自己坐公交去。

我："……"

小全："我保证，我是真的，真的，把你忘了，我不是故意不叫你。真的，不骗你。"

我当然相信你是真的了，一个公务员，去开会只记得带实习女生，却把主管领导落下了，这能是假装出来的吗？你经常说我是"最没有架子的领导，最不像领导的领导"，我看呐，在你心里，我就根本不是领导。

我追去会场，小全捂着脸在台阶处等我，迎接我的笑骂。我把文件卷成筒，拍他一下。他让我饶了他。好吧好吧，我饶了你，你明天继续用微微发烫的心情上班吧。

在我们局，编号 101 的房间是局长办公室，102 是在任多年的杨副局长，103 病休在家，最近新补了田副局长进来。104 是我，105 是普通科室。编号意味着次序，这就像天平附带的金属砝码，排成一列，依次缩小。我看看身前身后的位置就可以推断出来，我是一颗临时挂职的替补砝码，紧挨着群众，处于"领导"的最边缘。

田副局长从部队转业而来，自从他来，我的门很少被敲开，工作变得稀薄而清凉。我听见前面三位在走廊里的谈笑声，也看见他们三人并肩从窗外掠过的身影。几个月后我就要离开，在重大事务上，我的声音大概会被降噪。

比如职务升迁问题。局里几个人滞留副科岗位多年，称自己得了"副科病"，这病尤以文化馆馆长冯云最重。五年前，冯云以副馆长职务"代为主持"文化馆工作。她之前的文化馆，蛛网滋长，霉斑入墙。路人惊讶："这居然是政府单位吗？"几个馆员有病休的，有失踪的，馆内几乎无人。前馆长外号"皮包馆长"，每天不在办公室，只把公章装进皮包，到处游玩。谁要用章，得打电话问问他在哪儿。冯云接手之后，平整院落，清洁修葺。轻微斑驳的唐代仕女仿塑迎在门口，秦地戏曲的生旦净末头饰纳入玻璃窗中，雕花屏风和青瓷鱼缸往中央一隔，这里像是个"单位"了。馆员陆续回来上班，她还招纳几名实习生，做"非遗进校园"和"非遗直播带货"，又联系奢侈品牌合作设计非遗 Logo 产品。她的微信朋友圈活泼，工作片花剪辑成短视频，贴上雅致的片头片尾，如同一条条小鱼儿在手机里蹦。省市领导都认可她的成绩，但她就是做不了正馆长，始终只能做副馆长。

我这才知道，官方文件里的正馆长是栗主任，而官方文件里的办公室主任是另一个人，栗主任只是"代为主持"办公室工作。栗主任为什么不能被正式任命为"办公室主任"？因为他是事业编，不能进入公务员编制。即便他已经是全大院广为传颂的模范办公室主任，他的官方身份也只能是文化馆馆长。而且他在文化馆这个事业编序列里，无法被提拔到市级或者省级更高的职位。他学历是中专，身份是工人，正科级是他职业生涯极限。

去年年末局里召开年度总结大会。这样的会议通常没有惊喜，人人念稿，罗列本年度的工作成绩和缺陷，展望未来，大体如此。但是栗主任全然不同，他只是偶尔看一眼稿子，更多的时候看着我们。他没有套话，缓缓讲述这一年来的日常工作，像是为包子捏褶一样，一褶一褶推进。在中段，他援引热播电视剧中的台词引发我们欢笑，接着，又恳切承认自己年龄渐长造成的视野狭隘和工作遗憾，会场里静下来。最后他把褶子聚在一起，黏合之处捏得巧妙，不留痕迹。他工作已经快三十年，居然还没有倦怠，还愿意花时间去写这样真这样长的年终总结，我感到佩服，正想带头给他鼓掌，大家的掌声已如同热浪。

栗主任是一个优秀的主任，冯云也是一个出色的馆长，但他俩关系紧张。只要栗主任的位置动不了，冯云就提拔不了。去年，冯云在101办公室哭诉自己的委屈，拿到了来年兑现的口头承诺，今年却没有兑现。我接到电话去安抚冯云，冯云已在叫嚷。她坐在局长对面，没有化妆也没有佩戴耳饰，头发简略一扎，手在颤抖，语速奇快："凭什么？凭什么？因为别人是工人身份，就影响到我的调职？"

她又走到栗主任办公室去，很快，二人的争吵声炸开来。我把她拉回我房间，倒了一杯水给她。她哭了，开始讲，当年修葺馆址，一楼墙壁破烂，那么多壁虎和蜘蛛；二楼公房被人强占多年，她掐了电断了水，吵了多少次架，那些不讲理的人才搬出去。没来文化馆之前，她办美术培训机构，赚不少钱。后来为什么到清水衙门文化馆来坐班？对非遗文化感兴趣，想做点事。现在可好，晚上老加班，孩子也管不上。老公说："你图什么呢？又提拔不了，还这么卖命。"正科比副科高的那几百块钱工资，她不在意。关键是，用心干工作需要一个肯定。去别的区县开会，她老被笑话，干了这么多年正馆长的活儿，四十五岁了，还是个副馆长，脸上怎么挂得住？

她哭，我就让她哭一会儿，不打断她。就算是一件事重复讲了三遍，我也得让她讲。我递给她面巾纸，顺着她的话讲她的委屈："我都知道，我都知道，同事们在背后都这么说：'我要是冯云，我也闹。'"

我没有向她允诺什么，她也没有向我索要什么。那个关键的内核，我们都小心翼翼地，没有碰。我想，她也明白我的处境。让她在我办公室里多哭一会儿，轻轻拍拍她的脊背，我所做的只能是这么多。去年我尝试向上级反映她的难处，以求解决，但在上级含混的表情中，我知道了我的重量。更何况最近，我的脚下已抽空，我的意见将消失在这层楼道，不能去往更远处了。

山外有山

一个中年女人坐在角落里看书，那里光线并不好。她夹紧肘部，内扣书页，好像把自己封闭起来，尽可能离别人远一些。她手中的书名里有"儿童性教育"几个字。

多年前，我也曾这样遮遮掩掩。高中时，晚饭和晚自习之间有一小会儿空闲时间，路过新华书店，进去能看十分钟。有一天我发现一本新书，书脊上写着《同性恋亚文化》，我吓了一跳。这书名是什么意思？这样的事也会发生吗？陌生的词语电焊一样刺眼，我似乎应该闭上眼睛，但又想偷偷睁开眼睛试探它的强度。我站在没人的地方迅速翻，见周围有大人来，就把书抱在怀里，封底朝外。晚自习时间到了，跑步去学校，心里默念那本书可别被人买走，第二天再回来看。断断续续看了一个星期，我以为这书里面有什么了不得的坏事，但却没有。合上书的时候，我好像并没有堕落成一个坏孩子。

那时大人都说我乖极了，他们把我的"乖"作为样本去教育他们的孩子，其实我总想做出格的事，看出格的书。十八岁时，我在大学图书馆四楼找到了王小波的《黄金时代》，这本书出了名的"那个"，我是奔着"那个"去的。那个阅览室的书不能外借，我站在墙角，用手遮着封面，一下午读完。

如今我有公开阅读这些书籍的胆量，但也能体会那位女性的忌惮。有一天，馆员打电话问我，在"你选书，我买单"区域，有读者选择了同性恋主题的书，要求馆里帮她购买入库然后外借，这种情况是允许的吗？

我说那个区域都是正规出版物，审批过，当然可以。馆员还是很担心，这个读者好像就是奔着这个来的，按规则一天只能登记一本，她连续三天登记三本不同的书，都是同类主题。我建议馆员先帮她采购，然后和她谈谈顾虑，互相体谅。

我只能这样调停，一百多年前，美国布鲁克林图书馆馆长遇到相似问题，他手下两位馆员阻拦《哈克贝利·费恩历险记》和《汤姆·索亚历险记》进入儿童部，理由是其中有不雅用语。当时马克·吐温的地位并未像今天这样稳固，其作品在不同州县褒贬不一。馆长随即写信给马克·吐温，希望作家能够替自己的作品发声。马克·吐温回信以后，馆员们做出让步。此事在美国媒体激起对选书原则的讨论，保守派言论失势，宽容的立场成为主流，各地图书馆纷纷打开怀抱，更加大胆地采书。

西安人口已逾千万，晋级"新一线城市"，但我周围的环境究竟够不够新，这很难讲。某非遗传承剪纸大师在茶话会上阐述她对人类灵魂、婚恋繁衍和城市形象的系列观点："一本书里讲人有灵魂，这太令人惊讶了，是不是？人怎么能有灵魂呢？还有，这世上竟然还有人不想结婚不生孩子，简直是绝后，不孝逆子，世风日下。"她围着绚丽围巾，手在空中指指戳戳："最让人受不了的是那么多'二尾子'①在街上跑来跑去，不像话！"四周哈哈附和，她抿起嘴笑，看样子相当满意她的演说，转头问我："我说得对吧，这些人有损城市形象，就应该禁止他们上街！"

"某某……有损……形象，应该禁止他们上……"相似的句式，

①　二尾子，脏话，原指代性别不明的昆虫。如蟋蟀，一根尾针为雄性，三根尾针为雌性，两根尾针为中性。"二尾子"后被引申为辱骂性别不明的人。

我听过。那是在老城根 Gpark 举办的阅读节颁奖典礼上，我区选送的一位盲人老大娘获得"民间阅读达人"称号，即将上台领奖，市里工作人员过来交涉说："能不能别让她上台？盲人眼睛空洞，年龄也太大了，站在台上不好看，影响整体形象，你们还是换个人上台吧。"

我没有亲见，但此事在私下里传开，人们在口耳相接中抹去工作人员的姓名："就不说是谁了，这职位还说出这种话，真是的。"舞台侧旁的这番阻拦，是谁做得过分，大多数人立场一致。好在事件后来反转，"阅读达人"活动的策划人郑总十分生气，当场和工作人员理论："这不是选美大赛，这是阅读比赛！"最后工作人员让步，盲人读者在主持人牵引下走上台，讲述自己带动周围人阅读的经历，媒体扛着摄像机围了过来。

我总希望并且相信这些只是偶发事件，在一个正常场合里，这样的工作人员应该是单数而不是复数。然而在我快要离开挂职岗位之时，我见到了复数的笑意，由一个命名引发。疫苗接种推进会议，区委领导询问各个部门对十二至十七岁人群接种有何意见。教育局先举手，他们涉及的青少年人数最多，问得最详细。接着，坐在我左侧的某副处级干部举手问："瓜瓜娃①能不能接种？"我不懂他说的"瓜瓜娃"是谁，转头看见周围有人偷笑。副处接着说："就是咱们区的那两个学校嘛，开智学校和小葵花学校。那些瓜瓜娃，有的大脑有疾病，咱们是不是得查一下，疫苗会不会对疾病不太好？"主席台领导点头记录，更多的人心照不宣地笑，这位副处随之得意地笑，大约觉得自己风趣幽默。我低头用手机搜索，开智和小葵花都是特殊教育学校，我才明白"瓜瓜娃"指涉的是哪个群体。这位副

---

① 陕西方言，"瓜"是傻笨的意思。

处公然运用这样的词汇并且成功赢得笑声，我看向主席台，几次想举手又忍住了。我的职位没有权力批评他。

人们对另一类人的态度更有意思。骡马市南口大厅举办书画展，开幕式在露天地里，引来群众围观。开场是一个俏滴滴的红军战士独舞，有芭蕾功底，花蝴蝶一样打旋，又妖媚又英气。前排领导们窃窃私语："男的？女的？"

演员翘起尖下巴，我看见了他的喉结。他将红旗软软地揽在怀里，又舍不得似的，一寸寸展开，眼里是揉来揉去的诉说。他在邀请，又在闪躲，一时挺拔，一时蜜甜，一时撩拨，播弄着自己的娇嗔与羞涩。台下老百姓随意扇着扇子评说着舞蹈。前排领导不知所措，直到节目结束还在转身探看左右的举动，确定自己究竟该不该鼓掌。面对这样雌雄莫辨的舞蹈，什么强度的掌声和笑容才是政治正确的，领导，您说。

政治站位的意识，大约渗透在每一位公务员的头脑深处。他们非常警醒，比如"疫苗接种率"，就跟主科成绩似的，考得差一点就紧张。区委书记去市里开会带回消息，碑林区疫苗接种率66%，位列全市第八。他不满意，给我们训话训了一个小时，"第八啊，一不小心就要到落后梯队。我们作为城三区之一，扪心自问，这样的成绩，说得过去吗？我们的领导干部必须提高认识，发动群众，齐心勠力，推进接种！"

书记一声令下，表格立即下发，将动员接种任务量化为阿拉伯数字。为防止造假，还须登记每位群众身份证号和电话号码。完不成数量的干部，需要写书面报告解释理由，情况严重者要写检讨。达到90%以上接种率的，给单位入口处贴上绿色标签，疫苗排名将在文旅融合排名中占分数，接种率也要纳入年度考评。

不得不说这套管理方法很独特，疫苗数量和职务级别形成美丽的规律，标准的等比数列：

正处，每天动员 25 个。
副处，每天 10 个。
正科，每天 4 个……

书记大手一挥："散会！"

多亏我职务不高，领到的任务只是十个。我在各个朋友群里吆喝了一天，只动员了三个。我失眠了，我想成为没有任何职务的平民。

为完成疫苗任务，所有带职务的干部都必须带头，这可苦了 102 室的杨局，他异常害怕打针。这事儿发生在别人身上还能招来怜惜，与他高大健壮的身板结合则有些喜感。他说：不要笑，不要笑，这是当年在体育学院落下的病根。保健室里的针疗把他同学扎得像个小刺猬似的，同学嗷嗷叫，他看了一眼就浑身发抖，从此不能见针。在单位里他一直拒绝年度体检，能躲则躲。可是现在，他已经坐在医生面前，神情庄严，四肢绷紧，胳膊刚刚缠上血压计的绷带，数值立马从 120 飙升 150。医生说血压 150 不能打疫苗，他闭上眼睛说："我静静，我静静。"后仰于椅，大口呼吸："哎呀我不敢看，我怕我晕倒。"我说我和宁馆按住你怎样，他不说话，直摇头。细针逼近粗臂，他突然拿起手机给同事打电话分散注意力，还没接通，医生就说："打完了。"我和宁馆笑出声。

中午在饭堂门口排队，同事谢晨的手机响起来，里面传出声音："请问你是某某某吗？你马上会收到传票……"电话诈骗一贯套路。谢晨给我们挤挤眼，对着手机说："请问你打疫苗了吗？没打请到碑林区某某社区医院，那里有充足疫苗……"电话那端人声没了，嘟的一声挂断。

为动员群众，我们发明新办法。宁馆打印我区所有接种站地址电话，摆在图书馆前台，见人就劝，可是离那个等比数列依然有距离。馆员献出一计，不如直接奔赴接种点门口，逢人就问"对不起打扰了我是政府公务人员上级要我必须完成动员任务完不成我就要受罚不好意思您能把您的身份证号码和电话号码填在我的表上吗谢谢谢谢。"几位馆员练就新技能，语句流畅，表情谦恭，心态强大，被拒绝一百次总有一次被答应。晚上他们拿着填满名字的表格归来，活脱脱房产经纪推销员。

我局任务完成，街道社区又请求我们支援。他们分到的名额更多，难以完成，递给我们一沓名单和经验：照着名单挨个儿给群众打电话，拨通之前要做自我心理建设，像迎接冰雹那样迎接群众的责骂。万一对方把电话挂了，也别放弃，第二天接着打。群众工作要注意方式方法，咱们态度再软和点，循循善诱，徐徐图之，冰雹有可能变成毛毛雨，有可能雨过天晴……当然，也有可能变成更大的冰雹。

就这样，图书馆常常为图书以外的事忙活到深夜。随后，我们开始新一轮疫情防控，要求馆内控制75%的人流，上级随时有可能抽查。宁馆把普通座椅设置为预约号，每天只开放部分名额。接着她又担忧报告厅，撤了一部分椅子，留下来的椅子间隔一米左右，反复摆置，问我究竟行不行，符不符合抽查标准。

桌椅还没调整好，又来了另一个文件。创文明城市活动，要求公共文化单位在入口或醒目位置有固定、醒目、美观的公益广告景观小品。钢铸或绿化造型，长度不小于三米。如若期限内无法完成，将通报批评，年度考核扣分。

宁馆没辙，我馆入口空间狭窄，如果再添一个三米的玩意儿，那不是景观，那是路障。她向上级电话反映，对方答复不能破例。我建议她撰写一份正式的特殊情况报告，第一，图书馆在地下室，与其他场馆不同，我们无法征用马路空间。第二，馆内入口处狭小，且正对电动扶梯，必须为扶梯预留维修面积，无法做三米景观小品……

离第十四届全国运动会还有两个多月，为营造良好城市形象，西安市政府深入各个街道暗访，剪辑出一段视频在会议屏幕上播放。

我是第一次看到这种美学风格的城市影像。同是表现西安，这段视频和街头常见的城市形象宣传片不同，没有丝毫的欢快惬意。它通体严肃，像是厉害的教导主任，又混合着侦探片与反腐片的气息。在它挑剔的扫视中，我们的城市换了副模样。车载固定镜头左右摇移、倍速播放，楼宇与霓虹不再作为美景出现，只是作为审核对象裸露在暗访者的视野里。

镜头突然停住，放大细节，夜晚闪烁的灯光中有一处楼体黯淡，屏幕随即打出红色字体，伴随冷静的画外音："某某路与某某路交叉口某楼宇，未点亮……"

台下观众紧盯画面，右手做笔记，思考这块地盘应该由今天到会的哪个桌牌负责。

镜头继续推进，天色大亮，绿树鲜花一掠而过又戛然而止，一块坑洼地面占据整个屏幕，红色字体和画外音再次出现："某某社区新铺路面塌陷……"

镜头摇至一所学校门口，熙攘拥堵，红色字体画外音："某某道路改造，挖开路面影响中考人群通行，收到群众投诉……"

长镜头越来越少，蒙太奇越来越多，视频播放速度加快，频繁指出问题：某某街道文化服务中心管道损坏漏水，污水随意排放；镜头定格，图片左下角：某月某日几点几分，某某社区健身器材上晾晒被褥；定格，左下角：某月某日几点几分，某某街道非机动车辆未按照要求停放在指定区域；定格，某月某日几点几分，西安事变纪念馆地面有垃圾杂物；某某社区入口未见道德模范等先进事迹展示……某月某日几点几分。

视频播放完毕，屏幕变黑，主灯点亮，全场寂静无声。我这才发现主席台上增添了一位街道办主任，略低着头，手持一沓稿件。他向领导轻轻鞠了一下，开始念：

尊敬的各位领导，各位同志……我为我们街道工作中的失误表示诚挚的歉意，特做出如下检讨……第一，思想意识薄弱……

我还没从刚才的"纪录片"里回过神来。电影美学里常讲影像与现实的互动，我们这里，影像与现实的互动太快了：方才视频中的问题分别对应三个街道办事处，每个街道罚款一万元，三位街道办主任已排好队，拿好稿，陆续上台念检讨。

建党一百周年纪念日早晨，上级要求我们领导班子集体观看电视转播，并拍照上报。栗主任拿着手机，在办公室内变换三个机位，确保能够反映局长带领三个副局长认真观看电视的正面、侧脸和背影，背影前方还需要包含电视节目实时画面。

过了两天，政府内部召开意识形态会议，学习反腐倡廉典型案例。"肃清赵某某流毒"，批判反面人物高某某：

高某某曾是感动陕西的陕西首善，文化程度二年级，名字都写不好，得国家之利，慨他人之慷，卖豆腐起家，疯狂敛财。对待村里人，他有求必应，不打借条，不催不问。只要认识他，就能给实惠。他曾送给赵某某三十万美元，行贿七千多万……

自从我几次开大会玩手机被批评后，表哥向我传授经验："你主要是表情管理做得不好。领导说到紧要处，你应该眉头紧缩，拿起手机，看着领导微微点头。恰到好处地若有所思，恰到好处地理解和钦佩，恰到好处地点击屏幕假装做笔记，其实在刷社交媒体。"

在表哥指导下，我的表情管理取得一定成效，但不敢玩手机，只是偷偷在本子上写文章，时不时抬头看看主席台，若有所思状。一次次的会议就这样相安无事，我暗暗自得。有天我无意中看见另几个局长的装备，方知山外有山。

某局长手机背面贴着一张纸，密密麻麻的微缩字，覆盖透明防水胶带。这种纸我熟悉，以前我在学校监考抓小抄的战利品就长这样。这位局长说，对对对，这就相当于考试复习资料，上面印的是他包抓扶贫点扶贫对象的基本情况：

何某某，年龄：55 岁，未婚，身体状况：单腿有残疾，高血压，糖尿病。平日种田为生，偶尔给人打零工，年收入不足四千元……

上级随时可能打电话抽查提问，无论局长身在何处，他一概压低声音答复："等下，我正开会。"然后抓紧复习背诵五分钟，回电话过去，对答如流。

另个局长又掏出裤兜给我展示他的小抄："河长"文件缩印，提纲挈领地归纳了他负责的一条河流的长度、水质、沿途工厂企业名称、排污状况。最下方印着他需要背诵的河道管理口诀：

污水不排、垃圾不倒、违章不搭、底泥要清理、生态要修复、河面要保洁……

他们对我说："你要学习的还很多啊。"

局长们说得没错，在不久后召开的第十八届人大常委会第四十一次会议上，只有我一个人出了个大洋相。当时，主席台上说："请举手表决！"我把手举高。稀奇了，会场举手的人竟然不超过一半。领导们坚持自我，不苟同他人意见，这是可喜可贺的精神。这时候，某局长，从未和我说过话的某局长，压低声音喊我："杨局，杨局，你别举，你不是人大代表，咱们都不是，不能举，只能旁听！"

咳！

接着，人大委员提问："有关住建方面资金，请财政局回答。"

财政局答："老旧小区改造需要往前赶……"

委员又问："个别项目缓慢，什么原因？"

答："复工复产是 2020 年下半年才开始的……"

委员再问："请统计局就调查工作做出回应。"

统计局答："有的单位用机器人在某时段抽取数据造假。有的把计算机拆开换网卡，换 IP 地址，有的用电脑 PS 假公章……"

这样的会议需要面对人大委员质疑，各个局长微微紧张。而在党校召开的培训会议中，他们则轻松多了，只用听课就好，偶尔分组讨论。开课仪式中我第一次见到了碑林区所有的副处级以上干部，数百人的阶梯式大礼堂好像还容纳不下。前排的正处级干部早已安静就座，后面涌动的副处级实在太多了，忙着找桌牌找座位，如同集市一样拥挤，如同芥子一样平凡。这是名副其实的芝麻官，后排的这些副处要竞争多少年才变成前面那寥寥几排正处，那几排正处又要经历怎样的筛选才能移步主席台，成为副厅。礼堂里的座位分布，直观地展示了升迁的比例。官场的竞争焦虑，在这对比的图景中获得了应然性。

大屏幕上的课件字体全部加粗，"学习历史的目的和作用"是黄色配绿色，"前事不忘后事之师"是桃红色，"以古为镜可以见兴替"是大红色，李世民的袍子为金色，图片底色为宝蓝……看着这样的配色，我大致能猜到讲课者的年龄、说话语气和知识结构。

培训课原本可以讲得很精彩，十余年前，陕西师大的林乐昌先生在课堂上逐句精讲马克思《1844年经济学哲学手稿》，陈越先生带领我们一起研读阿尔都塞《保卫马克思》，吸引许多外系学生前来旁听。再转回眼前情形，我实在听不进去，好不容易挨到中午休息，跑下楼去。

党校在东关南街，这条街我是第一次来。我漫无目的地往北走，路旁有一家卖烧饼的在排长队。广告牌上写着：一块五一个，每天只卖一千个，每人限购二十个。这么便宜的饼能有多好吃？还这么紧俏？我好奇，也去排队。前面的人十个八个的买，轮了半小时才到我。店里只有两个人，男人擀面，女人烘烤。那个女人从没闲着的时候，她时不时拉出烤屉，观察十个饼的颜色，拿一只大铁夹拈了，左右旋转，前后对调。某个饼皮的金黄色只要稍微不匀，她就把它拎起来，换到另一个温区，不厌其烦。烧饼出炉了，酥香多层，里面的油面椒盐味淡淡的，恰到好处。每个饼颜色均匀，脆脆的口感也均匀，这是她异常耐心的结果。我捧着烧饼，在马路牙子上就忍不住咬了一口。

雨打芭蕉

远在苏州的美学教授王耘为我开出一个书单，大部分都无法采纳。他问我："《大藏经》《丛书集成》《四库全书》能买吗？"这三个书名把我吓着了。我这里的资金哪里有那么充沛？仅这三项得一百多万。我说："你能开一些，不太贵的，而且普通文化水平能看懂的书吗？"

几天之后他发来另一封邮件：《僧侣与哲学家》比较畅销，已从法文译为二十多种语言，一位做哲学家的父亲与做和尚的儿子（生物学博士）在喜马拉雅山中促膝长谈，交锋辩论。我没读过，但这书名听起来就很带劲儿。我继续往下看：韦伯《新教伦理与资本主义精神》、涂尔干《宗教生活的基本形式》、罗素《为什么我不是基督教徒》这样的经典书目应该会顺利上架，可是另一些让我稍稍犯难：《基督教神学原理》《基督教要义》《犹太教——一种生活之道》……我记得宁馆说过，书目不要太敏感，不知道这些算不算敏感，会不会在上级巡视时给她招来麻烦。

王耘常年研究宗教，并未皈依宗教。在苏州大学，他教中国美学史，依照高校课堂意识形态规范，他只讲授美学原理，不谈论教派教义。同时他也在苏州西园寺的戒幢佛学院和重元寺的寒山佛学院带研究生班。在那里，他讲授佛经义理是完全合规矩的。身着运动装的他坐在一群灰色僧袍的削发人中间，这样的照片屡屡出现在他朋友圈，诱发着我的好奇心：给和尚讲课与给大学生讲课有什么不同？和尚的修行和日常生活是什么样子？

他的回答打破了我对于寺院生活的玄妙假设。"出家"只在少数人那里是纯粹的精神修行，其他时候情况不一定，有人痛苦出家，有人习武出家，有人出于对安全的希冀出家，有"富二代"逃离锦衣玉食而出家。还有些村落形成固定习俗，把出家作为职业的选择。宗教界有个俗语"福如东海"，福州、如皋、东台、海门，来自这四个地方的和尚特别多。家里头有几个孩子，可能留最小的一个传宗接代，其他几个都去做和尚。

在南方，很多和尚是一大家子一起来的，有兄弟，有父子。他们大多不是本地人，比如，福建人一般会来江苏，因为外来的和尚好念经。王耘解释说："如果你一直在这个地方生活，左邻右舍都见过你小时候尿裤子的样子，你现在突然去当和尚，你怎么当？没人把你当回事儿啊。"所以，出家要换一个地方，造成陌生感和神秘感。

这些和尚结伴而来，等到老了，往往只留一个在庙里，其他人还俗。还俗理由各异。"或家中出现变故，或在寺庙里郁郁不得志，或与其他僧人相处得不好。"王耘停顿了一下，"还有的是为了躲开女香客骚扰。"一些还俗僧人留在寺庙附近做生意，卖香烛、算命、给寺庙开车……形成产业链。宗教成为一个场域，它制造了僧侣，制造了周边的旅游产业，制造了各种各样的商品，它是一个集团，是合作性的。

我凭空想象，宗教的修习一定会给僧侣带来独立自觉的，可以由个人把握的一个存在状态，引导自我上升。一个人在山巅、海边、林中，是不是更容易得道？而王耘观察到的多是另一番状态：宗教由仪式构成，是一种社会活动。他推荐涂尔干的名作《宗教生活的基本形式》，一个小册子，从社会学角度帮助我们理解宗教。涂尔干认为"社会的观念正是宗教的灵魂"。宗教不是个人行为，要从社会现象中去分析它，是各种宗教仪式维持着社会或者集体存在的手段。王耘说，多数僧侣在宗教活动当中所获得的满足感，很大程度上并不是来自个人冥想，而是来自和他人之间的关联，与法师和信徒的交往构成了僧侣的存在感。

他在佛学院里讲两门课，《佛教美学》和《唯识学纲要》。前一门课有些趣味，后一门课依据唐玄奘翻译的原典《唯识二十论》一句一句精讲，大部分听众神色畏难，觉得这种学习太辛苦太枯燥。偶有僧人逻辑缜密，在辩经中风采卓然。但对于多数僧侣而言，他们对经文的理解难以超越专业学者，密集的言辞交锋容易暴露出思辨能力的薄弱，所以在参与这些活动时并不是很积极。但只要走出教室，面对信徒，僧侣们的状态就好些了。他们给信徒做法事，唱梵呗，信徒听得似懂非懂，只觉得僧侣很神秘，从而生发出崇拜之情。僧侣也因此感到满足，神采奕奕。这才是他们更擅长的领域，而不是在教室里讨论范畴和概念演变。

信徒也一样，在寺庙中履行完仪式重新回到凡俗生活中去，他们的恐惧减弱了，勇气增加了，似乎与一种至上的力量之源取得了联系。这就是涂尔干所说的"信仰在表现中表达了这种生活；而仪式则组织了这种生活……定期强化和确认集体情感和集体意识"。

有段时间疫情封控，寺庙暂时关门。一些法师有意见，多次询问宗教管理部门，何时能正常开放。王耘问我："你知道他们为什么着急吗？"我不知道。他浅笑了一下，说："没人来烧香祈福，法师们也觉得很无聊。"他又说："你不要总是把和尚想象成一个固定类型，他们的性格爱好各式各样。爱画油画的，爱搞科研的，爱搜集昂贵僧袍的，当然，也有爱读经文的。"寺庙里有些年轻和尚，平时和王耘在一起只探讨佛学问题。有一天，佛学院另位老师带了助教来，是个女学生，性格开朗，课间常和和尚聊天。王耘好奇，那些和尚跟这个同龄女孩聊的也是类似的事吗？女孩笑了："怎么可能？王老师，你猜他们和我聊什么？他们和我聊得最多的是电子游戏：你打了多少分，买什么样的装备？"他们极力表现自己是"正常的"年轻人，自己也熟悉人间烟火，"我跟你一样，我也打游戏"。

王耘特别向图书馆推荐熊十力的《佛家名相通释》，收集唯识学当中的佛家名相、概念范畴，再逐个解释，相当于写了一本字典。这本书有一个好玩的特点，往往说一句话，自己给自己再注释一下，害怕读者不理解。这样的书对孤独的读者是友好的，如果你啃不动佛经，也不知道去问谁，你就跟着作者来。有他一边读一边给你解释，和你聊天，你的阅读就有个伴儿了。

但是一些僧众不太喜欢熊十力，熊十力以前在金陵刻经处学过唯识学，后来搞新儒家。他虽然治唯识又自揭《新唯识论》而立异，有人撰《破新唯识论》对他进行驳斥，他马上又著《破〈破新唯识论〉》，以诘难方式展开论学。宗教界有些人认为熊十力是叛徒，而王耘恰恰欣赏熊十力的批判性与创造性，他跟我说，我们不能只是了解佛教，更要跳出这种宗教，在不同的思想史中返身思考它。比如《修剪菩提树：批判"佛教"的风暴》，通过辩论来解决疑难。又比如《奥义书》，了解印度当时各种流派的思想，才会明白佛教诞生的土壤和契机。原始佛教的立论基础，是对当时以印度教为首的印度远古文化形态革命性地批判和超越。同时，他也推荐其他宗教的书籍，伊斯兰教的，基督教的。放下日常的固有见解，打开自我，盛放各种关于真实和存在的问题。

在宗教文本中，他排斥那些过于规训的东西，例如严格规定信徒几点钟要做什么。一个信徒如果完全听从指令，确实能够获得愉悦感安全感，但这种安全感来自放弃自己对于自由的向往，当然这之中也放弃了批判性。

他不是要布道传教，而是希望自己以一个独立自主的思考者身份，明辨宗教的义理。"君子学以聚之，问以辩之"，这是他秉持的态度。

听了他的推荐，我翻开《修剪菩提树》和《僧侣与哲学家》，第一本对我来说有点难，第二本我倒是读得停不下来。书中，父亲对儿子的不解有点像是大众对僧侣的隔膜，而哲学家与修行者的玄学辩论又远不同于大众对僧侣的误读。二人尊重对方的异见和生活方式，又能提出犀利问题，讨论痛苦和无知的关系，破除对自我和现象的牢固眷恋。阅读这本书，我也在反思自我的执念。

王耘问我有没有看过基督教的文本。他认为《旧约》有一种原发性，像是一个图书馆，里边各种各样的内容，体裁也不统一，相当于一个文献库，读者可以自己在文献库当中找到依据。在《旧约》当中要思考的是，犹太人作为历史当中的分子，在痛苦和压榨当中，怎么样给自己一个解释？他喜欢约伯，也思考约伯之问何以有别于屈原《天问》，所以他为图书馆推荐了舍斯托夫《雅典与耶路撒冷》《旷野呼告》。他一再强调《新约》出现的语境，关心这种思维方式到底是怎么养成的和出现的？一名信徒和一名学者同时打开《新约》会有不同的印象。信徒会相信，这就是"神迹"，主在与我说话。学者会以为，这就是"人迹"。

一些患有抑郁症的学生专程找到王耘，在他们的想象中，研究宗教的王老师一定能够为人指点迷津，走向一种超脱的生活。

王耘认为自己并不擅长治疗抑郁症，但他建议学生在校园里找一块花园绿地，再准备一些道具，蹲在地上看蚂蚁。

仔细看，会发现蚂蚁是有组织的，有信号员，有工人，有司令。蚂蚁也有性格，有急性子，有优哉游哉者。用不同的道具去为蚂蚁制造情境，一片西瓜引发它们饕餮狂欢，一杯水冲垮它们的家园，一抔土、一块石头、双脚的碾压、骄阳下的一柄放大镜……如果这样观察蚂蚁一个下午，看它们出生入死，大概会哭出来。

这就是人生啊。而破解生如蝼蚁的唯一方法，是你，你去做那个看着蚂蚁的人，这是宗教研究带给王耘的思维方式。硕博期间，他学习的方向兼及中西方文艺理论，偶然触碰佛教理论，觉得后者完全不一样，系统庞杂，层次繁多，概念高妙，吸引他转向这里。二十年来，持续的研究并没有迎来彼岸世界的召唤或者超验主义的玄想冥思，但却解开他内心的一些纠葛。

有一天，孩子问我："孟子说，无后就是一种不孝。可是，佛教里的和尚不结婚不生孩子，还常常成为人们仰慕的高僧。这种矛盾怎么解释？"我说你去请教王耘吧。王耘回答说："儒家和佛家关于生育的观念不同，但又有共通性，都是对生命有限性的反抗。前者通过延续生命来克服生命的有限，后者通过否定欲望来解构命运的牢笼。"

佛教是怎么理解这个世界的？一个母亲，怀胎十月，早晨迎接新生命，夜晚孩子突发恶疾而亡。一个国王午时登基，子时遭遇政变。生命的历程就像炸药一般，顷刻尽毁。生老病死作为一个整体，猝不及防地出现在佛陀面前，这就是"苦"。读《增一阿含经》，王耘的眼前会出现一个立柱，上面用绳子拴着一条狗，这条狗被欲望驱使，不停地往前跑，但永远也跑不到终点。人们常说时间是从指缝中流过的沙子。他说，不是你的手里有一把沙子，而是你就是一粒沙子，你在时间之中，是你，作为一粒沙子流失了。这种流失的感觉，就是"幻"。

他身边，"出家—还俗""再出家—再还俗"的人们来来去去。在看待世间万物的时候，他首先看到"苦"和"幻"。面对一个趣味视频，里面的野生动物欲望难耐，别人在笑，他叹一口气："它也苦啊。"他让孩子学琴，朋友问他："是不是因为琴能带给孩子欢乐？"他说："不，是因为，将来孩子长大了，孤单痛苦的时候，琴可以陪他。"

美学课上，蒙克的一幅画中，少女掩面恸哭，房间笼罩着莫名的殷红，墙上的线条蜷曲成少女肩膀的形状，陪她一起哭泣。他讲到这幅画时险些在讲台上流泪："这个人啊，怎么就流过那么多血？"

他的眼睛里有淡淡的忧郁，说话的气息又慢又稳。在我认识他的这么多年里，我从未听见他的声音有过一刻加速，这是他的一个神奇特征。我问他："研究宗教给你带来了什么？"我以为他会说宗教让他平静愉悦，结果他说："如果不研究宗教，我大概会变成一个更丑陋的人。"

他读过许多佛经，但他总不想修菩萨道，而更想修阿罗汉道。他说："众生实在是太闹腾了，我拯救不了。我更愿意做一名阿罗汉，做一个有血有肉普普通通的人，静观这个世界。"

如果让他在言语与沉默之间选，他选沉默。他并不喜欢讲话，但是做了老师不得不讲。他更希望的生活状态是：只和很少人说话，写完一本书接着写另一本书。等他退休了，他想去山里住，种竹子和芭蕉。竹子干净，它的竿上有细细的绒毛，没有别的东西，在竹子上写字好看，芭蕉叶上写字也好看。春天，竹子生长的声音很大。夜里，雨打在芭蕉上的声音也很大。

雪夜的老虎

　　下了高铁，把行李放在酒店，宋璐在腰间系上相机包，穿一双凡·高图案的花袜子，戴好棒球帽，走出门去。他步伐轻快，脚踝给地面足够的力量，仿佛随时都能弹跳起跑，完全没有中年人的疲惫。五十公斤哑铃与三十公里单车的交替训练，塑造了他清晰的下颌线和大型猫科动物般的脊背。这个身高一米八九的男人，眼神里带着没有被驯化的傲慢，在街头行走，如同在山头远眺。

　　他从小话少，与邻人有距离感，对父母也不愿说出心事。手中的相机像是一顶凉亭，遮出一方幽静，以观察涌动的事物。做摄影师已多年，近处拍摄陌生人依然会有一点迟疑。那因为犹豫而错失的时刻再也无法弥补，今天，他希望自己更勇敢一点。

　　来到新的城市，他用力地看。美人美景可以在社交媒体上获得大量点赞，但这不是他要拍的。光鲜堆积在一起多是同义重复，而他想记录平常事物中的异样。他用眼睛密切地注视背街小巷，等待内心波澜。

　　长椅上，低头刷手机的三个身体状如打开的折扇，三枚扇骨间隔均匀；巨幅奢侈品广告的蝴蝶结门洞里，露出菜摊的葱皮蒜瓣；冰糖葫芦错落的枝杈背后，衬着老上海月份牌里软玉温香的脸庞……微小的戏剧性在他眼前毕毕剥剥，给予这个下午丰厚的滋味，他不断按下快门。

　　街头摄影不是他的正职，没有报酬，但他在这件事上花费时间最多。每逢出差，购买最早一班高铁票，只为提前半天到达陌生之地，尽情地拍，拍完再去工作。即便熟识的朋友也不理解他为何沉迷于此。

他欣赏摄影师索尔·雷特的名言——不被关注是一种豁免。这句话印在后者的影集里，他指给我看，然后讲起相片里的雨伞构图、布的质感、时代痕迹。我俯身辨识，他说，其实最吸引他的不是这些技术细节，而是索尔·雷特的状态，没有艺术野心，对于"不被关注"心安理得，并不处心积虑地成名，只是单纯喜欢拍照。他能看出来索尔·雷特在街头很愉快，就像另一个人，薇薇安·迈尔，生前做了一辈子保姆，后来才被人发现她的箱子里有未曾冲印的十万余张街头摄影，比肩大师。而拍照对于薇薇安·迈尔来说只是业余爱好，她并不想被别人知晓。

这也是宋璐向往的生活方式。作为一名自由摄影师，他的收入主要来自拍摄体育赛事及商业活动，有时也与媒体合作报道社会事件。但他更倾心的是日常街头摄影以及长期跟拍自己关注的"有意义的"题材。

他曾住在北京的二环，用忙碌差事换来丰盈物质。后来搬到东南五环外的一间公寓，面积小——晾晒衣服得在房间中央搭一个简易架子——但房租少了一半，每月只用接几次拍摄任务就够开支，剩下时间统统由自己安排。他形成规律日程：早晨静坐，半小时腹式呼吸。再到健身房练习拳击和举重，回家登上铁质阁楼读书。下午拍摄，晚上看电影。

年轻时他喜欢在路上玩空气投篮，现在变成空气拳击，在人少的地方忍不住挥拳练习。他也笑自己，四十多岁还这样，是不是太稚气？同龄友人如今都成了教授、主任、处长……别人在规则中生长，自己好像是野草。傍晚响起雷声，他去追赶暴风雨，拍摄雨中船只和闪电树影，一身湿透。在出租车里听到窗外有趣的玩具狗录音，念念不忘，特意走几公里去找，剪辑成搞笑片段。

我翻看他收藏的摄影书，他说："怎么样？这本三千八百块钱转让给你。友情价，别人我得卖四千呢。"

有时，他又异常认真，曾因为和我争论摄影观念，创造我收到的单条微信最长记录，使我拇指连续划动六下屏幕才看完。面对一眼望不到底的文字，我还有什么争辩的体力，只能大笑着回复："你说得都对。"

我让他帮着编摄影类书目，他说他紧张又兴奋，他幼年时曾想做图书馆管理员，这个愿望此刻终于能够部分地实现了。为了避免褊狭，他请教中国人民大学的专家任悦，在她建议下将书目分为四类：摄影史、摄影教材、摄影图片集及画册、摄影观念及观看哲学。

摄影史，他推荐《世界摄影史》《中国摄影史》《中国照相馆史》《身体·性别·摄影》等。

摄影教材，他将《纽约摄影学院摄影教材》排在首位。这本书在全世界流行数十年，逻辑清晰，讲述明了，再版也增加了数码摄影内容。手机摄影和微单摄影书籍，在他看来离摄影的本质遥远，不是他的心头好，但这类易让大众接受，能满足人们学习入门技能的需求，还是建议我采购。

摄影图片书及画册，群众肯定喜欢，直观又好看。玛格南系列影集、《黑镜头》《纸上纪录片》《毛以后的中国》《火车上的中国人》都值得收藏。陕西地方特色的摄影集，他也找了几本——《市井西仓》和《对影胡说》——推荐给西安读者。还有一连串的摄影师难以割舍：塞西尔·比顿、史蒂芬·肖尔、罗伯特·杜瓦诺、马丁·帕尔、南戈尔丁、寇德卡、荒木经惟、森山大道、东松照明、深濑昌久、吕楠、严明……他列出来，又担心这些画册太贵，图书馆经费不够。

摄影观念及观看哲学，他觉得有必要多推荐一些。苏珊·桑塔格《论摄影》、伊安·杰弗里《怎样阅读照片》、威廉·弗卢塞尔《摄影哲学的思考》、约翰·伯格《观看之道》《理解一张照片》《另一种讲述的方式——一个可能的摄影理论》这些书都是经典。他特别指出，约翰·伯格《抵抗的群体》《幸运者——一位乡村医生的故事》以及苏珊·桑塔格《关于他人的痛苦》也许会令我觉得奇怪，书的标题像是与摄影无关，但他又难以舍弃这些书籍，它们打破边界，关乎对艺术本质的认知、感受与思考，对摄影是一种滋养。

星期天早上，光线大亮，我懒洋洋蜷在被子里，微信叮咚响，他的文档来了，再次创造纪录——我迄今为止收到的最长的书单，五千字，红色和黑色字体区分书籍的重要级别，并一一说明推荐理由。我一个激灵翻起来，朋友对我的图书馆这样上心，我还在这里赖床？

我问他为什么要推荐《关于他人的痛苦》，他说，因为理解他人的痛苦对于视觉工作者来说，是在胸怀上的准备。他常年拍摄"智障人群养老"专题，用什么角度去拍，这取决于自己如何认知拍摄对象。残障者的苦楚和无奈不应该成为一种猎奇的观赏物，而是生活的悲剧惯性。

2007 年他偶然在"北京慧灵服务机构"接触到智障群体，做起义工。他教他们简单的传球和上篮动作，也带他们去户外比赛，陪伴他们购物。我看过他拍摄的上百张照片，显然他去过"慧灵"多次，与拍摄对象关系比较密切。人物在镜头前状态熟稔、不戒备，那低头小憩的样子，匆匆过客很难拍出来。

这些年来，许多智障人士被亲友嫌弃，遇到生活困难，总是拨通他的电话。电话中的语音照例浑浊不清，缺词少句，他吃力地弄清楚对方诉求，帮他们买饭送药，鉴别网络诈骗（他们经常被骗），去派出所——和民警沟通他们在无知中犯下的错误——然后再去看守所接回他们。有段时间，智障患者老王突然由活泼变得寡言，好胃口消失，整日厌食呆坐。"慧灵"职员不知道老王怎么了，问也问不出，只有宋璐猜到老王是因为（对一位健康女性）无果的暗恋而自卑绝望。宋璐给老王一支笔，让他把心事画在纸上，又陪他去远处散步："我知道你想那谁了。"老王的眼泪流下来。

这早已超出了摄影师的工作范畴，但宋璐笃定要做。他发表了"智障人群养老难题"系列照片，帮这些人获得更多关注。报道与发表并不是终点，成年智障人群事业在所有公益事业里几乎处于关注的末梢，这个事实暂时无法扭转。他更在意与这几个家庭关系的延续以及这件公益事业本身在社会层面的推进，他觉得自己沉浸得还不够。

我有个疑问，长期与病患人群相处，会不会被一些难受的场景消耗得太厉害，坚持不下去？他说还好，虽然会被苦难触动，但就像外科医生可以面对鲜血与脏腑一样，这些都在承受范围之内，不吃力，没觉得自己在坚持，可以一直这样做下去。

精通塔罗牌的朋友为他算了三次，他的命运全都落在同一张牌上——图案是美人鱼的背影，斜倚浮冰，转身朝向蓝色水域——这张牌有着神秘寓意，说他来自外星球 Mintakan，到地球的使命是做一名 lightworker（光之使者）。不管这是不是真的，他很愿意把这样的使命加之于己，点燃灯盏，照亮道路。

他问我："你相不相信，你在这个世界上有使命？"

他相信他有使命。在他看来，摄影是一种媒介，一方面向内探寻，构建和形成自我，另一方面向外介入这个世界，产生影响。如何介入？他有底线，比如，他反感煽情式的卖惨图片，决不故意抓取"典型的"失智面庞以夺人眼球。翻阅他的照片，我注意到，面对低智人群，他的心态是平视而不是俯瞰，是用友人的眼光发现他们日常生活的无措：梳齿间缠绕着乱发，窗台上落着药片和灰，花洒下的泡沫堆积在脖颈上。这些镜头里有悲悯也有尊严。

他说，一个摄影师的素养首先体现在观察力，能迅速将某个画面从现实中剥离，同时判断哪个角度和背景更好。这类技术通过反复练习都能获得，但往更深层面走，差异就大了。手持相机的这个人认为什么值得被记录，为什么选这个不选那个？这是个性和立场问题。

当下的摄影有一部分是快捷商品：或迎合消费主义导向，或只关注自我，拍摄自己和身边人的小浪花，几天就可以出片儿。但他想慢一点做事，消除自恋，转身向外看，陌生人的生活里发生了什么，为何发生。报道摄影比较耗费精力，比如做残疾人主题，要想办法找到不同家庭，相处几个月甚至几年，承受这个过程中产生的负担。最终作品能拍得多深入，取决于摄影师对他人生活有多诚挚的关注，有什么样的情感和责任感。这个活儿的投入产出比不高，很多人觉得不划算。

从前他有过困境，在深渊得到一丁点帮助，都很温暖，他清楚地记得这种感受，所以推己及人，他也想为痛楚中的人提供支持。他说他小时候比较自私，这些年来最大的变化就是，渐渐觉得在这世上，自我的需求尤其是物质需求没那么重要，应该尽可能地打破"我"，要"无我"，把自己交出去，多给这个世界一点温柔。

他拍摄过许多因为重症来北京治病的孩子，那些临时出租屋里拼凑的碗筷、仓皇的折叠桌、便宜的布娃娃、焦灼的家长……把镜头对准他们，他有些矛盾。疾病也许是人最深的隐私和痛苦，这些重症家庭因为不得已的原因被迫打开家门接纳一个拿相机的陌生人，拍了似乎就是欠了人家。他愈发提醒自己要克制，不要僭越，不要为了攫获信息而冒失地套取他人的秘密。

　　一个四岁女孩患神经母细胞瘤，多次化疗，头发全脱，面容消瘦萎黄。他去采访，谈论病情时避开小孩，怕她听见心里难过。孩子母亲说没事，这孩子从小就在医院里度过，对于高烧和昏迷习以为常，承受痛苦的能力极强，正常日子对她来说反而稀有。母亲拿出假发套和蓬蓬裙，小女孩高兴地穿戴上，被大家夸是小公主，她噘起小嘴说："可是，我没有马车呀。"宋璐向我模仿那个女孩的声调，说："她真的萌化了……"

　　"如果我的野心大过了同情心，我就失去了灵魂。"这是摄影师纳切威的名言，宋璐反复用这句话来丈量自己。在我写作本书的最后时刻，他也和我探讨非虚构写作的伦理，提醒我对书中人物未来可能受到的侵扰要有预判，要在文字中尽力保护他们。

　　有次他去偏远山区采访，小孩躲记者，不愿回忆最近发生的难堪之事。有人向他出主意——把小孩带到城里去玩，买好吃的，哄着他说出来。宋璐反对。交换式的利诱，便是野心大过了同情心。关乎个体命运的故事当中，应该把当事人感受放在第一位，交流的前提是尊重他们。他放弃追问，把手中的单反相机递给小孩摆弄，又故意让着小孩，任他抢断自己手中的篮球。这个小男孩历经重大风波，很久没有笑过。但那个下午，男孩在宋璐的陪伴下，发梢甩动着汗珠，笑个不停。

　　宋璐相信，一个事件不是孤立的，最好能在照片中呈现这个事件和环境和历史的横纵关系。这样的视觉作品，信息会更饱满。他喜欢用烘云托月的方法拍照：拍摄野生动物迁徙，他得提前了解食源地植被，橡胶林发展，当地退林还耕的状况。先把选题发散开，考虑怎么将这些因素视觉化，再列出详细拍摄计划，包括镜头远近、元素对比等等。为某重症家庭拍摄筹款照片，他觉得医院环境对事件的说明远远不够，于是自费搭乘火车汽车去河北迁安县农村的病人老家，拍摄那里的困窘细节。多花一天时间，多出来几张照片，他想，也许能触动某个读者多捐赠一些。

即便是纯粹"商业"的拍摄，他也不敷衍。赞助商在篮球比赛的大屏和地板上植入各种 Logo，明令宣布：相对于比赛本身，把各种 Logo 拍全更重要。宋璐把这生硬的条件当做一种特殊训练，在 Logo 的干扰中拍出运动的美感。摄影师很多，有人就是干活而已。但自己手底下不能出来随便的照片，那是对技艺的荒废。他的这个口袋相机用了三年，边缘磨得发白。但这不算什么，他在欧洲遇见一位同行，佩服对方的相机边角剥落得那么厉害。一个摄影师，就得把相机磨成那样才行。

在人群中他常常感到自己格格不入。很久以前他在"铁饭碗"的媒体工作，但难以适应官场秩序和饭局社交，辞职了。他报名参加玛格南在中国的课程，学员们乐于和导师联谊欢宴，他也不太习惯。那时他一下课就上街拍照，深夜回来筛选照片，交给导师。一个摄影师怎么向另一个摄影师表达自己的敬意？他认为，就是尽可能地去工作，用作品（而不是饭局）跟对方交流。他和我讲起那些趋炎附势者，眼角嘴角荡着嘲讽的轻笑，接着，他说他去年读过最好的书是格罗斯曼的《生活与命运》——极权主义威压下，人们如何保存良知。

有人说他这样太清高，但他并不怕被误解。孤独、决绝、不合群，这几个关键词挺立于他的各个社交媒体中，是他给自己的界定。有时他觉得自己是那样地需要倾诉和陪伴，有时又觉得，唯有孤独才能获得真正的自由。

所有采访工作，只要有兴趣，他从来不问报酬。怎么结算，哪天结算，他都不清楚。他的存款金额很少，无所谓，不焦虑。他没有汽车，有一辆蓝色的自行车，在萧太后河沿岸的野花中骑行，车锁挂在车把上叮咚作响，微风中享受自己给自己挣来的闲逸。夜里，他回到电脑桌前，为照片编码、排序，放入按照年月日排列的文件夹。他本人很少入镜，但每个时刻都有他的目光在场。再次注视自己眼前发生的景象，回忆自己和物象为什么在那一刻突然对视，这样的咀嚼让他感到舒适。

秋天他得了肺炎，医生叮嘱他不要剧烈运动。不运动对他来说很难受，他自己制定循序渐进的运动计划，每周增加一点强度。但他不敢带着相机上街，因为对他来说，心动才是最剧烈的"运动"，街头目之所见一定会让自己心动过速，不停地拍下去。他写道："如果观看是种呐喊，我已破了喉咙。"

在一个大雪之夜，他想起家附近的树林中有一座被丢弃的老虎雕像。它现在是什么样子？突然想去看看它。公寓门口的保安十分惊诧，半夜十二点多，雪没过脚踝，还有人要出门去散步？

路上只有送外卖的摩托还在行驶，地太滑，戴头盔的快递员摔了一跤，宋璐扶起他，然后独自拐向那片树林。林子里的雪是完好的，唯有他嵌入了两行脚印。"老虎"就站在那里，没有动，雪花覆盖了它的斑纹。宋璐看着它，它也看着宋璐。然后，它邀请他举起了相机。

阅读树枝的女人

贡嘎山的夜晚，雪山隐没为远方的黑影，星星从穹顶弥漫到地平线。在这里住了几天，王焓觉察到北斗星座移动的方向，也发现星星的颜色其实一粒一粒各有不同。亮黄色和浅金色星星网织如缕，素淡的白色星星似乎稍微后退了几步，嵌在天幕里。还有几颗星星是奇异的绿色，她记得它们的位置。倚在观景台的木栏杆上看星星，俯仰之间都在闪烁，几乎要把自己卷进去。这像是维也纳见到的克里姆特的金箔画。那天，她刚刚结束学术会议，跑去美术馆看那幅著名的《吻》，画中恋人裙袍上的金色微粒，远远反射着光芒。

她来贡嘎山做野外科研已是第四年。川西大横断山脉高寒神秘，除了云海雪山峡谷湖泊，还保存着异常丰富的动植物生态。星星这样密，明天一定不会下雨，带学生上山采集标本，是个好天气。

我和王焓是同乡，上大学时我比她高几级，朋友让我帮着照顾这个小老乡。那时她是个声音稚气的小姑娘，遇到事情会担心地睡不着，站在我宿舍门口，请我给她想办法。现在她已经是清华大学的博士生导师，带领科研团队在山中安营扎寨。

在贡嘎山做科考是件辛苦的事。采回来的枝条按科分类，剪成小拇指长。紧贴树皮的那层木质即形成层，最中央的坚硬部分叫做心材，夹在这两层之间的是边材。她要研究边材的导水功能，先去除粗糙的树皮，再像剥香蕉般小心剥去微微柔软的形成层，边材露了出来。用游标卡尺测量边材外径，再测量心材内径，二者相减计算数值。一个物种要测多根枝条，每根枝条测两端，每个端测四个数，外直径内直径各测两次。王焓坐在树墩上，挪动游标卡尺上的标记，紧盯刻度，默念这些只有毫厘之差的数字，把它们填写在表格里。这是今天最重要的任务，看起来简单，但需要高度集中注意力，不能和学生说话，否则会记错。测完一筐树枝，半天已经过去。她的眼睛发涩，靠在树干上睡着了。

我请她推荐几本和科学有关的书目，她首先推荐《这里是中国》，小孩子可以看懂，她带的博士生在看，系里的同事也在看。这本书，不仅图片漂亮，还从地理的视角抓取有趣的点，告诉人们去每个城市可以看什么，比如去成都看"窗含西岭千秋雪"，去看西岭雪山春天的杜鹃和秋天的红叶。这样的书既满足了大众旅游观光的愿望，又渗透自然与科学的教育。

她还推荐了爱德华·威尔逊的《给年轻科学家的信》，适合刚刚开始做科研的年轻人读。刚到澳洲读博时，她曾问导师夫妇，做一个优秀的科学家需要有什么样的素质？她以为答案是严谨，或者耐得住寂寞。导师夫人说，是热情和好奇心。同样的话，爱德华·威尔逊在《给年轻科学家的信》中也说过："技术很容易学会，唯有热情，是最不容易的。"

我刚认识她时，她喜欢幼龄的裙子，绣花小包，毛茸茸的发夹。她上课用奶黄色的笔记本，字迹撇捺的转折处柔和。家长和老师都说她安静，适合做研究。可是她内心迷茫：为什么要做研究？为了做一个科学家？为了报效祖国？为人类文明的进程而做贡献？这些都是被灌输进来的观念，并没有真正地触动她。就像小学教室墙上的居里夫人和牛顿画像一样，他们是很伟大，但这伟大太抽象了，显得那么地隔膜。

她的每一步都走得合乎规范，宿舍整洁、作业认真、声音羞怯、成绩稳定。但是直到保送读博，她还是常常在实验室里感到空虚，不知道自己手头所做的事的真正意义。

十几年前，她第一次出野外时还在读研究生，穿着冲锋衣溯溪鞋，测量叶片面积和光合作用数值。起初看到野花野兔，特别兴奋，但日日记录实验数据则枯燥难挨。带队教师突然生病，她这个小姑娘得负责大家吃住和买物料的杂事，野花野兔于是更加成了退居边缘的欢乐。回到学校后，她再也不想出野外。

读博的最后一年她去澳洲学习，对科学的认识突然有了转变。

导师家在一片树林里面，门大开着。她迟疑地放下行李，叫导师的名字。白头发白胡子的导师和夫人正在阳台上打字工作。栽种的草莓用篮子高高吊起，红果子在空中探头探脑。厨房特别大，几十个透明的小玻璃瓶趴在墙上，粒状、粉末状、碎叶状的香料分门别类，标签上的英文单词她认不全，只是觉得这样的摆设又好看又好玩。屋外是高高的桉树，树干透着浅蓝色，闻得到树叶的香气。她睡在客房里，清晨被各种鸟鸣声叫醒，推开窗，五彩鹦鹉在桉树林里飞来飞去，像是童话世界。那是异国生活对她的第一阵冲击。

导师和夫人陪她出去玩，看鲸鱼看袋鼠，想在短短两年时间里带她认知更多野物。他们在国家公园里面徒步，老两口走走停停，掐一片叶子聊起来："你看这个地方的植物它是什么样子的，这个地方的环境变了，植物也就会跟着变。"走到山旁，"这块岩石上的水洼和凹洞是怎么形成的，说明这里原来的地貌和气候并非如此。"那时王焰的英文不太好，听不懂专业术语，导师不厌其烦地给她解释。她忽然觉得，科学研究随时随地都会发生，对自然的这种关注就在这对老夫妇的身体里，不是要特意地进入办公室，打开一篇文献再进入科研状态，而是在日常生活中，处处都在。

从那时开始，幼年墙上那些科学家画像不再是纸片儿，而是有血肉有对话，是真实的了。导师的生活方式吸引着她，在和导师的合影中，她最喜欢徒步中抓拍的一张照片：山峦当中，导师的背影在前方，她面向镜头笑着，她愿意追随着导师的脚步，一直走下去。

很久以后，她读到吴国盛的《什么是科学》，印证了自己当年在澳洲与导师一起工作的朦胧感受。她也把这本书推荐给我们的图书馆。书中讲到，我们经常在谈论科学，然而大多数人根本就不知道什么是科学精神。西方文化更强调理性和自由，东方文化更强调仁爱，这些差异如何在古代发端？又如何在 17 世纪之后演化？中国的科学跟西方的科学差异在哪里？科学不是单纯的技术，而是积淀千年的一种精神。如果没有这种精神，单纯去做研究，那就只是在表象徘徊，做不好是很正常的事情。

还有一本《科学的历程》也是吴国盛写的。用通识教育的视野把科学发现串在一起。读完，王焓觉得好像给自己找到了答案，科学精神影响的不仅是她对自然的认识，也包括她对人生道路的选择。

回国之后，她获得清华大学教职，但暂时还不是长聘。要想获得长聘，绝非轻松之事，必须持续产出高级别成果。有那么几年，她厨房里的灶火从来没有点燃过，筷子也没有动过。早晨冲麦片吃面包，午餐晚餐在校园食堂，其余时间全在实验室。设计好的模型在电脑上跑不顺，她夜里睡不着，想出解决问题的途径，第二天兴冲冲去实验室尝试，还是不行，一直卡住。

她的论文一度被拒稿，沮丧。学生论文被拒，她也跟着沮丧。她刚从国外回来，没有人脉，似乎是要难一点。对她打击更大的是，自己想要招的学生突然转投他处，她开始否定自我。与此同时，同行们不停地发文章：《自然》（Nature），《科学》（Science）①……影响因子飙升。为拿到长聘，她失眠、掉头发，去最好的医院，换了好

①　这两者均是全世界最有名望的顶级学术期刊。

几个心理医生，症状没有好转，什么都不想干了，想放弃。那大概是她近年来最艰难的时刻。

她一度想辞职，家人反对："清华是别人求之不得的地方。你辞职之后怎么可能找到比这更好的工作？"

"可是我为什么必须在清华教书？我想去英语培训学校教小孩子，那样就没有压力了。从清华出来教小孩子就很丢人吗？我为什么要为面子活着？为什么没有人理解我的痛楚？"

有心理医生是不够的，她给我打电话，问世间到底有没有人能理解她想离开清华去教小孩子的愿望。导师夫人也陪她在 Skype 上定时聊天，每周一个小时。

她后来跟我说："虽然你和导师夫人的建议没有心理医生那么专业，但我发现我很需要你们。因为心理医生是有偿服务，她为我所做的是出自职业素养要求，不是牵挂我这个人本身。而你们是真心牵挂我的，这对当时的我来说，是很大的抚慰。"

她提到最近在读的一本书，霍普的《实验室女孩》，这本书就像复刻了她的一部分生活。霍普也是生物学家，也抑郁，也需要心理医生，最终也战胜了这一切。王焰说："我们课题组的学生很喜欢这本书，所以我要推荐给你的图书馆。"

科学家发表出来的往往只是论文，没有机会叙说自己的日常生活。霍普将这些写了出来。霍普生来孤单而内倾，初建实验室时困难重重，有时焦虑，需要服药。读到这些，王焰心有戚戚。真实的科研就是这样的，不是永远都能正能量地去面对困难，有时负能量会喷涌而出将人淹没。王焰与霍普面临的琐事一模一样：要做 PI 项目负责人，就得建实验室、雇人、拉经费，要和供货商讨价还价，跑设备处报批，还要办免税，和海关打交道。遇到能用的二手器材，想办法旧货改装，这儿薅一点，那儿薅一点，节约开支，把这个实验室运转下去。

霍普参加的"地球学年会"，王焓也参加过。但王焓当时根本没有想到，在场的同行中有一位竟然是开着卡车穿越美国，历经漫长的艰辛才赶到，那就是霍普。也许她和霍普曾经在会场擦肩而过？

霍普为科研生活打了一个比喻，说自己像是一只蚂蚁，在天性驱使下寻找掉落的松针，扛起来穿过整片森林，一趟趟地搬运，一根根地送到巨大的松针堆上。这堆松针如此庞大，以至于只能想象出它的一角。这样贴切的文字值得推荐给从事科学工作的人们。在霍普心里，克服焦虑之后，科研就变得那么的美好。这种美好，最近几年，在王焓生活里也越来越浓烈。

2018 年她再次去野外，是她第一次作为教师角色来到山林里。她要联系野外台站，安排租车，给学生分工，和各国学者讨论怎么选择样地，四周计划如何分步推进，每天具体要测什么样品。她的角色更为主动，心态也似乎变了。从前她作为学生出野外，有时候会聊天。老师批评说："不能聊天，要专注。"她心里不服，测标本的工作这么枯燥，聊聊天又怎么了？但现在她是教师，除了要做榜样之外，她发现自己其实不想聊天，就很想做手上的这个事情。在每一个枝条上做编号，1234 依次写下去，太阳落山的时候把所有枝条整整齐齐地摆在一起，拍张照片留个纪念，树枝肚皮上的数字好可爱。

科学是做事情，而不是聊事情。只有在林子里用双手工作，才能收获确凿的成果，这是实实在在的开垦。这一年，她设计的实验更缜密，顺利产出想要的数据，生成重量级论文。她第一次带学生去参加国际会议，从此之后不再是一个人独闯天涯。

2019 年，贡嘎山西坡，全无人烟。她和学生们搬着测量设备和材料，爬两个多小时的山路，攀登到海拔 4500 米处，测定植物叶片性状和茎秆中导水组织面积，研究植物光合作用对高海拔环境的适应性。记录仪器中的一系列数据：气孔导度、光合速率，蒸腾速率……师生都在安静工作，不说话。几匹小马在草间玩耍，用鼻子去蹭对方的肚皮，像是挠痒痒。雪山融水，溪流并不宽阔，两岸即便低矮的植被也在努力地吸收水分，卑微平凡的生命就这样在生长、繁殖、修复。她感到极度地宁静与愉悦。手持标本时，她突然有了冥想的感觉。周围的云雾似乎隐去，她只关注手上正在测的东西，不去想这件事情要多久才能结束。只是去测，去测。

结束一天的工作，风已经有些凉了。云彩细碎，月光透过缝隙洒在贡嘎山上。出门时她忘了关灯和窗子。晚上回去有很多飞蛾，扑棱棱响，扰得人睡不好。十多年前第一次出野外，她的房间里也有过飞蛾，当时她大呼小叫，害怕。三年前，也是在野外，她临睡前见到飞蛾，不再尖叫，只是扔一只拖鞋过去把它们拍死。可是现在她突然觉得飞蛾也是个生命啊，她想了想，打开卫生间的灯和门，蛾子飞了进去。然后她关上门。这样它就不会死，明天早上把它放出去就可以了。

这一次的野外，她明确感受到自己身上的变化，一是测数据时的"心流"，二是对自然的态度。回到北京，和父亲走在清华的校园里，她对父亲说："我对科学精神有了更深的理解。它能通过日常注入我体内，我感受到人类在自然中探索这件事本身的魅力，不知不觉越走越远。这真的很幸福。"

在自己的公寓里吃早餐，她愿意比从前付出多一点的时间。离开澳洲时，她已经能够认得导师厨房玻璃瓶上的所有英文：肉桂、罗勒、丁香、牛至、欧芹、龙蒿、莳萝、迷迭香、鼠尾草……她虽然厨艺不如导师那样精湛，但也开始学着去磨咖啡豆，或者切芒果西柚放进搅拌机里，做一杯杨枝甘露。她的客厅里有鹤望兰和绿羽的阔叶，厨房窗台上薄荷长得茂盛，浴室里有一只袖珍的石榴果实状花瓶，插着一小枝罗汉松。作为一个植物生态学者，应该把植物引到家里。

她想念野外，自然是那样的迷人，因为地形崎岖，横断山脉的许多美景罕有人至。但她和学生们有机会俯身在丛林中，阅读珍稀植物的秘密。苞芽下面树叶脱落的地方有着维管束痕，形状不一，有圆形、扇形，还有三角形。叶片与根茎之间的夹角，各怀心思，它们有过怎样的过往，植物学家懂得。树木顶端与底部的叶片颜色各异，就连同一片叶子，前端后端也色泽不同。

我从网上找到一些植物方面的书籍，请她定夺。读这些书，我略微明白了植物学者的欢乐。在《怎样观察一棵树》里，我看见悬铃木的种子（翅果）周围有许多细微的绒毛，棉花糖一般密织着网罩。荷花玉兰的花蕊像是卷起的鱿鱼须，大叶水青冈发芽的过程像是踮起脚尖跳舞。《杂草的故事》里，就连最不起眼的荒草，也在努力地生长、繁殖、修复、储能和自御。《园丁的一年》，与植物相处的乐趣和养猫猫狗狗一样多：

亲爱的上帝，您能不能换一种方式下雨？比如每天从午夜下到凌晨三点。当然了，您知道的，必须是柔和而温暖的小雨，这样水分才能被土壤充分吸收；请不要下在十字花科植物、岩蔷薇、薰衣草以及所有旱生植物上，您全知全能，一定知道我指的是哪些——如果需要的话，我可以为您抄一份清单；阳光最好能全天普照，但也不要无处不照（像龙胆属、杜鹃花属植物以及绣线菊就不要照了），光线不要太强；最好还有充足的露水、微弱的风和成堆的蚯蚓，但不要蜗牛和蚜虫；每周要下一次稀释过的肥料雨，最好再有些鸽子粪从天而降。

她在这几本书之外又推荐了《城市自然故事》，适合小朋友看。介绍了都市里常见的动物，喜鹊在地上走路时双脚交替前行，而灰喜鹊则是蹦跳前进……这些趣味细节会让孩子们更加了解身边的自然。

这两年，她每招收一名新的课题组成员，就买一盆新的植物代表他（她）。新成员自己挑植物，如果挑不出来，她也会给他们推荐性情相近的。她建议徐慧莹选绣球，因为漂亮；建议金乐薇选佛手，因为比较文艺；建议张翰选月季，月季开起花来疯头疯脑的，张翰爱搞怪，这个就像他；建议谭深选吊兰，谭深头发少，希望他的头发可以像吊兰那样郁郁葱葱……

她列了一个长长的名单，包含每个植物的学名：

铁树（*Cycasrevoluta*），张文杰

栀子花（*Gardeniajasminoides*），任扬航

绣球（*Hydrangea macrophylla*），徐慧莹

月季（*Rosa chinensis*），张翰

吊兰（*Chlorophytumcomosum*），谭深

鹤望兰（*Strelitziareginae*），乔圣超

茉莉花（*Jasminumsambac*），周建

鸭掌木（*Schefflheraheptaphylla*），朱子琪

水杉（*Metasequaiaglyptostroboides*），王润玺

佛手（*Citrus medica*），金乐薇

早樱（*Cerasussubhirtella*），李蒙

茶花（*Camellia japonica*），冯泽宇

……

有一天，栀子开了两朵花，王焓对任扬航说："现在不是栀子的花期，它却开了，可能是你投稿的两篇论文要发表了。"过了几天，任扬航果然收到了好消息。

"佛手"女孩金乐薇性格容易紧张，总担心自己做不好，怕老师失望。王焓察觉到了，又怕直接去问会让她更焦虑，就假托说："我看到我家的佛手最近长得不太好，是不是你最近有什么压力呀？"乐薇觉得好神奇，于是把心事跟老师说了出来。

飘窗上的植物成了王焓和学生们沟通的小助手，也像是一个镜子，提醒她反思自己。有一株植物最近有些蔫，她想起来，最近好像没太给它浇水施肥，那是不是潜意识里对它代表的那个学生也没有那么上心？植物给她信号，在课题组里要关照到每一个个体。

学生们喜欢这样的游戏，宁愿相信自己的"专属植物"善解人意、有灵性。他们常来她家里看这些植物，再一起下楼扔飞盘玩。将来他们毕业时，她将举行一场特别的"分蘖仪式"，把各人的专属植物扦插或者分蘖一枝出来送给他们："无论你走到哪里，你的根系和我们在一起。"

石榴果挂满枝头

五月里，街头树枝间有一团团橘色闪现，是石榴要开花。刚开始它们只是些小圆疙瘩，簇拥在一起，圆球顶部露出六道浅色印儿，预示着即将从这些纹路裂开。几个夜晚之后，次第绽放，橘红变火红，绕着护城河热闹起来。

石榴花是西安市的市花，曾经成为"世界园艺博览会"（2011，西安）吉祥物，名叫"长安花"。十年后，它又化身抽象形状，勾勒出"第十四届全国运动会"（2021）主场馆的建筑外缘。这栋建筑用波浪线条模拟花瓣的形状，名字还是叫"长安花"。

"十四运"倒计时一百天庆祝活动即将在"长安花"里举行。我是第 20 号大巴车的领队，负责在西安交通大学校内的宽阔场地组织群众排队安检。他们事先通过了层层政治背景审核，随后签字确保可以承受六个小时不吃任何外带饮食，文明落座，神态积极，遵守场馆纪律。一排 X 光机和手持检测仪对他们进行检查，剔除"不安全"的外套、包袋和金属器具，扣下保存。近千名人员安检登车耗去一个小时，一旦中途有人下车去场外的洗手间，得从头再来一遍流程。

"长安花"很远，在城市东北角，临着灞河，现在隶属于新成立的"港务区"。我记得那里从前偏僻，如今通过车窗看出去，到处是楼盘和塔吊。道路宽阔，街头汽车稀疏，大概少有居民搬过来。地表深处有四条地铁规划线路在建，可以预见繁华即将向这里延伸。

灞河边，柳树枝条茂盛。在古代这里就以垂柳闻名，《西安府志》记载："灞桥两岸，筑堤五里，栽柳万株，游人肩摩毂击，为长安之壮观。"出长安城向东远行的人们都要经过这里，在河岸上折柳送别亲友，无数诗歌描摹过这样的画面。

新近，灞河柳荫里铺设的道路与渭河、沣河、秦岭连成"三河一山"工程，三百公里的绿道游径刚刚全线贯通，百余座驿站开放。图书馆里喜欢骑行的小吕，每个周末都要去探索新的路径，把他爱车的车轴擦得铮亮。

在城市规划蓝图中，"长安花"附近即将建成"长安云"（城市展示中心）和"长安乐"（文化交流中心）。"长安云"外观如同一方丝缎，"长安乐"有五栋楼，据说象征五个音符，但我觉得图纸上那一大四小的样子更像是可爱的足印，一个大拇指身后，四个圆圆的指肚。"花""云""乐"三栋建筑成"品"字形，与大型阅读综合体"长安书院"隔河相望，即将吸引体育赛事、科技展览、歌舞戏剧、书画艺术以及成千上万的书籍来到灞河两岸。

我们的车队路过"长安云"和"长安乐"工地时，看不见什么，它们被围挡起来。远远地我看见了"长安花"，它旁边有一栋类似折扇的建筑（游泳馆）和一栋类似星形的建筑（另一体育馆），我问叫什么名字，人们说："长安鼎"和"长安钻"。

长安这，长安那。"西安"这个城市的名字自明朝洪武年间启用，已通行六百余年，但在"长安"二字面前，它还是少一分信心。每逢盛会，请"长安"上前，"西安"退后。十年前世园会的主题曲：

送你一个长安，
蓝田先祖，
半坡炊烟，

骊山烽火，
天高云淡
……

今天，十四运场馆门前的喷泉不停歇地唱着：

常来长安，
来寻找浪漫
……
人间处处好，
静心在长安
……
常来长安，
把心境变换
……
这里是长安
常来就会长安。

　　脚刚挨到地面，我便被人淹没了。我这样的身高实在不应该做领队，摇着小旗带领全车人行进变成一件困难的事，我得伸直手臂，甚至跳起来喊叫，才能保证所有人不掉队。场馆内的文艺表演满是宫女秦俑、胡姬武士、运动健将、丝绸之路、青山绿水、威亚飞人、色彩绚烂光影生辉。一下子吃进这么多，我的眼睛有些饱腹感。观众们统一戴上带有"十四运"Logo 的口罩，间隔就座，跟随统一的口令鼓掌、挥舞荧光棒。
　　就这样连续彩排好几天，我一直顾不上图书馆的事，还好有小吕。

　　小吕每天早晨上班签到，第一件事，先去抢"原文传递"。这事儿得拼速度，全国的图书馆都在"抢"，帮读者寻找他们要的论文、电子期刊和电子书，每个月要完成定量。据小吕说，有的论文比较难找，跑遍各个数字资源平台碰运气。月底省里统计数量，别的馆好几百篇，小吕急于赶超。平常上班时间容易拥堵，时间一长他也抢出诀窍了，一大早去抢，或者半夜去抢。

　　抢完"原文传递"，他到前台去收书，一部分是有问题的书，因为数据错误不能正常借出；另一部分是"你选书，我买单"书籍，群众挑出来要图书馆采购。这两类书，他一并拿回后台编目，做完这些再联系我。

　　我和他每天匀出一点时间交换信息。我收集书单，把粗加工的食材交给他。他查重删减，摘去多余的黄叶返还给我。然后我比照译本、古籍版本、年限、出版社，把食材再次筛选、分类、切制，他去准备香料，输入最后的价格数据，烹饪出锅。

　　在与他合作的间隙，我接到一些意外的差事，还是做书目，只不过是别的地方。第一条短信来自陕西省安康市汉滨区张滩中学，我故乡的一所农村中学，依傍着汉江南侧的一条支流——黄洋河。"张滩中学"对我来说是亲切的，父亲在那教过书，我在那个院子里一直长到六岁。后来父亲的工作调动到汉江以北，几年后辞世，我便和张滩中学疏远了消息。如今的张滩镇，多数孩子择优进城读书，往返也就一个多小时。留在农村的学生不多，成绩相对靠后一些。校长在媒体上看到报道，想请我帮学校做一个书单。

　　听说我童年住过的那排平房已经拆除，学校近旁的河水依然流淌，只是河道变窄了许多。春天的油菜花田蓊蓊郁郁，城里人举着自拍杆和大花丝巾专程来拍照。我在照片里看见石桥的孔洞，依稀想起三十多年前我套着一个救生圈站在水里，鹅卵石有些硌脚。桥下曾经有个卖豆芽的小贩在吆喝"豆芽毛五"——1988年，豆芽一毛五一斤。

这些怀旧的情绪让我立即答应了校长的请求。校长说他们的学生不太喜欢去图书室，也许是学校买的书不对孩子们的胃口，也许是"留守儿童"的家庭环境不利于阅读习惯的形成。农村中学没有多少经费，他先拿出两万元，试着买几百种新书，看看学生反馈如何。

我将文史哲和自然科学划分出大致比例，争取营养均衡。英国DK出版的百科系列图文一向经典，值得收入。国内的"大家小书"，薄薄的，深入浅出，可以挑几本。我知道城里的中学生爱看托尔金的《魔戒》、刘慈欣的《三体》、东野圭吾的侦探小说、阿西莫夫的科幻小说，乡下孩子应该也一样。毕飞宇的《小说课》、王鼎钧的《作文七巧》写得用心，适合期望提升"语文"的中学生，读完也许开窍。费曼的《别逗了，费曼先生》、乔治·伽莫夫的《物理世界奇遇记》都有趣，愿能激发学生的求知欲。《献给阿尔吉侬的花束》我最近刚刚读过，一个脑损伤患者通过手术变为天才，后来又退行成为智障。全文像是他的大脑切片，展示了爱与智，生长与枯萎，争夺与失去，这本书也添上吧，给高中生。还有余秀华、陈年喜、阎连科书写乡土经验的作品，不知道他们会不会感到触动？最后我录入几本《读库》，那里面的文章多为非虚构作品，触及社会的各个角落，适合中学生打开认知。

考虑到农村孩子的阅读情况，有少部分书我降低了难度，按照小学五六年级的喜好去编，比如《写给孩子的哲学启蒙书》《希利尔给孩子的艺术史》《可怕的科学》。但实际上，年龄的界限没有那么分明，只要他们能打开来读，就是好事。

交出这份书单之后，编书目的邀请一再到来。央视记者张大鹏想为自己五岁的外甥寻找"孩子真的会喜欢"的书，我交给他的文档名字叫做"愿五岁小孩看着看着笑起来"，选了可爱绘本，也选了恶作剧的书。一位咖啡店主期望挑些"时尚小资"的书放在店里，另一个企业家托朋友找到我，说自己家里没书，显得没文化，现在要给自己的客厅买一千本"中年人能看得进去"的书……我已经没有时间仔细编选，只能在现有书目中拎出一些发给他们。

我拒绝了更多人的请求，把精力集中在自己馆。我和小吕刚开始做书目，是五月的初夏。我们快要完工时，石榴的果实已经挂满枝头，果子没那么圆，鼓着几道棱，青皮里隐隐透出金黄，三个月过去了。

2021 年的书单定稿分为四部分：

1. 必采书目：全是经典大部头。要求 100% 采购，贵，因此复本定为 1 册。

《二十四史》《鲁迅全集》已有多人呼吁，这次必须添上。《太平御览》《册府元龟》《太平广记》《文苑英华》，弟弟提醒我要增加这些。这是北宋太宗真宗时朝廷组织力量修纂的四部大型类书，囊括古今政史、小说和诗文。《剑桥中国史》《詹森艺术史》《加德纳艺术通史》价格都在八百元左右，但不忍舍弃。《汉声中国童话》全集获奖无数，质量过硬，是民间童话不可缺少的读本，有必要录入。还有一些漂亮的画册、摄影图册比如《世界摄影艺术史》……

2. 套装书目：普通套装、去年未配齐套装单册。复本 3，采购率 95%。

这次特地把套装拎出来单独成为一类，是因为去年吃了亏。许多套装供货不全，验货工作人员也并不清楚全套册数究竟是多少，稀里糊涂上了架。"普通套装"即是今年打算新采购的全套书。我查阅每套册数，备注在旁边，以供验收时方便。

"去年未配齐套装单册"这部分比较麻烦，我馆的乔治·马丁《冰与火之歌：权力的游戏》不知道为什么，恰恰缺第一册，已经有好几个读者反映过这个问题，得赶紧解决。阿西莫夫《银河帝国》一套十五册，馆内缺第二、第八、第九册。J.K.罗琳《哈利·波特》系列缺三本，我查了查，分别是《哈利·波特与混血王子》《哈利·波特与火焰杯》《哈利·波特与被诅咒的孩子》。这些都得一一标注，精确地补货。

3. 特色书目：盲文、碑帖、漫画。这是馆内特色，但都比较小众，复本做成1，采购率95%。

4. 其他书目。这是最庞大的一部分书目，复本3，采购率95%。

最后我们还需要列出十种样书，请投标公司在招标当日出示，以证明其供货能力。十种样书要覆盖各个种类，它们分别是：

《撒马尔罕的金桃——唐代舶来品研究》

《拉丁美洲被切开的血管》

《奥斯威辛：一部历史》

《上帝掷骰子吗？——量子物理史话》

《荷花镇的早市》

《走向新建筑》

《克林索尔的最后夏天》

《吹小号的天鹅》

《中国碑帖名品/瘗鹤铭》

《镖人》

我这份书单让招标公司和投标公司都感到头疼。图书馆一般是按折扣招标，比如定为七折，各个书商拿出不同方案，择优。几乎没有人像我这样按书目招标，还细分五六种需求。书商熟悉的渠道不一定有这些书，而且这种报价表格太复杂：每本书都得列出码洋，复本数，码洋总价，实洋总价……一万多种图书是浩瀚的工作量。

去年我经历过好几场招标，有家公司做事有条不紊，这次就还找他。他和宁馆来到我的办公室，两人坐在沙发上谈细节，语速不慌不忙。接着他转向我，突然激动地说："我永远不会忘了你！"

我："？"

他："我招标这么多年，从来没见谁做过那么详细的书目，只有你！去年给你做的文件，一千多页，一上班，电脑就在那咔咔咔咔，打开你文件，咔老半天，天天如此。那份文件我舍不得删，从今往后再不会有超越那个的了，也是个纪念。"

我笑："不，你可以删了，马上就会有超越它的。我今年做的书目比去年更详细，更多，等会就发你。"

他拎起包："我赶紧回去把桌面文件都删了，可能还要换个电脑。拜拜！"

他走了，宁馆也跟我说再见，掩上我的门。我检查了全部的书目，敲完最后一个 ISBN 号进电脑，天快黑了。同事们早已下班，楼道里没有人。我想给儿子打个电话，告诉他我编完了全部书目，如果他在西安，我要带他去吃点好的庆祝一下。这会儿，他应该在夏令营里忙着玩耍，还是算了。

骑车路过市中心，金红的晚霞绕在天边，又像是环抱着钟楼的飞檐。我停下来看了一会儿，鸟儿低飞穿梭。它们只是最普通的飞禽，但在古建筑剪影的衬托下也显得诗意。这么多鸟，明天是要下雨吧。

回家躺在床上，肩胛骨里面的酸意轻轻地散开，胸口的疲倦缓缓上涨，淹到喉咙。我熟悉这种感觉，我的身体放松，晚上应该会睡个好觉。要是今天就结束挂职，也挺好。我已经做完了最重要的工作，可以放心离开了。

最后的阵地

雨一连下了好几天。最近几年，西安的雨水日益丰沛，年降雨量可与成都重庆比肩。也许是陕北毛乌素沙漠植树造林带来空气中的小水滴，或者是秦岭群峪联动"引汉济渭"工程调引汉江之水滋养关中，增加了湿度，按照干湿地区分布图示，横跨中国的雨线不断北移，西安已经快要从浅绿色的"半湿润区"越到翠绿色的"湿润区"。

我低头往楼下看，小区里的积水漫过脚脖。邻居在水中支了几块碎砖，我穿着高筒雨靴，在上面跳着走。公交站台上的伞已经漫到檐外，伞与伞的空隙之间，洒水车远远过来，嘀嘀呜呜演奏着标志性乐曲：

我从山中来，
带着兰花草，
种在小园中，
希望花开早
……

路人一边躲闪一边说："神经啊，下雨天还洒水。"

我听碑林区环保局局长讲过，"下雨天开洒水车"是他们局被投诉频率最高的一件事。群众总是打市民热线："形式主义！""浪费水资源！""是不是为了完成 KPI？""瞎折腾，这是纳税人的钱！"环保局局长说：实际上，下雨天开洒水车有科学道理。路面有些脏东西比较黏，特别是隔离栏下的尘垢，晴天时冲不干净。经过雨水浸泡，脏东西变得松软，洒水车用水枪一冲，就很干净。

他又笑着说，投诉率排名第二的事是——"街上的景观树木，移栽的时候为什么要砍去头部？""树长那么高不容易，好端端地砍它干吗？故意把它弄死，然后就有理由再买一批树吃回扣？"他说这其实也是误会，里面也有科学道理。树木移栽时，一些小根和须根难免遭到破坏，吸收水分和养料的能力下降，无法支持茂盛的枝叶。如果不砍去头部，会加速枯萎。砍去一些就能减少水分蒸发，树木到了新环境会长得很好。

他讲的这些，我觉得好玩，记在手机里。在政府工作，会听到很多与民生相关的趣事，但这样的日子不多了，再有二十多天，我就要离开南院门，回到城市北郊的陕西科技大学。

临近"十四运"，文旅体局非常忙碌。局长问我能不能延期，等待"十四运"和"残特奥会"闭幕之后再走。但那将是两三个月之后，我不能延期，我得准时返回高校岗位，那里已经为我排好了新学期的课程。

为了不让前后交接太麻烦，局长把重要工作给了其他人，让我最近只做些零散事。他们顾不上开的小会，顾不上出席的小场合，就由我去。我只需参与，并不需要事先准备讨论发言，也不必在事后部署检查，倒也乐在其中，多出来的自由时间可以看书。一年的挂职进入尾声，就好像涟漪的余波，淡淡的。

几天后，有人投石入池，让我大乱。周雯敲门进来要我签字，我脸上大概还没有恢复到平日的神色。她看了我一眼，默声出去了。我和王科长出门开会，坐在地铁座椅上，有那么一瞬间，眼眶的泪实在要出来，我扭头闭上眼睛，把眼泪憋回去。王科长问我会议文件的细节，我转头回来和她说了几句。我的眼眶可能是红的，她好像注意到了。

我尽量让自己情绪正常，只有在面对宁馆时我才可以卸下面具，最激动的时候，我对着座机的听筒嚷嚷："纪委就在二楼，我转身就可以上去！"在这个办公室，我不曾这样愤怒过，说完了我才意识到纱窗没有关，窗帘没有拉。我感觉到自己的失态，静坐了一会儿。

我给宁馆发了一条短信："刚刚我电话里发火说的事，你知我知就可以了，不要给局里其他人说，传出去都是是非。"

这件事，我只能跟宁馆讲。宁馆确实靠得住，没有坏心思，关键时刻拿住了方向。我这个快要离开的挂职干部，又能给她带来什么好处？但她还是跟我站在一起。

我大概很难赢。我原本就不大的权力已经微弱到几乎没有，我的性格又是直来直去，不擅长话中有话。面对中间人，我要怎么旁敲侧击，怎么委婉施压，才可能扭转局面？

下班了，我没有走。隔壁传来当当当的声音，是乒乓球敲击着台面，应该是纪委的那几个干部在打球。我们局在大厅里放了一张球台，纪委在我们楼上办公，常来。此刻的球声像是自我介绍："我是纪委、纪委、纪委……"

路过球台，纪委的干部大声跟我打招呼："杨局下班？不来打两下？"

这是我冲动之下最想与之对话的人，但我又不能一下子把关系全都撕裂，我马上要走了，宁馆还在这，这个案子会影响她年终考评，谁来帮她收拾残局？在与暗处对手较量的过程中，如果我输了，真是对不起那五十位朋友。他们无偿地帮我编制书目，就这样化为乌有。我也愧对老百姓，没能给他们买来好书。

回家之后，我关紧卧室门，推上纱窗，拉严窗帘，打了几个电话。

赵文说："素秋，你不要撕破脸，你去和他谈。阿尔都塞说了，要在敌人的阵地中打。你去暗示他，你挂职结束就回原单位，可以作为社会监督力量继续向他施压，这事情也可以捅到媒体，'十八大'以后不收敛不收手是什么结果？他有胆这么贪，有命花吗？但是，你要记住，做能臣要比做奸臣还要奸，这几天你推演一下攻防步骤，不要出漏洞。"

弟弟说："姐，你不要撕破脸。你作为文学教师，完全可以编织辞令，把话说得更委婉一些嘛。你可以这么说'您知道，咱们这个图书馆关注度一直比较高，我在央视节目里说过馆配书成本低的问题，万一央视啊、纪委啊，随后回访，发现里面都是馆配书，您想想，瓜田李下的，解释起来很麻烦。再说了，我和您虽然是身正不怕影子斜，难怕有些人捕风捉影，再者，我也邀请了几十个专家，这么多人如果发现他们做的书单完全没有上架，也会发表意见，万一在报刊媒体上发表文章批评我们，恐怕不太好。这个图书馆，用得好了是政绩，但也是双刃剑。我马上就走了无所谓，就怕影响您。'姐，这就是优雅威胁，该说的都说了，要是听不懂，就是个傻子。人都要面子，要台阶下。你还可以说，感激对方一年来给你的信任和支持，如果对方需要，你离开之后，也会持续给图书馆帮助。长期合作，搞成碑林区的门面。帮他弄政绩，也是给他的好处嘛。"

夜里，我梦见自己在游泳池笨拙地游着，胳膊很沉很沉，就要下坠，我想呼救，突然发现泳池里只有我一个人，水深不见底，而池壁还有好远。我开始呛水，拍水，胡乱扑腾，这时候铃声大作，我从水里伸出手臂，抓到一个电话听筒，我自动漂了起来。电话里有男声有女声，所有声音重复念叨着一个词"有个领导有个领导有个领导",嘈杂不堪。我扔掉听筒,就开始下沉,抓住听筒贴在耳边,就又漂浮起来。我不得不听这些噪音。我浑身湿淋淋,泳装里竟然有两个口袋,有两张纸,一张是赵文的话,一张是弟弟的话,水已经把字迹浸泡得有些模糊,但还能辨认。我展开皱巴巴的纸张,大声朗读,用我的声音压倒听筒里的声音。那声音消失了,一片寂静。

梦境只是梦境。在真实生活中,"那个领导"是谁,我始终不知道。"那个领导"会不会向我让步,我也不知道。我只能通过中间人向"那个领导"传达我的态度。

那天,一个男人走进图书馆坐了下来。他说自己经常和领导吃饭,那些领导的名字从他口里依次弹跳出来,飘浮在空中,簇拥着他的嘴角跳舞。然后他说:"有个领导让我来给你捎个话,你必须取消全部书目。"

"为什么?"

"你的书目里全是好书,利润太低,领导拿不到好处。你不要问我是谁,我常年给领导跑腿。我要哪个书商中标,他就能中标。我要从中分成,领导也要分成。"

"领导"这个词变成了一个集群,人头攒动,辨识不清。我应该去找谁述说我这个书目的意义,它为什么不能被取缔?"这个书目集合了几十位专家的心血,而且群众一定会喜欢。"这个理由在我这里足够饱满足够沉甸,但在别人的秤上也许轻如鸿毛。

我是不是应该暗示另一个理由——取缔这个书目,可能会影响到"领导"的官场生涯。赵文和我弟弟教给我的话,我都讲了。中间人说他回去给"那个领导"说。而我陷入了焦灼,我只有二十天时间,他们这样拖下去,是要拖到我输。

我很着急，我得战胜"那个领导"。我一定要保卫书目，这是我最后的阵地。我有足够的勇气，只是没有足够的智谋。快给我出主意，我怎么才能战胜"那个领导"？抄佛经能不能转运？能转运我现在就抄。捐助贫困学生能不能转运？原本我打算秋天开学再捐，索性提前到今天，我现在就去银行柜台办理。

弟弟哈哈大笑："你想捐就捐呗，还搞迷信，不问苍生问鬼神！"

宋璐恶作剧："你去银行，正好遇见那个领导，领导也在给贫困学生捐钱，做此法事以期能顺利黑下图书馆的回扣。"

我在银行单据上填下：

名称：陕西省红凤工程志愿者协会
开户行：中国交通银行大雁塔支行
账号：6113 0105 3018 0100 263 ××
备注：捐助 2021 级学生鲁×

办理业务的银行工作人员问我："'红凤工程'是哪儿的啊？可信吗？"她也对公益感兴趣，一直想捐，没找到放心的项目。我告诉她，这个项目是陕西省妇联发起的，只资助女生，二十多年前资助过我，所以我信任这里，有发票，学生和资助人建立一对一联系，不会骗人。她说："那太好了，我也来查查学生的资料，挑一个，今天就捐。"她低头写字，记录"红凤工程"的办公电话和详细捐助流程。她的下颌线条柔顺，是个温雅的人。我刚刚走进银行时的郁结之气缓缓散开。最近恶缘频生，现在和她结下善缘。

回到局里，办公桌左手墙上有一张苏轼《寒食诗帖》。这张纸是我打印的，贴了大半年，很少临摹。"自我来黄州，已过三寒食，年年欲惜春，春去不容惜。今年又苦雨，两月秋萧瑟……"此刻我在里面看见了苏轼被贬谪的委屈愤懑，我拿起毛笔，蘸取浓墨，在书桌上写，在地板上写。墨滴掠过毛边纸，一片片飞白。我在苏轼斜倚的笔势中感到他的痛楚，想想他的遭遇，我这点波折又算得了什么？

离挂职结束倒计时十五天，"那个领导"依然没有动静。书如果再拖着不买，可能会影响年底评估。

局里同事和我说话好像有些异样，也许他们知道我面临的状况。宁馆来了，锁上我的房门，欲言又止。她说"那个领导"托中间人带话，问她凭什么相信我是在编书目。谁会笨到用三个月时间去编一份书目，不拿一分报酬？说不定我根本就没编，是和书商勾结一起撒谎，分钱。

我大笑。挂职人员的工资都是原单位发的，我确实没有拿过政府一分报酬。不知道"那个领导"是要挑拨离间，还是他实在不相信一个人可以不计报酬地做事？我打开手机，展示各个朋友谈论书目的聊天记录。我又打开电脑，"原始书目"以朋友姓名的最后一个字作为标记——"哲军帆书目""耘锋震书目""墩明睿书目"……还有"已查重书目""小吕合并书目""出版社书目""去年缺货书目""法律医学书目""理想国商务三联译林书目""定稿书目"……我对宁馆说："这全是我编书目的的证明，每份文件后面显示修改的最后日期，都是这三个月做的，你拍照存档，拿去给中间人看吧。"

《庄子·秋水》里，惠子怕庄子与他争权，庄子给惠子讲了一个故事：鸱得到一只腐烂的老鼠，害怕鹓雏与自己相争，便大声吓唬鹓雏。鸱并不知道，鹓雏只吃清洁新鲜的食物。想起这个故事，我笑得厉害。我应该像庄子那样，向惠子做出严正声明——我不吃腐鼠。

宁馆请我过几天去招标现场打分，我说：不，我去年没参加图书招标打分，今年也不会参加打分。我甚至连招标现场都不打算去。我希望以我的"坚决不在场"向"那个领导"表示，我根本不会沾染这里的钱。我只是要保护我的书目。

中间人又来了，说："书目去掉百分之四十，总该可以吧？一百多万的百分之四十，才几十万嘛。"

我很想问他："你代表哪个领导？你说，我开录音键录下来。我凭什么相信你和领导的关系？你让领导亲自给我打电话，我来跟领导解释。"

这些话在我心里倒腾了一会儿，我又按下去了。我只是说："不可以。按照往年规矩，书籍有破损或者缺货可能，我们在合同里写明配货率95%，也就是误差率5%，现在我顶多让步到误差率10%，但绝不可能误差率40%。"

他撂下一句话走了："10%不够我和领导分的，40%才够。你掂量。"

一个月前，我接到来自上海的电话，作家经纪人毛晓秋读到"腾讯谷雨"记者杨宙对碑林区图书馆的报道，建议我把建设图书馆的事情写成一本非虚构书籍。其实刚刚挂职时我有过类似的打算，我在南院门的经历也许可以写一本《芝麻官札记》，但后来我在"贞观"发表的"个人英雄主义"文章引起一些官员不满，让我意识到，凡是写政府的纪实类文章，都要谨慎再谨慎。我和经纪人反复讨论写作提纲，尽量把握言论尺度。

最近发生的这一切，为我们正在拟制的大纲贡献了突如其来的情节拐点。毛晓秋说："我能感受你的难过和气愤，这种事情我没想到在现实中居然发生了。这是一个很有价值的素材，当我们的理想和现实发生冲突的时候，也许我们在现实中居于下风，但这个题材可以在写作中焕发新的生命力。退一万步，假设三个月的心血编成的书目不能够在图书馆中落实，也可以在你的书中长存下去，所以想到这一点，你不要太悲伤。"

毛晓秋的话给了我安慰，如果结局真的无法扭转，我也得接受，但我决定最后试一次，尽人事，听天命，这部书稿是我最后的赌注。我主动找到中间人，告诉他我正在写书，会把这些事件如实写进去。他半信半疑地看着我，我出示了我的写作大纲。

第二天，招标公司打来电话，中间人撤退了，不再参与我们的事。我的书目保卫成功，第三天正式开标。

在梦里，一棵树在我的窗外长了起来，我眼睁睁地看见花蕾像蘑菇一般顶破湿润的树皮，一簇簇钻出来，手舞足蹈，在空中摇。粉红色的一朵朵云。梦醒了，我背部的骨骼一寸一寸地松弛，像在发酵。我长长地吐气、吸气，气体在骨头的缝隙中流动。

加缪《鼠疫》中，记者朗贝尔和医生争论人们在为什么而死。朗贝尔说人们过于英雄主义时是在为理念而死，而人应该为其所爱而死。

然而医生说："这一切里面并不存在英雄主义。这只是诚实问题。这个概念可能会引人发笑，但与鼠疫斗争的唯一方式只能是诚实。"

"诚实是什么?"朗贝尔说，态度忽然严肃起来。

"我不知道诚实在一般意义上是什么，但就我的情况而言，我知道那是指做好我的本职工作。"

我收到一个匿名小礼物，深蓝布包，仿线装书样式，上书"穷则益坚"，四个字正是我最近的心境。我想起来，我保住书目的那天，弟弟说："有志者事竟成，没有什么能打败一个犟撒①。"那这礼物八成是他送的。

组织部部长打来电话肯定我的工作，希望我继续挂职，延期半年或一年。我们说到我挂职的初衷，我出生在校园又工作在校园，三十多年来，我对校园之外的事件参与甚少，只是翻阅手中印刷的文字去想象社会。这个国家的各级事务具体如何运转，实地是什么样的？作为一个公民，我想去看看，去参与。挂职之前，其实我也不太清楚新的岗位究竟涉及什么类型的事务。"文化""旅游"这两个词给岗位笼罩上诗情画意，我误以为是策划演出剧目、研习琴棋书画、宣传风景名胜。到岗之后，全然不同。我得记住酒店后厨烟道清洗规范，熟悉新挖工地文勘进展，检查鼠药和垃圾摆放，答复12345市民热线投诉，回复人大政协文旅提案……这一年事务繁琐，我将此视为对内心秩序的训练。最初的诗情画意构想几乎都没有实现，除了建设图书馆这件事。

建馆，机缘殊胜。挂职之前我完全没料到会有这样的任务凭空而降，谢天谢地。人生中很难再有一次机会，把一个图书馆一砖一瓦一书地搭起来，这是挂职生活给我的礼物。我分明记得，在15世纪的意大利，教皇尼古拉五世大力兴建梵蒂冈图书馆，派遣学者分赴雅典和君士坦丁堡等地购买古典手稿。他后来回忆起自己在图书馆中工作的日子："我每天的快乐比现在一年的快乐还要多。"

也许上级认为我很适合"文旅局副局长"这个岗位，其实我做文旅工作并不比别人更突出。母亲曾经对我说，你性格直，不适合

---

① Sá，方言，"脑袋"。

在官场。母亲的预言没有错，我确实缺乏变通，是在朋友的建言献策下，我才保住了最后的土地。我最想做的那部分事已经做完了，未来一年内图书馆不会再购书，此时离开应是正确选择。况且我是那样想念我从前的工作——大量时间自主安排，一个月只开一次会，讲课讲到激动时捋起袖子，多么欢畅。

同事们知道我要走了，纷纷和我合影，小全举着相机下蹲又下蹲，把镜头微微仰起，他说，为了报答我这一年对他的好，一定要把我从一米五八拍成一米八。随后，他来找我签字，敲开门小声唱歌，怀抱着文件向我抒情："长亭外，古道边，芳草碧连天……"第二天他换了曲目，划拉着小碎步，飘到我桌旁，唱："啊朋友再见……"第三天，他清清嗓子，拔高音调："我送你离开，千里之外……"

在弟弟家，我说："我们单位同事都舍不得我，说以后没有我这样好的领导了。"弟弟噗的一声把茶叶笑喷了："'吾与城北徐公孰美？'你忘了这篇课文了吗？回去复习一下。下属对上级的赞美，顶多只能信百分之四十，我下属还给我写诗呢。你清醒一点，杨老师。"

在政府上班的最后一天，没有人给我布置工作任务。我坐在靠背椅里，面对着虚掩的门，整个上午，门的位置一直停在那里，无人推开。我事先准备了几本电子书，以为在这样静的环境里可以安心阅读。然而，我的鼠标在移动，滚动条也在屏幕的右侧滑动，文字却进不到我脑子里去。

中午去饭堂，邻桌一个人跟我打招呼，我不认识他。忽然想起来，噢，他就是那个借给我伞的人。几个月以前，有天突然下大雨，我在图书馆，中午要出去和朋友吃饭，没有带伞，前台的伞也被借走。一个陌生读者走过来，让我把他的伞拿去用。我吃饭得一个多小时，担心耽误他事儿，他说："没事，我中午就在这，我等得住。我是咱们院子的干部，我看了你的文章，也看了你的视频，一直想感谢你给我们干这个事，你拿我一把伞有什么，我请你吃个饭都是应该的。"

现在又在饭堂遇见他，他问我什么时候回高校，我说今儿下午就走，他转身端了一碗绿豆汤过来说："杨老师，也没有酒，咱俩就这样干了吧？"我也端起我的绿豆汤，两只扁圆的不锈钢碗碰出清脆的声音，仰头喝完。

午睡起来，我收起折叠床，放到房间的角落。我去和区长和书记告别，他们都外出了。回到办公室，关闭电脑，我把柜子里的东西全都拿出来，被子、枕头、书籍和洗漱用品分别打包，将钥匙和饭卡交给栗主任。拖地，擦拭桌面，接一壶水浇绿萝，加上柜顶和墙角的，一共十二盆，都浇足了。回头看看墙上的电影海报和柜门上的花纸，就不揭掉了吧，几处彩色痕迹留在这素色的大楼里，也许明天会被抹去，也许不会。我来敞开办公室的门，迎接下一个人。

朋友开车来帮我搬行李，局里同事全都从房间里出来，在楼道里挨个握手。宁馆说："你走了，我心情不好的时候还能给你打电话倾诉吗？"我说："当然可以啊。"几个女同事抱我，手在我背上多停留了一会儿，松开手臂时，她们的眼睛认真地看着我。就在前一天，我还以为我很容易抛下这一切，一身轻松地奔回我从前的生活，结果并不是。这里不是一个没有人情味的地方。我的眼皮发紧，忍了一下。

晚上接到陌生号码来电，声音很大："杨局，我是×××。"我有点意外，他是一位年长的同事，并非我主管科室。平日楼道里擦肩而过，只是例行点头，几乎没有交谈过。而他的语气像是迸发一般：

"我打这个电话可能有点冒昧，但我要是不打这个电话，我心里过意不去。你在这一年了，我没和你说过话，不代表那些事我没看在眼里。你的委屈，我们都知道，有很多次我为你打抱不平。你的文章，你的视频，局里禁止传播。我看不惯局里的做法，我都转给我的亲朋好友。领导让我删除我的朋友圈，我没删除，现在还在。你做的事情是对的，我支持你……以后我就不叫你杨局了，我就倚老卖老，自称老哥。以后文旅上你有什么事需要帮忙，一定给老哥打电话，老哥尽全力给你办，说到做到，来日方长……"

挂了电话，我躺在床上，深呼吸多次，依然无法入睡。窗帘缝里照进来月光，卧室里比平日里乱得多。这一年的行李堆进家里还没一一归位，这一年的事情也还没消化清楚，也许我需要几天时间调整身体，屏住，慢慢建立新的呼吸节律，让细小的情绪从嗓子眼一点点下去。

这时我才知道，从一种工作换到另一种工作，从一种心境换到另一种心境，并不像是在浅溪中的石头上跳跃那样轻盈，而像是解开扎气球的旧绳子换根新的。新绳子还没准备妥当，就得用手指临时捏着，不敢松开，不能激动，怕漏气儿，怕耗散。

再见了，碑林文旅体局。

像云杉那样生长

再次踏入碑林区图书馆，我成了客人。前台新员工不认识我，宁馆外出开会，苏来在书架前整理，见我来了，放下手中的活儿，问我中午有没有时间一起去吃羊肉铜炉火锅。我在馆里转了一圈，书架并不比以前更满，看来那批书迟迟没有上架。我感到担忧，但我没有催促的权力。

我曾与南开大学图书馆系座谈，一起讨论：如何能提出一种"可复制"的编选书目的模式？我这个模式仰仗于个人知识结构、热情程度和朋友网络，有着局限性。我离开这儿，这个图书馆就再没人做这事。我希望大家帮我提出一种可复制的模式，只有可复制，我们才能推广。

编书目这份工作有特殊之处。首先是反馈不显著。它不像授课那样，努力备课，第二天上课就能得到学生的回应。图书馆里的读者反馈只是间或的，微弱而迟缓。其次是评价机制问题。额外付出的时间和精力不会得到任何奖励，做这件事只是因为它正确。在极端环境里，有可能领导出场顺序比书目更加受关注，编目人员心里也许会寂寞。

当年我做书单，是"副局长帮下属单位编目"，运营公司却认为是"编目人员被副局长抓去干活"，有些微词。也许在他们看来，编书单完全没有必要，好在宁馆一直认为这十分重要。

我没有什么才华，碑林区图书馆的书单远远称不上优秀，只是及格，但总比听由书商随便配货要好一些。而一份书单做出来还不是终点，它能否不受干扰地招标？招标结束之后能不能悉数到货、顺利上架？这是一个漫长而复杂的链条。

几个月后，我在纪录片《但是还有书籍》里看见一个人凭借一己之力建起了图书馆，比我当年还要艰难。

他是一位喇嘛，在川西的藏区草原上建造唯一的图书馆。疾风吹动草茎，绿野中央矗立一栋小小的灰褐色建筑，四方四正如同堡垒。书架直至天花板，年轻的他穿着深红色僧袍登上高梯为孩子们取书。其中一名孩子梦想成为作家，去年考上了中文系。

喇嘛名叫久美，从来没有盖房子经验，自己琢磨着画图纸、搬石料、买家具，经费也是自筹，手头紧张了就停一停。两三百平方米的房子，十九个月才完成。他独自建馆的身影触动万千网友发出钦佩的弹幕，也引发我对幕后故事的想象。我有公费，尚且坎坷，他一石一木都是自费，哪里是件容易的事，镜头背后定有没拍出来的难言之处。我要认识他，我要去这个图书馆看看。

可我怎么才能认识他呢？画面下方出现一行字幕："2014 年，正在苏州寒山佛学院游学的久美……"巧了，王耘就在寒山佛学院带研究生。他不认识久美，但他可以帮我打听，我很快加上了久美的微信。

"你好啊，扎西德勒。"

我问草原上的小朋友喜欢看什么书？

久美说："绘本。"

四川省甘孜藏族自治州康定县塔公镇纳朗玛社区图书馆　久美（181××××）

我在订单里输入这行字，备注："地点偏远，请发中国邮政快递。"购书网站把一个订单拆分为四五个，屡次发错快递。物流在地图上生长出红色线条，从沿海的大城市一路向西，延伸到四川的腹部位置：康定县，显示"地址无法投递，订单自动取消"，红色线条一个急转弯折返回沿海城市，"金额已退还原账户"。我重新下单，打客服电话叮嘱只能发邮政，奇异的是，只有一本书以正确的运输方式到达久美手中，其余红色线条再出发，再折返，再出发，再折返，绘制出一遍遍重复的轨迹——"金额已退还原账户"，我又重新下单，又打电话叮嘱……一个月后久美发来照片：几箱书到达，立在他脚边的木地板上。

我只买了一次书都这么麻烦，他建馆时把书分批运到草原上，不知道折腾了多少工夫。好在他的书终究到达了，我为碑林区图书馆挑的那几万册书呢？怎么还是没有踪影？隔三岔五，我会去碑图转转，书架一直都是老样子。

五月的一天，我再去的时候，架子全满了。我在古典文学区见到了厚墩墩的《太平广记》和一长排"大家小书"，诗歌区有了玛丽·奥利弗和江弱水，科普区出现了《实验室女孩》和《上帝掷骰子吗？——量子物理史话》。法律、医学、哲学、历史都比过去充实得多。宁馆告诉我，碑帖和漫画没有到，她还在催。

最贵的是彩印画册，不知道会不会被书商故意剔除，我快步走去艺术区。它们来了，都来了，《詹森艺术史》《加德纳艺术通史》《世界摄影史》……这些书立在那里，就像是开书目的朋友们围在我身边。我的手指微微发麻，一时间难以平静。

暑假，我想去拜访久美，七月因疫情未能启程，八月初，海拔三千七百米的塔公草原已有寒意，学生返回寄宿学校开启秋季学期，纳郎玛图书馆里暂时没了小读者，但我不舍得取消计划。

我们的车在盘山公路上缓慢爬升，远方山体上书写着巨大的藏文。几个弯道之后，山峦隐去，车轮深入草原的波浪之中。寺庙的金顶反射光芒，深红僧袍在路旁结伴而行，牦牛和羊群并不理会鸣笛，悠闲地穿过公路。

路越来越窄，我们勉强和迎面而来的越野车错开，对方伸出头来问我们："这里有什么景点吗？我们转了一圈，好像就只有草原。你们怎么往这里开？"

沿着一段略微颠簸的土路，我们似乎来到了图书馆面前。我对照手机上的图片，不太敢认。灰褐色的确是灰褐色，庄重安静，但它比在纪录片中的样子小一些，孤单一些。窗子很多，横五竖三又横五，一共十三扇。窗楣横梁外缘用白色勾勒出梯形轮廓，典型藏式风格。

久美没穿僧袍，穿着一件厚绒衬衫，可能是还俗了。他建的是栋新建筑，却如同古朴民居。门前台阶并未磨平，由粗糙的石条石板参差垒成，豁口交错。几步之后，我们进入图书馆，灰褐色消失，内墙只有土木，没有粉刷涂料，就是原本的浅黄与蜜色，暖融融的。墙一拃厚，泥土混杂着干草根茎，裂开纹路。木材没那么规整，像是最初砍伐好的样子，门闩厚实，房梁有粗有细有隆起，地板带着本来的花纹和结节，踩在上面轻轻吱嘎响。我问久美跟谁学的，把房子设计得这么舒服。他说他读了好多建筑方面的书，看不懂复杂理论，但有一句记得特别清楚——"建筑来自自然"。于是他只用石头木头和泥土，没用其他材料。

都市里的图书馆光滑水亮，久美的图书馆纹理天然，像是手工纺出来的粗布，摸得着疙里疙瘩的线头。我称赞他筑就的窗子，唯有北面墙体由书架占据，其余墙体除了必要的承重部分，全部让给窗户，一扇挨一扇，敞开怀抱把阳光迎进来。

初建成时，他使用普通窗棂，带有分隔条框。后来为了采光，全部替换为整幅窗框，他慷慨地用大块实木环抱玻璃，延伸尺余，放好布靠垫。这样一来，全都变成了飘窗，都留得住人。坐在那儿读书，风景就在身旁。全中国也许只有这个图书馆视野如此辽阔，满眼都是蓝天雪山白云青草。光线宜人，暖乎乎拂过脸庞。我那个地下室图书馆，要能有他这里的一丁点自然光，就好了。

他这儿的书架全都满着，溢出来的堆在长条桌上，多是绘本。书脊干净，没有粘贴索书号也没有条形码和芯片，不能外借，只能在馆内阅读。我转了一圈，发现大部分是儿童文学，也有稍微难一些的历史和哲学读物，没见到低质馆配书，书品胜过许多社区图书馆。我问他怎么把控书籍的质量，他说他自己买了一部分，其余是朋友赠送。教材教辅、网文小说和过于破旧的书籍，他觉得不太适合孩子阅读，就没有上架。现在架上差不多有两万册。

寒暑假时，附近孩子都过来读书，有志愿者讲绘本和自然课。孩子们中午在这里吃免费午餐，晚上再搭伴走回家。很多人劝久美适当收一点餐费，久美不。他说他要是有一丝的利益，就不纯粹了。

久美很小的时候，父亲去世，母亲送他到寺庙里做喇嘛。他在藏语的念诵中长大，对经文内容充满虔敬，但是他想不明白：宗教对世界的用途是什么？在世俗生活中的含义是什么？他问他的上师，上师让他规规矩矩念经做法事就好，不要想这些奇怪问题。他无法停止内心的追问，自个儿买了车票，去往大都市，想从外面的角度重新思考宗教。

那是他第一次坐火车，绿皮的，没买到座位，站了三天，累了就倚在自己行李箱上打盹。有时旁边有座位空出来，他不敢坐，因为不知道这样合不合世俗生活规范。

列车终点是苏州，他去了寒山佛学院，寺庙里唯有他不懂汉语。那时他十八岁，开始对照书自学拼音。他现在二十七岁，今年读过印象最深的书是尤瓦尔·赫拉利的《人类简史》和《未来简史》。纳朗玛图书馆里，常有牧民的小孩问久美："读书有什么意义？我家里很穷，为什么不可以辍学出去打工？"久美把自己的经历讲给孩子们听，读书不仅仅为了赚钱，而不读书则会在生活的很多方面形成短板，比如历史、数学、地理。这两年，久美在草原上兴建民宿、酸奶加工厂和生态畜牧循环系统，遇到知识缺陷都只能自学。盖房子画图纸，他学习数学公式；做酸奶和做粪肥发酵，他又购买生物方面书籍。最近他和几个志愿者讨论做游牧文化产品，开发草原旅游，阅读历史类书籍是当务之急。

苏州成为他人生的重要节点。说起苏州时他总是快乐，他说他在苏州第一次吃到冰淇淋，好喜欢。有天他在街上吃，小朋友指着他说"看！和尚竟然也吃冰淇淋！"在苏州，他初涉世间繁华，见过豪车豪宅与商场名牌，但他依然觉得藏袍最舒服。丰沛的物质没有给他带来诱惑，从零开始的汉语阅读却改变了他。十八岁出门远行，十八岁学习一门新的语言文字，这些冲击让他体会到，书籍可以让人迅速成长，拓宽对世界的认知。

多年以来，他观察到一个现象，周围有些贫困牧民，他们的爷爷很穷，爷爷的爷爷也很穷，政府给了很多金钱和物资帮助，为什么还是难以改变境况？每年年底，邻里争吵不休："去年给我家扶贫款，今年怎么没有？""为什么给他们家多，给我们家少？"久美看不下去，这样的争吵太不体面了。在他看来，人应当自力更生。你领补助款是因为你太穷了，这本来应该感到羞惭，争取第二年不领才对。结果领到的人反而很有面子，更加好吃懒做，把补助视为理所应当。如果不改变这些人内心的观念，不能帮他们树立尊严和价值观，仅仅捐助金钱和物资，功效不大。

在寒山佛学院，他常常思念塔公草原的天光云影，想为自己的故土奉献些什么。随后的一场地震，加速了他行动的进程。2014年11月22日，塔公草原发生6.3级地震。身在寒山佛学院的他紧急返回家乡，帮助发放赈灾物资。他走访了一千多家牧民，看到震后的种种困境，下定决心不再返回苏州，而要把书籍引入草原——扶贫首先要开智。

那时他没有自己的房子，只是募集一些书放在小帐篷里，建立最早的"帐篷图书馆"，有了最早的七十名小读者。后来他自制青稞酱售卖，攒下三千多块钱，买了第一批石头，正式兴建图书馆。

他是出家人，寺庙里唯有他去内地佛学院进修过，汉语最流利，读的书也多。活佛想留他在身边做上师，期望他未来能多收弟子，带动寺院发展，不太愿意他频繁在寺外做事。他内心有些矛盾，究竟应该在寺院里继续弘扬佛法，还是出来做图书馆。渐渐地，他在寺庙里感到不适，他给别人传法，别人供养他，这几乎像是交易："我不喜欢这样。信仰是非常纯净的东西，不该标价格，它是无价的。"与此同时，政府也担心他穿着喇嘛的衣服出现在图书馆里，会给小朋友传教。于是，他脱下僧袍还俗。

这个突然还俗的人，那个突然起意在草原上建图书馆的人，还有那个突然买了车票去往大都市的人，是同一个人。2018年纳朗玛图书馆落成，寒暑假持续对外开放。2020年，从草原考到外面去的几个大学生说："久美哥哥，今年开始，课程我们来安排。"那一瞬间久美特别感动，这件事有了传承。

久美在塔公镇上还有其他工作，不能天天在馆里。志愿者也多是寒暑假来，平日不来。"但是图书馆是家的感觉，不管有没有灰尘，每天都需要打扫一遍。"他计划在图书馆旁边建一栋民宿，雇清洁工顺便照看图书馆,这样,图书馆就可以常年开放,民宿的盈利也能补贴到图书馆午餐里。

我去的时候,北侧民宿盖起了一半,工人正在筑墙。东侧有顶白色的帐篷,是一位内地导演临时搭建的住处,他要以久美的故事为素材创作一部电影。

刚到草原时,我的心跳噔噔噔加速。我拔开随身携带的氧气瓶盖,吸完半瓶,平复了些。这里的云彩边缘清晰,像是蓝天中的果实,随时可以摘下来似的。正是野花烂漫的季节,我想肆意奔跑,又担心高原反应,只有摁住自己的激动,坐在落日中与久美闲谈。身后的火烧云翻卷开来,眼前是雅拉雪山和雅姆雪山,冰雪覆盖的山脊如同簇簇白莲。久美为我们煮茶喝,朋友送他的正山小种很不错。酒精炉上煮的方便面还稍有些硬,水到达八十多摄氏度就沸腾了。听导演说,有天夜里,棕熊在他帐篷外面翻东西,早晨起来,外面桌上的零食全被熊弄乱。

上个月久美接受了《外滩画报》采访,下个月又要迎来《南方周末》。他是这片草原上的名人,可是他谈论起自己时,从无骄傲,略带羞涩。前些年,草原上的人们大都是游牧,随帐篷搬迁,很少有固定居所,更没有房产证。这几年人们慢慢盖起简易屋舍,有了房产证,但是管理尚未规范。上级告诉他,他的图书馆和民宿只能留一栋建筑,多出来的是违建。如果他要留住民宿盈利,那就必须拆除公益的图书馆。他还不知道下一步该怎么办,还在想办法。他停顿了一下,情绪依旧平稳。好在,问题最后解决了。

我的孩子问久美:"人为什么要善良?"

久美说:"宗教层面的解释是:人的本性是善。但是这个解释太抽象了,我们在实际生活当中会发现,有些人可能对身边的熟人有攀比心,对方落魄,自己开心。但是当人们来到一个完全陌生的场所，哪怕是这个世界上最坏的人，他遇到了一个特别可怜的场景，他也会心软，也想伸手扶助对方。人心的善的一面就出现了。"

"人生的寿命也很短，人离开这个世界之后，对这个世界的交代是什么？如果别人感叹，嗨呀，这人终于死了！那这个人生命的价值就非常小。可是，如果我们死亡的时候，有人不舍得，有人想：如果这个人还能继续活下去，那多好。那一瞬间你的价值一定会在这个世界上存在的。善的一面代表了人的价值，恶的一面肯定没有价值。"

孩子说："可是有时候，恶人没有恶报，好人没有好报，太不公平了。"

久美说："我们先不要想着回报。如果我们能拥有一个非常良好的环境，那一定是那些善良的人共同创造的。拥有了这样的环境，我们才有幸福度。要是你现在处于战乱时期，世界末日，世界大战，你周围处处都是恶人，整个大环境就没人给你创造一个安稳的空间。我们现在还没有经历过世界大战，你可以想一想，一个人真到了无助的时候，渴望有多大，恐惧有多大？你未来想生活在什么样的环境中？"

天黑了，草原上没有路灯，土路不易辨认，我们趁着浅淡的暮色驾车离开，和久美说好了明年提早一些来草原，给这里的小朋友做志愿者服务。孩子跟我说："妈妈，我好喜欢久美叔叔啊。他和我在城市里见过的所有人都不一样。"

从塔公镇醒来的那个清晨，薄雾中，我们向东南而行。云彩在车窗玻璃上轻拂，植被愈发茂盛，飞鸟啁啾鸣叫，间或飞过几只灰蓝色的调皮身影，像是画眉。稀有的橘红色藻类攀附在沿途的石头上，与葱绿色松树交映成趣。路标上的"雅家埂垭口""贡嘎山自然保护区"我有些印象，王焓从前和我聊天时频频提起过这些地名。此处可能非常接近她的野外科考基地。

下午，我们眼前出现一块巨大石头，上面镌刻着红色字迹，一笔一画正是王焓所在的科研站点全称。贡嘎山脉逶迤绵长，我恰恰走到这里，完全是意料之外的事。我拨通王焓电话，唱了起来："我吹过你吹过的风，这算不算相拥？"

她笑出声，委托我帮她探看一样东西。她曾带领组员从贡嘎山西坡采了一株云杉栽在山脚下的客栈院子，想等它适应低海拔后移栽进清华校园，不知现在它是否茁壮。

客栈里有花有树有南瓜，我找了几圈才找到这株"科考纪念树"，因为它太小了，只有我的手那么大。我逗王焓："好大的一棵云杉啊！"她笑："你没见过它去年刚采回来的样子，它现在已经长高很多啦。云杉长得非常慢，但是长得扎实，寿命长，世界上最古老的云杉已经九千多岁。这是我特别喜欢它的原因。"

我蹲下来，轻轻抚摸这棵小树。"自小刺头深草里，而今渐觉出蓬蒿。"我那个小小的图书馆，也是第二年，也是巴掌大。未来它能不能像云杉这样扎根生长？

这一路，我认识王耘，便找到了久美。来拜访久美，又巧遇王焓的科考基地。朋友们踏出的足迹在山间偶然碰触，举荐的书籍也在馆内相互致意。两年前，我去校园之外开垦，预计到期就收起农具，换洗衣裳，把这段经历折叠整齐。现在我却发现，打开一扇门之后我便再也不想将它锁闭。

只有从此处到彼处，才能认识新奇之物。我频繁停驻，得闻陌生枝条的姓名——原来，是松萝如龙须悬挂，是网脉柳兰在摇动粉紫花束，是象南星擎着媚红的浆果。在全然不同的地貌当中，土壤湿润而沉默，孕育着我想获知的消息。

书中出现的书名

童书（含漫画）：

《安徒生童话》

《镖人》

《冰菓》

《查理和巧克力工厂》

《虫师》

《宠物小精灵》

《窗边的小豆豆》

《吹小号的天鹅》

《丁丁历险记》

《高达》

《给孩子的故事》

《灌篮高手》

《哈利·波特》

《海贼王》

《汉声中国童话》

《荷花镇的早市》

《黑子的篮球》

《护生画集》

《火影忍者》

《精灵鼠小弟》

《可怕的科学》

《拉比的猫》

《了不起的狐狸爸爸》

《玛蒂尔达》

《玛法达》

《名侦探柯南》

《排球少年》

《七龙珠》

《棋魂》

《犬夜叉》

《三毛流浪记》

《圣斗士》

《死神》

《死亡笔记》

《四月是你的谎言》

《太空》

《网球王子》

《文豪野犬》

《希利尔给孩子的艺术史》

《夏洛的网》

《夏目友人帐》　　　　　　　　《幽游白书》

《写给孩子的哲学启蒙书》　　　《月刊少女野崎君》

《银魂》

文学类：

《奥德赛》　　　　　　　　　　《礼物》

《白鹿原》　　　　　　　　　　《裂缝》

《冰与火之歌》　　　　　　　　《流言》

《查令十字街 84 号》　　　　　《鲁滨孙漂流记》

《传学》　　　　　　　　　　　《鲁迅全集》

《东周列国志》　　　　　　　　《论语》

《读库》　　　　　　　　　　　《罗生门》

《儿女英雄传》　　　　　　　　《麦田守望者》

《反骨仔》　　　　　　　　　　《魔戒》

《废都》　　　　　　　　　　　《墓法墓天》

《古文观止》　　　　　　　　　《那不勒斯四部曲》

《哈克贝利·费恩历险记》　　　《挪威的森林》

《海边的卡夫卡》　　　　　　　《胚胎奇谭》

《海底两万里》　　　　　　　　《契诃夫文集》

《汉字王国》　　　　　　　　　《人间词话》

《红楼梦》　　　　　　　　　　《人间喜剧》

《活着》　　　　　　　　　　　《三国演义》

《基督山伯爵》　　　　　　　　《三体》

《卡拉马佐夫兄弟》　　　　　　《诗的八堂课》

《克林索尔的最后夏天》　　　　《诗歌手册》

《老人与海》　　　　　　　　　《诗经》

《史记》

《世说新语》

《鼠疫》

《太平广记》

《汤姆·索亚历险记》

《唐诗别裁》

《唐诗三百首》

《天龙八部》

《推拿》

《文苑英华》

《我弥留之际》

《西南联大国文课》

《献给阿尔吉侬的花束》

《小城之恋》

《小说课》

《写作法宝》

《伊利亚特》

《阴阳师》

《银河帝国》

《酉阳杂俎》

《战国争鸣记》

《朝花夕拾》

《正常人》

《纸牌屋》

《最后一个匈奴》

《左传》

《作文七巧》

人文社科：

《1844 年经济学哲学手稿》

《奥斯威辛：一部历史》

《奥义书》

《巴尔扎克传》

《保卫马克思》

《藏在碑林里的国宝》

《册府元龟》

《纯粹理性批判》

《丛书集成》

《大藏经》

《抵抗的群体》

《第二性》

《洞穴奇案》

《对影胡说》

《二十四史》

《二手时间》

《佛家名相通释》

《傅山的世界》

《伽利略传》

《关于他人的痛苦》

《观看之道》

《汉字书法之美》

《汉字王国》

《汉字与文物的故事》

《黑镜头》

《黄泉下的美术——宏观中国古
　　代墓葬》

《火车上的中国人》

《基督教神学原理》

《基督教要义》

《加德纳艺术通史》

《剑桥中国史》

《咖啡厅、餐馆内景实例》

《康德传》

《旷野呼告》

《拉丁美洲被切开的血管》

《蓝色血脉》

《劳特里奇哲学史》

《理解一张照片》

《理想城市》

《另一种讲述的方式——一个可
　　能的摄影理论》

《伦理学》

《论摄影》

《毛以后的中国》

《美术、神话与祭祀》

《明朝那些事儿》

《墨庄漫录》

《纽约摄影学院摄影教材》

《欧洲大学史》

《破〈破新唯识论〉》

《囚徒的困境》

《让房子与你的灵魂契合》

《人类简史》

《如何建造美好家园》

《撒马尔罕的金桃——唐代舶来
　　品研究》

《僧侣与哲学家》

《送法下乡》

《山川悠远——中国山水画
　　艺术》

《设计中的设计》

《摄影哲学的思考》

《身体·性别·摄影》

《神话学》

《生活与命运》

《圣经·旧约》

《圣经·新约》

《世界摄影史》

《世界摄影艺术史》

《世界通史》

《市井西仓》

《私人生活史》

《斯宾诺莎导读》

《四库全书》

《俗世威尔》

《涑水记闻》

《太平御览》

《天真的人类学家》

《同性恋亚文化》

《图书馆入门》

《完美店铺设计指南》

《唯识二十论》

《为什么我不是基督教徒》

《未来简史》

《文字的力与美》

《无知的教师》

《乡土中国》

《湘山野录》

《新教伦理与资本主义精神》

《新唯识论》

《新游牧民》

《幸运者——一位乡村医生的故事》

《修剪菩提树：批判"佛教"的风暴》

《雅典与耶路撒冷》

《艺术哲学》

《隐士建筑》

《永字八法》

《犹太教——一种生活之道》

《与古为徒和娟娟发屋》

《与小泽征尔共度的午后音乐时光》

《造型的诞生》

《怎样阅读照片》

《詹森艺术史》

《正面管教》

《知日》

《直角之诗》

《纸上纪录片》

《中国碑帖名品》

《中国摄影史》

《中国照相馆史》

《宗教生活的基本形式》

《走向新建筑》

自然科学：

《别逗了，费曼先生》

《城市自然故事》

《从一到无穷大》

《地球编年史》

《第三种黑猩猩》

《哥德尔、艾舍尔、巴赫——集
异璧之大成》

《给忙碌者的天体物理学》

《给年轻科学家的信》

《果壳中的宇宙》

《剑桥科学史》

《科学的历程》

《盲眼钟表匠》

《上帝掷骰子吗？——量子物理
史话》

《什么是科学》

《实验室女孩》

《贪婪的多巴胺》

《物理世界奇遇记》

《现实不似你所见》

《园丁的一年》

《云彩收集者手册》

《杂草的故事》

《怎样观察一棵树》

《这里是中国》

《自私的基因》

其他系列书：

金庸作品集

"梁庄"系列

"玛格南"系列影集

"牛津树"系列

"培生"系列

"外研社"系列

"中国纪实三部曲"系列

书中出现的作者

A

艾略特

阿尔都塞

阿甘本

阿赫玛托娃

阿西莫夫

爱德华·威尔逊

B

拜伦

白谦慎

白先勇

班宇

保罗·策兰

鲍鹏山

北岛

本雅明

毕飞宇

碧姬·拉贝

波伏娃

废名

费曼

丰子恺

凤歌

弗罗斯特

弗洛伊德

福柯

福克纳

福楼拜

G

高居翰

格林布兰特

格罗斯曼

古留加

古龙

谷川俊太郎

顾城

顾随

H

海德格尔

海子

韩东

韩少功

何伟

黑格尔

侯世达

荒木经惟

霍普

霍桑

J

纪德

加里·斯奈德

加缪

加文·普雷特-平尼

贾雷德·戴蒙德

贾平凹

江弱水

蒋勋

杰克·吉尔伯特

金庸

K

卡明斯

卡瓦菲斯

柯布西耶

寇德卡

L

雷蒙特·卡佛

里尔克

李亮

里索斯

理查德·道金斯

梁鸿

列维·斯特劳斯

刘慈欣

鲁迅

路遥

罗伯特·杜瓦诺

罗伯特·弗罗斯特

罗尔德·达尔

罗素

吕楠

M

马丁·帕尔

马非

马克思

玛格丽特·阿特伍德

玛格丽特·米切尔

玛丽·奥利弗

麦尔维尔

毛姆

孟德斯鸠

梦枕貘

舍斯托夫

深濑昌久

森山大道

时未寒

史蒂芬·肖尔

斯宾诺莎

斯坦贝克

苏珊·桑塔格

苏方

W

王安忆

Y

叶广芩

余华

余秀华

后 记

2022年夏天，快递员送来一只红色小方盒，摇一摇，咯噔响。内有一枚椭圆石头，底部磨平，篆刻的笔画缠绕，我认不出来，查来查去，是"愿有一得"，又问来问去，方知是栗主任和同事们的心意。

我和他们分开已经有些时日。在一起时发生的事，曾匆忙地进入我的日记和台账，或短或长，只是随手习惯，并未计划成书。后来我接到叙事邀请，汇总零散字迹，交叉合并主题，而这远远不够，我还需要坐下来，回想他们的衣着和口头禅、敲门的节奏、拥抱的力度、筷子上芥末的芳香。

现在我写完了这些故事，我得仔细想想，我的"一得"是什么。

有段时间，馆内读者的反馈一再打破我的信息壁垒：原来视障人群单凭触摸无法挑选架子上的盲文书，原来市民有可能不知道图书馆是免费场所，原来我们的宣传在商人眼里是低效自嗨……我在大脑里构建的理想模型，落地之后都需要调整和修葺。

为写这本书，我与师友的交流也进入未至的领域。从前，我们聚会多是闲聊——谁会在饭局里突然说起"植物茎秆中导水组织面积"或者"当代精神生活的反思、重建与再生产"？然而这一次，我就是要听他们讲专业领域的事。人是熟悉的人，谈话内容却改变了，这种感觉比较微妙，如同一幅卷轴缓缓展开，他们向我出示新的部分，露出平日隐藏的痴狂。在倾听的过程中我欣喜甚至慑服，我对身边的人认识得远远不够。

阅读社会学书籍，我获知，中国行政管理中的"目标任务逐级分解制"，有时造成以"完成上级党政部门下达的各种指示"为政绩的趋势，而偏离民众的真实需求。理想状态应是：以"替民众办实事办好事"为政绩，将民众满意程度纳入评价体制。

这样一种愿望，提出来容易，实施起来难。挂职一年，我经手铺天盖地的表格，深知"加分、减分"为同事造成的驱动力和惩戒力。我很难居高临下地劝说他们跳出这些量化尺度。要别人抛却现实利益，做事完全不求回报，那是一种苛求。

但面对我自己，我还是想试试，知和行是否可以朝向同一个方向。我认同学者项飙所说，无论在学界还是官场，要形成自己的主体性，不要工具化，不要变成机会主义者。我这个临时挂职的身份比别人受限更少，于是更有条件改变。我开始了解等级规则，学习软硬兼施与迂回之术。坚持一件事，虽然眼前有人阻拦施压，但做成之后，陌生人的回音带来愉悦的共振。委屈孤单之时，读书依然有用，古圣先贤告诉我正确的道路为什么常常艰难，艰难之时又为什么不能动摇。

记录真相，维护公义，就有可能遇到敌人，这个道理我早早就明白。我三四岁时，县级电视台的节目里突然出现父亲鼻青脸肿的样子，他似乎做了一件对的事情，正在接受记者采访。那天，是附近的盲流扛着锄头铁锨去他所在的学校打人，他拿着照相机前往拍摄，遭到武力威胁。他没有屈服，于是被殴，照相机被砸得粉碎。我看着荧屏上那带伤的脸庞，为我是他的女儿感到自豪。

"保卫书目"成功的那天晚上，我给儿子讲："这段时间，我在和恶人对抗，今天终于赢了，没有提前跟你说，是怕你担心。"然后我说："我再给你讲讲你外爷当年的故事吧。"

我承认，我常常模仿父亲。父亲当年喜欢陪我读书，所以我也乐于陪孩子读书。父亲有一本绿色绸缎布面日记，从 1987 年到 1990 年，记录了陪我阅读和玩耍的细节。他自己裁剪识字卡片，亲手给我们做扇子、风筝、假山、灯笼、木筏、电动小船，却总是遭遇周围人的不解。他写道："孩子玩得好才能学得好。"看到这句，我愿再靠近他一些，在当下教育"内卷"的疯狂曝晒中，我要为我的孩子撑一把伞，给一点荫凉。如果父亲还在，这把伞会更大吧。

在这一点上，弟弟懂我。那天晚上十点半，《央视新闻周刊》节目播出采访，弟弟在朋友圈激动地写下文字：

我出生在一个八线小城市，儿时家里杂七杂八的书加起来有几千本……这归功于我早逝的父亲和快记不清容貌的爷爷。那时一家四口挤在一个不足三十平方米的大开间里，为了装书，墙上订满隔板，床下塞满书箱……当姐姐接到建设图书馆的任务时，我有些艳羡。买书已经很快乐了，用公款买书、开书单那必将是指数级快乐。我毫不怀疑姐姐会把这件工作做好，就像我毫不怀疑自己会全神贯注通关一个 3A 大作……我虽未看见姐姐认真筹建的样子，但我想那与二三十年前怀揣小本，旧书摊翻拣的父亲一模一样……佛家讲传灯，智慧的火光星星点点，可以给崎岖之路些许光明。可我现在不想进行宏大的叙事，我只想说：家祭无忘告乃翁。

这本书在初稿之后一共删改五次，或涉及敏感题材，或涉及人物安全。我的文字是否会让书中一些善良的人遭受不必要的麻烦，我要如何表达，才能在还原真相和保护个体之间找到那个不让我愧疚的度？弟弟说："你问心。"

完成这场写作，我要感谢我的经纪人——行距版权代理公司的毛晓秋女士。是她发现了这个选题的公共价值，建议我将这段经历落笔成书。我起初拒绝了她的邀请。建图书馆是件小事，我顶多能写五万字，如何撑起一本书？她先是援引经典作品，助我编织叙事线索，又在情感上给我暖意，重复千遍："你一定能写好。"不得不说，她真是全能的谈判者，专业素养扎实，言语沟通恳切。我抵挡不住攻势，像是中了魔咒一样，主动提出每周五向她交一次稿，从此拥有新的节律——周一周二我总是悠闲地哼着歌看着书，名曰"酝酿"，周四周五变成一个蓬头垢面的女人，关起房门紧盯电脑，饭菜屡屡烧焦，情绪偶尔失常。我儿子都知道，周五的妈妈惹不得。

在一年多的写作互动中，我和毛晓秋的邮件往来多达上百封。我们的组合像是孩子和家长。我散漫随性，她井井有条。有那么几次，我脱缰的文字被她拉回，一开始有些不服，缓一阵再看，她确实敏锐而客观。

这本书能够进入"译文纪实"系列，是我的荣幸。我要感谢行距文化黄一琨先生的力荐，让这部作品的书讯出现在各大出版机构的视野。感谢上海译文出版社张吉人、刘宇婷编辑的青睐，给我这样的"素人"作品登台亮相的机会。感谢中央电视台张大鹏、杨永青与"腾讯谷雨"记者杨宙的采访，将碑林区图书馆的故事传播至远方。除了感谢书中出现的诸位师友，我还要感谢陈文金、范墩子、刘丽、刘莹、马立军、蒙惠、庞蕾、王莉、魏多、赵启安、朱艳坤等朋友提供书单。感谢我的博导——苏州大学王尧教授——欣然赠序。感谢胡靖悦、李文婷、梁小锤、彭巧玉、石腾腾、王彬融、王一帆为初稿提出修改意见。另有几位付出的劳动比较特别：宋璐专程来西安补充素材，并发挥其损人的特长，帮我把文中的怨言改为揶揄，帮得有点过，差点成了刻薄。弟弟杨富聪逐行审视我的文稿，删掉"的""了"和一切拖沓的字词，屡屡敲打我："你去看看司马迁多么凝练，陶渊明多么含蓄。"儿子小禾木在我赶稿期间容忍我敷衍的餐饭，还时常手持洗地机说："我要解放妈妈。"

最近我看了一部电影，说人与人就像宇宙间散落的文字，碰巧相逢，连缀成词句和诗歌。如果不是建这座图书馆，我不可能与那么多的人相识。不期而遇，路转溪桥忽见，生活给我的奖励太丰厚。

我的这本小书就要到达读者的手中，希望你们多批评。

在未来的路上，我愿温习斯宾诺莎的语句："人的身体具有与其他物体共同的东西愈多，则人的心灵能认识的事物也将愈多。"

是为记。

杨素秋

2023 年 5 月于西安

本书中文简体版由北京行距文化传媒有限公司授权上海译文出版社有限公司
在中国大陆地区(不包括香港、澳门、台湾地区)独家出版、发行。

图书在版编目(CIP)数据

世上为什么要有图书馆/杨素秋著.—上海：上
海译文出版社,2024.1（2024.3重印）
（译文纪实）
ISBN 978 - 7 - 5327 - 9413 - 3

Ⅰ.①世…　Ⅱ.①杨…　Ⅲ.①纪实文学—中国—当代
Ⅳ.①I25

中国国家版本馆 CIP 数据核字(2023)第 185989 号

世上为什么要有图书馆
杨素秋　著
责任编辑/刘宇婷　装帧设计/邵旻　观止堂_未氓
封面摄影/杨铭宇

上海译文出版社有限公司出版、发行
网址：www.yiwen.com.cn
201101 上海市闵行区号景路 159 弄 B 座
上海景条印刷有限公司印刷

开本 890×1240　1/32　印张 9.75　插页 2　字数 182,000
2024 年 1 月第 1 版　2024 年 3 月第 2 次印刷
印数：12,001—20,000 册

ISBN 978 - 7 - 5327 - 9413 - 3/I・5881
定价：58.00 元